嶺南思想家文獻叢書
景海峰 主編

[明]林光 撰
黎业明 點校

南川冰蘗全集

上

上海古籍出版社

貴州省哲學社會科學規劃國學單列課題
「嶺南心學文獻的整理與研究」（17GZGX08）成果
深圳市宣傳文化事業發展專項基金資助項目

點校説明

林光，字緝熙，號南川，晚年更號南翁。廣東東莞縣茶園人。林光是明代大儒陳獻章（字公甫，號石齋，晚號石翁，廣東新會人。因居江門白沙村，學者稱白沙先生）的重要弟子之一。明正統四年（一四三九年）九月初十日，林光生於東莞茶園。林光之東莞初祖林喬，原爲福建莆田人，宋代紹定年間任廣州路別駕，卒於官。二世祖林日新，初居羊城進士里，後扶二親柩葬東莞茶園金釵腦，因居茶園，遂世爲茶園人。三世祖林慕升。四世祖林可久。曾祖林茂賢。祖父林信本。父林彦愈，字抑夫，號竹齋；母游氏。據説，林光生而狀貌清腴，神采精爽，資性粹美。自幼立志聖賢之學。家貧無油，每就春燈習誦，輒過夜半。年十七，補邑庠生。讀吴文正論學諸書銘，大感悟。於所寓依樹閣蓬爲得趣亭，日讀書持敬涵養於其中。

成化元年（一四六五年）秋，林光得中秋闈。次年春，就試禮闈，結果卻是名落孫山。成化五年（一四六九年）春，再次就試禮闈。會陳白沙先生于神樂觀，語大合意，乃歎曰：「豪傑之學，豈止於舉子之習？是必有可大可久者。」兩人同時下第，同舟南還。隨後，林光前往新會，從白沙先生游，曰：「吾獲所師矣。」於是，退居扶胥，深入清湖，築室欖山，往來問學於白沙者近二十年。成化十四年（一四七八年）年底或次年年初，巡撫都御史朱英（字時傑，號誠菴，桂陽人）勸林光出仕，林光以學未成婉謝，其言略曰：「夫士幼而習之于小學，必求所以事上；長而進之于大學，必求所以治下。近不足以潤身，遠不足以澤物，此皆異端違世無用之學，君子弗學焉。……其善學者，不汲汲于施爲成敗利鈍之際，而汲汲於吾心權衡尺度之間。其幽獨細微，其事業勳勞也；其飲食起居，其進退去就也。寧學成而不用者有矣，未有不成而苟用者也。」（《復朱都憲書》）

成化十五年（一四七九年）四月，林光之父病逝。從此，家庭重擔完全落到林光身上。成化十九年（一四八三年）秋，欽差總督兩廣軍務兼理巡撫都察院右都御史朱英照會廣東布政使司行屬，催促遠年舉人會試。林光慮及家貧母老，非禄無以爲養，非仕無以得禄，遂動身赴京以應成化二十年會試。結果僅得中副榜。謁選，除授浙江嘉興府平湖縣儒學教諭。成化二十二年（一四八六年）二月，林光上《論士風疏》，主張敦風化、養廉恥。辭甚懇切，遂准行，時論韙之。任教諭期間，林光先後主考福建、湖廣鄉試，同考順天府鄉試。弘治二年（一四八九年），總修《浙藩憲廟實録》；弘治四年（一四九一年），修《嘉興府志》。弘治六年（一四九三年）十月，官滿離開平湖，南歸省母。弘治七年（一四九四年）正月抵家。同年秋，林光又離家赴京謁選。次年春，林光得升任山東兖州府儒學教授；四月抵達兖州。上任不久，林光得知其母親已於正月十四日去世。七月十三日，離開山東，回鄉奔喪。弘治十年（一四九七年）夏，林光服闋。起復，改補浙江嚴州府儒學教授。其間，讀《文公大全》，輯録《晦翁學驗》一書。弘治十三年（一五〇〇年），官滿考績，浙江按察使孫需以「古道正學，作士淑人」薦，升任北京國子監博士。弘治十四年（一五〇一年）閏七月，林光上《應詔陳言疏》，以爲推原孔子之心，必不安於天子禮樂之祀，題額宜曰「至聖先師孔子之神」，不必加以繁辭，不必隆之過禮；又以爲監中廩餼不明，養士失實，因而應明廩餼以端風化之本。疏下禮部，所言二事俱寢不行。弘治十六年（一五〇三年），先後撰《進學解》、《教胄子》。弘治十七年（一五〇四年）十二月，升任襄王府左長史。先是，寧王府欲疏請先生爲長史，托鄉達張泰柬之，林光答曰：「此職爲禄非不可就，但恐日後事有不繇己時，不無難處。所謂『量而後入，不入而後量』也，申生、白公之事可鑒矣。」（《奉答大理寺張叔亨先生》）後寧王朱宸濠以叛逆被誅。當時，由於襄懷王新薨而無嗣，光化王暫理府事而患病。因此，上下蔽隔，威命不行，政出多門，邪倖用事，綱紀大壞。林光到任，隨即參奏紀善等官老疾，典膳、倉庫等官貪污，汰而去之；又設立門籍，填注出入，不許内使家人留宿府中；凡借勢生事、設謀佈置者，參究審問明白，以正國典。由是官僚效職、奸倿革心、宫闈清肅、門禁防密，襄府之綱紀因此而立。林光擔任襄王府左長史一職，長達八九年時間。正德八年（一五一三年），林光懇乞致仕。朝廷以先生輔導年久，勤勞可録，特進中順大夫，允其致仕。襄王賜金書「特進榮歸」四大字以豔其行，馳驛還鄉。

林光既告老居家，邑大夫歲敦請爲鄉賓，皆不赴。日坐廳事，手不釋卷。所好觀者，《易程傳》及韓文、杜詩各集。每興到，曳杖逍遥門巷，凝望山川，興盡則返家。人事淡然無與也。正德十四年（一五一九年）四月十九日午時，林光去世，春秋八十有一。

林光著作主要有《浙藩憲廟實録》、《嘉興府志》、《茶園林氏族譜》、《晦翁學驗》、《南川冰蘗全集》等。其中，《浙藩憲廟實録》、《嘉興府志》、《茶園林氏族譜》、《晦翁學驗》是否存留於世，尚有待查證；《南川冰蘗全集》一書則流傳至今。據相關序跋，《南川冰蘗全集》初刻於明嘉靖十八年（一五三九年），重刻於清乾隆五十二年（一七八七年），新刻于清咸豐元年（一八五一年）。咸豐元年之新刻本，廣東中山圖書館、中山大學圖書館等均有收藏。二〇〇四年，羅邦柱先生標點本《南川冰蘗全集》由中國文史出版社出版。

這次整理《南川冰蘗全集》，即以清咸豐元年刻本《南川冰蘗全集》（《廣州大典》第四二〇册，廣州：廣州出版社，二〇一五年據中山大學圖書館藏本影印）爲底本加以標點整理。由於没能找到其他版本加以校勘，所作校勘多屬理校，此乃不得已之事。然而，其中部分詩文可加以對校者，則加以對校。在所撰校勘記中，凡參考過羅邦柱先生之校勘成果者，均一一加以標明，一則表示對其點校工作的敬意，一則表示不敢掠人之美。限於見聞，陋於學識，標點錯漏在所難免，尚祈博雅君子、大方之家指正。

點校者　黎業明

二〇一六年八月

目録

點校説明……（一）

卷之首

林南川先生冰蘗全集序……（一）
林南川先生冰蘗全集序……（三）
林南川先生文集序……（四）
林南川冰蘗全集後跋……（六）
林南川冰蘗全集後跋……（七）
新刻南川先生冰蘗全集跋……（八）
廣州府鄉賢傳……（九）
國子監博士敕命一道……（一一）
廣州府爲崇祀先賢以彰道學事……（一一）
仰東莞縣牌……（一三）

卷之一

奏疏

論士風疏……（一四）
乞便養疏……（一八）
應詔陳言疏……（一九）
乞恩致仕疏……（二二）
聞孝宗皇帝晏駕進香疏……（二三）
賀皇帝即位疏表……（二四）
請建諸葛武侯祠廟疏……（二四）
奏請監國殿下疏……（二六）
慰安代疏……（二八）
請建大忠祠代疏……（二八）

請封代疏……（二九）
賀尊號表代疏……（三〇）
井侍長謝搬居東府并謝禄米代疏……（三〇）
内使請賜冠帶代疏……（三一）
乞留護衛官軍免摘撥差操代疏……（三一）
賜還護衛代謝疏……（三四）
鎮寧王請封母代疏……（三四）
問安代疏……（三五）
議罪代疏……（三五）
請復税課河道代疏……（三六）
啟柬
查换處置收税啟……（三八）
參查代批令旨啟……（三九）
清查樂户編册定等以均徭差啟……（三九）
井妃搬居東府計議啟……（四〇）
肅清門禁以防不虞啟……（四二）
棗陽王問王道如何不行於後世恐是人臣不肯盡忠輔佐之故復啟……（四二）
奏請監國王位啟……（四五）
論該府多官計沮監國之議啟……（四七）
辯明收禄米誣污啟……（四九）
請休致第二啟……（五〇）
卷之二
記
游心樓記……（五一）

逸休堂記……（五三）
喜雨齋記……（五四）
静觀亭記……（五六）
金釵腦墓松記……（五七）
新昌何氏慶源祠堂記……（五八）
唐府由訓齋記……（六〇）
茶山東嶽行宫記……（六二）

序

贈揮使安廷用序……（六四）
重修族譜序……（六六）
廬陵梁氏族譜序……（六七）
茶園袁氏族譜序……（六八）
福建鄉試録序……（六九）
瀋府長史徐用起輓詩序……（七一）
伍仲禮輓詩序……（七二）
秀州飲别詩序……（七三）
湖廣鄉試録序……（七五）
新昌王氏族譜序……（七六）
晦翁學驗序……（七八）
贈别順天府通判汝惇林先生之任序……（七九）
送少司寇何公撫綏還朝詩序……（八〇）
送少參華公致政東歸序……（八二）

書跋

書陳僉憲所藏一峰手札……（八三）
書童蒙須知後……（八四）
書秉之事寄莊定山……（八五）
書嘉興孝子……（八六）
書嘉興節婦……（八七）
書陳僉憲湖山萬里圖後……（八八）

跋黄山谷墨蹟……（八八）
跋雙江居易手迹後……（八八）
跋錢文肅公墨蹟……（八九）
書易通守畫後……（八九）
跋羅一峰題泉南陳節婦短歌……（九〇）
書志媿録……（九〇）
跋石齋贈吾廷介詩……（九一）
銘
剥硯銘 并序……（九二）
敕建忠武廟鐘鼓銘 并序……（九二）
贊
自贊傳神……（九三）
贊劉僉憲舊像……（九三）

卷之三

經義
讀春秋 九十七則……（九四）
史論
讀史 三十二則……（一一七）
雜著
進學解……（一二四）
太學四代沿革論……（一二六）
國學訓説私借錢糧律義……（一二七）
策問
福建鄉試策問……（一二八）
湖廣鄉試策問……（一三〇）
平湖課試諸生策問……（一三二）

卷之四

書

奉陳石齋先生……（一三九）
復陳石齋先生……（一四〇）
答陳石齋先生……（一四〇）
與黎叔馨……（一四〇）
奉陳石齋先生書……（一四一）
奉陳石齋先生書……（一四二）
奉陳石齋先生書……（一四三）
慰莊定山先生……（一四四）
奉陳石齋先生……（一四四）
奉陳石齋先生……（一四五）
復陳石齋先生書……（一四五）
奉陳石齋先生……（一四六）
奉陳石齋先生……（一四六）
謝憲副涂伯輔書……（一四七）
與惠州吴郡守……（一四八）
復涂憲副書……（一四九）
與伍光宇書……（一四九）
答何時矩書……（一五〇）
復蔣子潁書……（一五一）
奉陳石齋先生……（一五一）
奉陳石齋先生書……（一五二）
奉陳石齋先生書……（一五三）
與袁德純大尹……（一五四）
奉陳石齋先生……（一五五）
與黎叔馨……（一五五）
奉羅一峰先生……（一五五）
答陳石齋先生……（一五六）
奉陳石齋先生……（一五七）

與廖欽止……（一五七）
復朱都憲先生……（一五八）
奉提學僉憲胡先生書……（一五八）
復朱都憲書……（一五九）
復鍾美宣……（一六一）
復陳粹之僉憲……（一六二）
奉陳石齋先生書……（一六二）
奉陳石齋先生書……（一六三）
復倪聖祥揮使……（一六四）
與李掌教……（一六四）
與李明府……（一六五）
奉朱都憲先生……（一六五）
與容一之……（一六五）
與羅清極……（一六六）
奉陳石齋先生……（一六六）
復陳石齋先生……（一六七）
奉張内翰……（一六八）
與丁明府……（一六八）
復陳石齋先生……（一六八）
復陳石齋先生……（一六九）
答袁德純大尹……（一七〇）
與方彦卿大尹……（一七〇）
與梅侍郎……（一七〇）
奉胡憲副先生……（一七一）
與倪聖祥揮使……（一七一）
與安揮使……（一七二）
與張廷實……（一七二）
與丁彦誠明府……（一七三）
與馬默齋……（一七三）
與張廷實……（一七三）

復丁大尹……（一七四）
與何時矩……（一七四）
復倪聖祥揮使……（一七五）
與安廷用揮使……（一七五）
與龍時復主事……（一七五）
奉莊定山……（一七六）
復周愉……（一七六）
奉徐郡守……（一七七）
與袁德純侍御……（一七七）
奉莊定山……（一七八）
與梁叔厚編修……（一七九）
與龍時復主事……（一七九）
與楊景昌進士……（一八〇）
與陳明之進士……（一八〇）
與林待用員外……（一八一）
與袁藏用、林子翼……（一八二）
與張兼素參軍……（一八二）
與族弟秉之……（一八三）
與族姪子翼……（一八三）
與張東白内翰……（一八四）
與劉時雍大參……（一八四）
奉陳石齋先生……（一八五）
與蔣世欽中書……（一八五）
奉陳石齋先生……（一八六）

卷之五

書

與林待用憲副……（一八八）
奉陳石齋先生……（一八九）
與安廷用揮使……（一八九）

復林居魯主事書……（一九〇）
與林居魯主事……（一九一）
奉吴方伯……（一九一）
與許昌世僉憲……（一九二）
奉彭侍郎從吾先生……（一九二）
奉劉方伯書……（一九三）
復吴方伯……（一九四）
與林待用憲副……（一九五）
與袁君望妻兄……（一九五）
復黄仲昭提學僉憲……（一九六）
與陸文東進士……（一九六）
與姜仁夫秋官……（一九七）
奉柳郡侯……（一九七）
與張廷祥内翰……（一九八）
奉柳郡侯……（一九八）
與張廷實地曹……（一九九）
奉陳石齋先生……（一九九）
奉陳石齋先生書……（二〇〇）
與袁君望……（二〇一）
與過憲副……（二〇二）
奉莊定山……（二〇二）
與梧州張克修太守……（二〇三）
與伍司訓……（二〇三）
與陳子文……（二〇三）
與吴獻臣大尹……（二〇四）
與柯同府……（二〇四）
奉劉東山都憲……（二〇五）
與李元善郎中……（二〇五）
奉莊定山先生……（二〇六）
奉陳石齋先生……（二〇六）

與吴縣酈廷瑞明府……………………（二〇七）
答周朝美掌教………………………（二〇七）
與陸克潛大尹………………………（二〇八）
與陳明之秋官………………………（二〇八）
奉吴憲長……………………………（二〇九）
與淳安張鳳舉明府…………………（二〇九）
又答張鳳舉明府……………………（二一〇）
與仲與立僉憲………………………（二一〇）
奉徐司空……………………………（二一一）
奉屠元勳亞卿………………………（二一一）
與鄧頁甫地曹………………………（二一一）
與陳仲彩……………………………（二一二）
與從弟永錫…………………………（二一二）
與周仲鳴進士………………………（二一三）
與方純吉進士………………………（二一三）
奉答唐王書…………………………（二一四）
奉祭酒謝先生書……………………（二一五）
與張廷實主事書……………………（二一六）
與王綰秀才書………………………（二二〇）
與常汝仁大參………………………（二二一）
與曾世亨侍御………………………（二二一）
奉相國李西涯先生…………………（二二二）
與陳仲彩……………………………（二二二）
奉劉尚書東山先生…………………（二二三）
與張克修憲副………………………（二二四）
與聶巡按侍御………………………（二二五）
慰林待用都憲………………………（二二五）
與賀克恭黄門………………………（二二五）
與莊國華國賓………………………（二二六）
與吴懋貞亞參………………………（二二六）

與張叔亨少廷尉先生……（二二七）
與林東龍泉大尹……（二二七）
奉答大理寺少卿張叔亨先生……（二二八）
與王文哲都給事……（二二八）
答王文哲都給事……（二二八）
與錢世榮副郎……（二二九）
奉朱方伯……（二三〇）
與張東白學士……（二三〇）
奉劉司馬東山先生……（二三一）
奉孫都憲先生書……（二三一）
奉答遼府湘陰王一中殿下簡……（二三二）
與彭主事……（二三三）
與孫吉夫侍御……（二三四）
與屠元勳都憲……（二三四）
與楊子山黃門……（二三五）
與孫志同少卿……（二三五）
與夏景熙正郎……（二三六）
與胡大參……（二三六）

卷之六

行狀

竹齋家君行狀……（二三八）

碑文

襄懷王碑……（二四一）
永順宣慰使司彭氏祠堂碑……（二四三）

墓碣

明故翰林院檢討白沙陳先生
墓碣銘……（二四六）

墓表
敕贈孺人吴母王氏墓表……（二五五）
明豐城楊宜人劉氏墓表……（二五七）
墓誌
伍光宇墓誌銘……（二五八）
細蘭壙瓦……（二六〇）
鄧童子墓誌銘……（二六〇）
李幕賓墓誌銘……（二六二）
明故南京吏部郎中莊定山先生
墓誌銘……（二六三）
倪聖祥妻魯氏墓誌銘……（二六五）
平湖縣沈元載墓誌銘……（二六七）
林處士樸翁二府君墓誌銘……（二六八）
顧母徐氏墓誌銘……（二六九）
母夫人游氏墓誌銘……（二七一）
時褒墓誌銘……（二七二）
襄簡王三夫人張氏墓誌銘……（二七三）
襄簡王夫人陸氏壙誌……（二七四）
祭文
銀瓶嶺開壙祭土神文……（二七五）
祭伍光宇文……（二七五）
代浙江按察司祭雍方伯母文
……（二七六）
祭柳太守文……（二七六）
祭故男時褒文……（二七七）
過庾嶺告奠時褒文……（二七八）
弔祭嚴子陵先生文……（二七八）
祭葛濬源司訓文……（二七九）
祭右都御史宋公文……（二七九）
代嚴州府祈雨告神文……（二八〇）

代嚴州府祈雨謝神文……（二八〇）
代嚴州府祈雪告烏龍神文……（二八一）
代嚴州府求雨告烏龍山神文……（二八一）
代嚴州府謝雨告神文……（二八二）
祭浙江李大參文……（二八二）
祭陳白沙先生文……（二八三）
祭嚴州府名宦鄉賢祝文……（二八四）
祭少師吏部尚書馬公夫人史氏文……（二八五）
祭襄懷王文……（二八五）
代撫民張憲副祈雨告神文……（二八六）
代撫民張憲副祭郝亞卿文……（二八六）
代撫民張憲副祭孫主事父文……（二八七）
祭孫恩封文……（二八七）
代張憲副祭曾御史祖母孫氏文……（二八八）

卷之七

詩

漫興……（二八九）
過同安，謁余忠宣公祠……（二八九）
登戲馬臺　次石齋先生韻……（二八九）
過鄱陽湖……（二九〇）
吉水別袁德純侍御……（二九〇）
宿明月寺……（二九〇）
宿羅浮沖虚觀……（二九一）
沖虚觀遺羽士……（二九一）
紀萬梅書屋……（二九一）

寄族弟秉之……………………（二一九二）
登圭峰 二首 ……………………（二一九二）
悼潘復……………………（二一九二）
南海浴日亭……………………（二一九三）
寓南海祠……………………（二一九三）
別舍弟克明……………………（二一九三）
苦病……………………（二一九四）
示諸生……………………（二一九四）
山行……………………（二一九四）
羅浮歸次石齋先生韻 二首 ……（二一九五）
送戴志達舉人還莆田……………（二一九五）
贈飲者……………………（二一九六）
答秉之……………………（二一九六）
提學僉憲胡希仁先生訪欖山，
留詩爲識，依韻奉答 三首 ……（二一九六）
乙未九月十四日登羅浮飛雲頂
……………………（二一九六）
贈別僉憲胡先生陞憲副之浙東，
仍提學 三首 ……………………（二一九七）
宿曹溪寺……………………（二一九七）
鞋山……………………（二一九七）
題殿元羅一峰草亭……………（二一九八）
贈莊孔昜先生……………………（二一九八）
舟發白沙次蠕步口留別餞送
諸友……………………（二一九八）
水心遺址……………………（二一九九）
過秋江劉素彬宅……………（二一九九）
瀧江謁六一公……………………（二一九九）
雙松……………………（二一九九）
題羅一峰同春書屋……………（二二〇〇）

毛氏西園……………………（三〇〇）
題羅一峰正密堂……………（三〇〇）
題宣和殿臨韓幹馬…………（三〇〇）
富田謁文丞相………………（三〇一）
薌城書屋……………………（三〇一）
雲庄…………………………（三〇一）
瀧崖…………………………（三〇一）
東墅…………………………（三〇二）
遊玉笥山……………………（三〇二）
留別羅一峰暨吉淦諸友……（三〇二）
豫章懷羅一峰………………（三〇三）
宿馬祖寺 二首………………（三〇三）
鵝湖謁四賢祠 二首…………（三〇三）
峰頂寺………………………（三〇四）
九崖…………………………（三〇四）
南巖寺………………………（三〇五）
遊杭州西湖諸山……………（三〇五）
酌虎跑泉……………………（三〇五）
虎跑寺與袁德純明府對飲……（三〇五）
題山間林下卷………………（三〇六）
端午寓虎跑寺，胡憲副來饋
……………………………（三〇六）
竹隱…………………………（三〇六）
和憲副胡復菴重訪虎跑行寓
二首…………………………（三〇六）
題方童子卷 前有石齋二詩……（三〇七）
遊天平山……………………（三〇七）
登姑蘇臺過上方轉石湖小酌
……………………………（三〇八）
秋野…………………………（三〇八）

酌惠山泉……………………（三〇八）
寓惠泉僧舍…………………（三〇八）
客中重九日…………………（三〇九）
遊定山寺……………………（三〇九）
真珠泉………………………（三〇九）
項羽廟 二首…………………（三〇九）
浴香淋湯泉…………………（三一〇）
者落道中……………………（三一〇）
遊龍洞………………………（三一〇）
留別莊木齋 四首……………（三一一）
卧林亭………………………（三一一）
和木齋雨中宿徐伯淳宅與姚潤
華夜話………………………（三一二）
白下懷木齋…………………（三一二）
江寧留別徐伯淳……………（三一二）
發楊子江……………………（三一三）
宿西梁………………………（三一三）
江行…………………………（三一三）
漁者…………………………（三一四）
吉陽避風示舍弟克明………（三一四）
附克明作……………………（三一四）
再用前韻答克明……………（三一四）
吉陽發舟，晚抵鄱陽，風濤
洶湧…………………………（三一五）
望匡廬………………………（三一五）
筠州鞭春日偶成……………（三一五）
立春日遊碧落山……………（三一五）
答陳貳教……………………（三一六）
除夕前三日閱戊戌歷………（三一六）
留別子穎……………………（三一六）

冷菴爲陳粹之僉憲……（三一七）
題畫 二首……（三一七）
相如題橋……（三一七）
題漁圖……（三一八）
謝陳粹之僉憲惠《語類》、《歐文》、《唐詩品彙》……（三一八）
題畫……（三一八）
登滕王閣……（三一八）
溪山小景……（三一九）
謝歐陽玘醫時會頭瘡……（三一九）
和祁大參致和將出巡阻雨見寄 三首……（三一九）
蘇公圃……（三二〇）
永新譚節婦……（三二〇）
謁徐孺子次石翁韻 三首……（三二〇）
題藍關擁馬圖……（三二一）
將謁徐孺子……（三二一）
過陳國賓園亭……（三二一）
賞瑞香，和杜醉老……（三二一）
題幽貞四詠卷……（三二二）
題西湖醉老卷……（三二二）
豫章留別陳粹之僉憲……（三二二）
剛峰……（三二二）
清明五雲阻風過蕭氏庄……（三二三）
別梁光岳……（三二三）
題畫……（三二三）
盤窩觀笋……（三二三）
蕭庄觀盤魚……（三二四）
醒菴……（三二四）
上十八灘……（三二四）

西隱寺……（三二四）
望鬱孤臺……（三二五）
蒙泉書屋……（三二五）
和王半山韻十八首……（三二五）
覆疊題 九首……（三二五）
懷古 二首……（三二七）
歌眠……（三二七）
山行……（三二八）
即事……（三二八）
經故居……（三二八）
晝寢……（三二八）
東皋……（三二九）
露坐……（三二九）
題白沙節母受旌卷……（三二九）
偶書……（三二九）
開户……（三三〇）
偶題……（三三〇）
傷竹 三首……（三三〇）
絶句 三首……（三三〇）
題扉 二首……（三三一）
謝石齋轉惠遼東賀克恭黄門所寄高麗團領……（三三一）
視決明……（三三一）
種芥……（三三一）
酌文舉饋酒……（三三二）
看橙橘 二首……（三三二）
燈蛾……（三三二）
扶胥口 二首……（三三二）
浴日亭，次東坡韻……（三三三）
扶胥書事，借東坡韻……（三三三）

望羅浮 五首……………………（三三三）
朱都憲見遊…………………（三三四）
奉謝朱都憲誠菴先生………（三三四）
玉笥羅浮亭…………………（三三五）
輓羅一峰先生 三首…………（三三五）
辛丑得年四十三，七月初見髭
一莖白者，走筆賦此 ………（三三六）
中秋袁藏用饋魚，寫懷兼寄……（三三六）
寓資福寺……………………（三三七）
題李乾伯掌教乃翁挽卷………（三三七）
銀瓶阡………………………（三三七）
揮使安廷用訪欖山留宿兼惠紙
并猪榧子……………………（三三八）
贈別李乾伯掌教……………（三三八）
將遊三洲巖招同志 二首……（三三八）
扶胥舟中，借韋蘇州西坡韻
……………………………（三三九）
鰲魚搶寶石…………………（三三九）
番禺泊舟 二首………………（三三九）
銅魟澳風 二首………………（三四〇）
經貪泉………………………（三四〇）
經貪泉和石齋………………（三四〇）
三江晚泊 二首………………（三四一）
過横槎………………………（三四一）
羚羊峽………………………（三四二）
憶嘉魚………………………（三四二）
小湘峽………………………（三四二）
小湘峽葉生璧買鮮，擬明日
攜遊三洲巖，詩以戲之 ……（三四二）
宿禄步………………………（三四三）

汲江子二首……（三四三）
觀燒……（三四三）
呼風……（三四三）
和尚石……（三四四）
晨發……（三四四）
工書……（三四四）
奉别都憲誠菴朱先生……（三四四）
二月二日總督府園亭宴賞，
奉謝朱誠菴都憲……（三四五）
回仙亭和洞賓……（三四五）
再疊總督府園亭宴賞韻答翁
僉憲……（三四五）
禄步舟中……（三四五）
出羚羊峽……（三四六）
峽口……（三四六）
望古耶……（三四六）
石門……（三四六）
貢三角牛二首……（三四七）
過蛋家租……（三四七）
夜入古鎮峽，與時嘉、葉璧
小酌……（三四七）
宿古鎮峽……（三四七）
蜆涌舟中……（三四八）
扶胥感興……（三四八）
題張詡母挽……（三四八）
贈别石齋先生二首……（三四八）
贈石齋先生十首……（三四九）
餞石齋于石門，用前貪泉韻，
兼簡諸友……（三五〇）
安揮使惠靴兼詩見贈，因韻

奉謝……（三五一）
初晴……（三五一）
重九後一日賦，是日即余
生日……（三五一）
擬移居 二首……（三五一）
食魚鯽……（三五二）
題丁明府三江漁樵人卷……（三五二）
憂旱……（三五二）

卷之八

詩

閱都臺檄催赴省試 四首……（三五三）
余不閱程試義十五年，今始
一閱……（三五四）
將往蒼梧 三首……（三五四）
石門……（三五五）
喜姪生舟中書寄克明弟……（三五五）
三江……（三五五）
宿三水……（三五五）
舟中……（三五六）
再入羚羊峽……（三五六）
長利和子翼……（三五六）
羚羊峽與子翼小酌……（三五六）
宿肇慶……（三五七）
小湘峽……（三五七）
掛帆……（三五七）
大湘峽晚酌……（三五七）
夜坐和子翼……（三五八）
漫興……（三五八）
再遊三洲巖 五首……（三五八）

舟中晝枕 二首……（三五九）
發德慶……（三五九）
戲題和尚石 二首……（三五九）
洗頭 二首……（三五九）
奉謝陳總戎惠壜酒……（三六〇）
與秉之夜話，兼寄時嘉……（三六〇）
石門留別諸友兼群從弟姪……（三六〇）
入峽……（三六一）
峽山寺……（三六一）
凌江阻雨……（三六一）
曲江重九日……（三六一）
吕梁道中……（三六二）
將至臨城驛……（三六二）
受教職……（三六二）
受教職將之平湖……（三六三）
留別京師諸友……（三六三）
屠秋官席上再疊……（三六三）
張後府官寓與提學憲副馮佩之
夜酌話別……（三六三）
大塘書屋，爲蔣世欽中書……（三六四）
蓮塘書屋，爲婁侍御……（三六四）
休隱軒……（三六四）
留別張後府兼素……（三六四）
自發潞河至郭縣，水淺舟膠，
聊成短什……（三六五）
葉青居……（三六五）
土門晚泊……（三六五）
河西務阻風 三首……（三六六）
登連窩……（三六六）
良店道中 二首……（三六七）

下邳……（三六七）
憂旱……（三六七）
四月二十八日狂風大作……（三六八）
將至德州短述 二首……（三六八）
過固城……（三六八）
雹火……（三六九）
贈别同官林汝惇……（三六九）
下吕梁洪 二首……（三六九）
彭城漢高廟……（三六九）
舟中小酌，聽寧永貞别駕説
武夷……（三七〇）
來溝閘寫懷……（三七〇）
題寄寄亭……（三七〇）
白洋河鱠鯉小酌……（三七一）
揚州郡守招飲同李侍御觀
雜劇……（三七一）
楊子灣偶賦……（三七一）
遊金山寺……（三七二）
石門寫懷……（三七二）
平軒 二首……（三七二）
贈别豐城王節之明府赴京……（三七二）
靈州晚泊，與舍弟克明小酌
……（三七三）
舟次峽山……（三七三）
曉發湞陽峽……（三七三）
過英德……（三七三）
宿太平灘……（三七四）
觀音山……（三七四）
上三坂灘……（三七四）
五婆城……（三七四）

清溪道中偶述……（三七五）
彈子磯……（三七五）
濛浬道中 四首……（三七五）
曲江懷相國……（三七六）
返照……（三七六）
課兒……（三七六）
平湖病目有感……（三七六）
贈李野雲……（三七七）
題雪梅……（三七七）
平湖官署修補，示督役者 二首……（三七七）
露坐……（三七八）
禱雨……（三七八）
奉謝王判府惠米……（三七八）
平湖病中思南歸 六首……（三七九）
和沈别駕元節……（三八〇）
贈别袁分教……（三八〇）
遊福源寺……（三八〇）
吴縉折贈牡丹花，因與覓蓮栽……（三八一）
奉謝嘉興郡守徐惕齋枉駕見顧平湖官署……（三八一）
喜諸生會饌……（三八一）
乙巳清明日……（三八二）
過平湖沈楷煉二秀才宅……（三八二）
賞牡丹……（三八二）
閩使來聘……（三八二）
度紫溪嶺……（三八三）
度分水關……（三八三）
望郎石……（三八三）

舟中初見武夷山……………………（三八四）
別武夷山…………………………（三八四）
過延平，懷愿中先生 ……………（三八四）
經小箬……………………………（三八五）
到福州……………………………（三八五）
閩南試院典文偶賦………………（三八五）
試院中秋賞月，和章方伯 ………（三八五）
遊鼓山靈源洞，因宿鼓山寺 六首
……………………………………（三八六）
徐方伯、劉大參、沈亞參招飲
平遠臺……………………………（三八七）
重九日張侍御招飲元妙寺，時
董侍御、林大行人泮及弟、僉
憲包進士咸在席，酒酣，因和
張侍御舊遊韻 二首 ………………（三八七）
沈亞參邀華林寺酌別，時徐方
伯、劉大參索詩留別，走筆
奉答 ……………………………（三八七）
董侍御宿南察院…………………（三八八）
過壺公山…………………………（三八八）
同安謁朱晦菴先生祠……………（三八八）
龍溪李邑宰用劉大參韻見贈，
仍和奉寄…………………………（三八八）
謝龍溪李延信明府惠肩輿………（三八九）
過惡溪……………………………（三八九）
潮州謁韓文公祠 二首 ……………（三八九）
潮州林太守邀金山小酌…………（三八九）
別潮州……………………………（三九〇）
過程鄉……………………………（三九〇）
過龍川……………………………（三九〇）

河源道中聞秉之兇問……（三九〇）
惠州阻風……（三九一）
銀瓶阡感事……（三九一）
次韻張廷實，兼呈白沙先生……（三九一）
次韻白沙先生贈別……（三九二）
寒雨……（三九二）
湞陽峽舟中偶述，寄白沙、潮連諸友……（三九二）
莊定山先生聞受平湖典教，疊韻贈六律，依韻奉答……（三九二）
參軍張兼素輓詩 三首……（三九三）
阻風，留別江僉憲兼呈馮提學 二首……（三九四）
松庄翁輓……（三九四）
次韻莊定山贈徐僉憲……（三九四）
錢僉憲母輓……（三九五）
和顧能……（三九五）
和孫長璧居士……（三九五）
如斯亭次韻莊定山……（三九五）
喜徐光岳來訪平湖……（三九六）
放諸生依詔侍親，八月九日鄭提學憲副駿檄至……（三九六）
閱諸生課……（三九六）
題鵝溪書屋……（三九六）
奉別徐郡侯懷柏先生考績之京……（三九七）
宿大乘寺……（三九七）
舟張涇匯示諸生……（三九七）
丁未平湖重九日……（三九七）

重九疊韻改犬子時表稿……（三九八）
景菴……（三九八）
贈别李邑宰……（三九八）
林居魯入京過檇李，往餞不遇，留此識别……（三九九）
題周文都暴日臺……（三九九）
侍御袁德純輓 三首……（三九九）
聞有上薦剡者……（四〇〇）
讀冬曹林居魯薦疏有感……（四〇〇）
輓林從信僉憲……（四〇〇）
福源寺偶賦……（四〇一）
題包翁雙慶卷……（四〇一）
郡守沈元節招飲當湖，和沈剛夫秀才……（四〇一）
德藏寺和嘉興徐郡守題壁……（四〇一）
中秋當湖文廟賞月……（四〇二）
壽湖隱方翁……（四〇二）
戲題當湖山月池……（四〇二）
遊德藏寺 四首……（四〇三）
泛當湖 八首……（四〇三）
自慶五十，和顧能見贈 五首……（四〇四）
偶述 三首……（四〇五）
題兩浙旬宣卷……（四〇五）
除夕自勉……（四〇五）
奉寄彭從吾亞卿乞致仕養親……（四〇六）
鐵佛寺次夏大卿見贈韻……（四〇六）
寓鐵佛寺，時奉藩檄總修《兩浙實録》……（四〇七）
承彭亞卿從吾顧纂修局……（四〇七）

承陳、謝二侍御顧纂修局……（四〇七）
次韻張太守述懷見寄 三首……（四〇七）
竹間偶賦……（四〇八）
鐵佛寺偶成……（四〇八）
遊南屏偶題雨菴卷……（四〇八）
送吴方伯入京……（四〇九）
遊西湖 二首……（四〇九）
重遊虎跑寺 二首……（四〇九）
涵碧亭爲陳侍御……（四一〇）

卷之九

詩

楚使來聘 二首……（四一一）
宿嚴州天寧寺……（四一一）
子陵 四首……（四一二）
次韻石齋先生贈姜仁夫進士 三首……（四一二）
七夕過懷玉水南寺，遇丁玉夫索詩，走筆奉答……（四一三）
過鉛山有懷韓介之……（四一三）
舟次潯陽……（四一三）
遊赤壁……（四一四）
寓武昌憲臺……（四一四）
將登黄鶴樓……（四一四）
登黄鶴樓……（四一五）
題五殿下棠梨三喜扇面……（四一五）
登黄鶴樓用崔灝韻……（四一五）
湖廣試院閲卷次劉憲長韻……（四一五）
慎菴殿下招飲，次提學憲副沈中律韻……（四一六）

重九日登洪山寺……………………（四一六）
訪莊定山先生……………………（四一六）
喜平湖三子領鄉薦兼策諸生
……………………（四一六）
仙居學關文……………………（四一七）
鳳沱别業爲蹇判府……………………（四一七）
次韻朱太古太尹述懷兼致贈别
之意……………………（四一七）
送柳貳尹……………………（四一八）
奉提學廣川吴先生試賦此求教
……………………（四一八）
問月樓……………………（四一八）
梯雲樓……………………（四一八）
賞中秋月……………………（四一九）
閱事有感……………………（四一九）
重九日……………………（四一九）
有鄉僧自錢塘來訪，詩以贈之
……………………（四一九）
送沈剛夫偕吴紳赴南監 七首
……………………（四二〇）
承莊定山和答過訪之作七律，
再用前韻寄意 八首……………………（四二〇）
侍御彭憲卿出示過處州次却
金亭韻一絶，依韻奉答……………………（四二二）
代柬答吴方伯……………………（四二二）
挽張僉憲父……………………（四二二）
連珠池，諸生欲搆亭其上，詩以
促之……………………（四二三）
連珠池旁與屠大理酌别……………………（四二三）
静觀亭拋梁……………………（四二三）

哭舍弟克明 三首……（四二三）
靜觀亭雨中……（四二四）
重泛當湖 四首……（四二四）
避暑……（四二五）
偶書……（四二五）
題林大參訥齋……（四二五）
寄林待用憲長 三首……（四二五）
冬官林居魯謝病歸養，來訪平湖，賦此贈别……（四二六）
靜觀亭奉餞屠元勳少大理……（四二六）
送諸生往杭州，時吴提學檄選諸生聽講 三首……（四二七）
牡丹忽枯悴……（四二七）
重九日 三首……（四二七）
何子完來訪平湖，用白沙封子完廬墓卷韻贈别……（四二八）
承柳郡侯檄請修郡志，過慶嘉亭賦此辭謝 二首……（四二八）
鎮嘉山 二首……（四二八）
觀山 四首……（四二九）
題石棋盤……（四二九）
泛鴛鴦湖……（四二九）
書楊藩宗郡侯事……（四三〇）
嘉興郡齋與馮憲副蘭、柳郡侯琰小酌聯句 三首……（四三〇）
一柳雙鷺，與馮柳二公聯句……（四三〇）
郡齋夜坐，與馮柳二公聯句，有懷屠少卿……（四三一）
謁陸宣公祠有感……（四三二）
贈蕭天章還荆州……（四三二）

訪當湖書屋……………………（四三二）
將遊陳山 三首……………………（四三二）
承莊定山先生垂訪平湖，喜而
　有作……………………（四三三）
題畫……………………（四三三）
次韻定山遊南寺……………………（四三三）
題藏有源静學卷……………………（四三四）
定山來訪再贈……………………（四三四）
静觀亭次定山韻 三首……………………（四三四）
賞牡丹……………………（四三四）
渡江 二首……………………（四三五）
發高郵湖……………………（四三五）
寶應湖……………………（四三五）
遊清河，經黄河，感而有作 四首
　……………………（四三六）
經白洋河 二首……………………（四三六）
舟中苦熱……………………（四三六）
沙河道中……………………（四三七）
伏中由沙河舍舟而陸，三日至
　開河……………………（四三七）
漕運兵 三首……………………（四三七）
連宿舟中偶述 四首……………………（四三八）
銅鼓 二首……………………（四三八）
入京……………………（四三九）
寓京兆北堂，將赴試院，用舊
　韻呈諸同事 四首……………………（四三九）
寓京兆府聞寧永貞别駕凶問
　……………………（四四〇）
試事已畢，呈畢嘉會少京兆
　……………………（四四〇）

戲題小録……………………（四四〇）
出京，舟次潞河 ……………………（四四〇）
潞河發舟……………………（四四一）
秋興次杜工部韻 八首 ……………………（四四一）
次韻答吴居士……………………（四四三）
得白沙先生柬……………………（四四三）
和一菴，贈别王廷秀 ……………………（四四三）
次韻姜仁夫秋官過訪平湖
四首 ……………………（四四四）
贈别姜仁夫秋官……………………（四四四）
題蕉池積雪圖……………………（四四五）
桃花 四首 ……………………（四四五）
對紫荆花有懷亡弟克明……………………（四四五）
癸丑三月十三日，劉生玘邀爲
陳山之遊，以事不果，賦此
呈胡伯雍明府 二首 ……………………（四四六）
宿陳山，時陪胡伯雍明府祭
神龍……………………（四四六）
遊陳山遇雨……………………（四四七）
雨霽復登陳山……………………（四四七）
遊陳山，議搆亭龍湫之上 二首
……………………（四四七）
賞牡丹 二首 ……………………（四四八）
龍湫……………………（四四八）
與處州吴千兵索金盤露……………………（四四八）
題扇面……………………（四四九）
議搆陳山龍湫亭……………………（四四九）
題當湖别意 二首 ……………………（四四九）
送歐員外還京，時彭從吾亞卿
兩浙賑濟……………………（四五〇）

承許憲副昌世、沈大參元節過訪，留飲静觀亭。既別，大參留詩示教，依韻奉答 ……（四五〇）
癸丑六月之望，立秋後一日，胡伯雍明府邀泛當湖 二首 ……（四五〇）
題使淛還朝卷……（四五一）
嘉興柳郡侯輓……（四五一）
雪窗……（四五一）
給由赴杭，楊玘、曹魁、楊燧三子在侍……（四五一）
發錢塘 二首 ……（四五二）
官滿平湖留別 二首 ……（四五二）
官滿南歸，吴汝儀、沈元式、孫吉夫送至姑蘇，飲別於虎丘寺……（四五三）
石谷爲吴提學憲副先生……（四五三）
紀别 二首 ……（四五三）
次韻石齋先生見贈……（四五三）
用韻留别諸友……（四五四）
承吴獻臣明府、王日雨進士、張廷實地曹餞別東山寺，用地曹韻留別 三首 ……（四五四）
題盧居士小像……（四五四）
石門西華寺 三首 ……（四五五）
過峽山寺……（四五五）
七月十七日將至韶州……（四五五）
南園草屋……（四五五）
金陵浦潤少爲僧，既長，棄僧歸依父母……（四五六）
哭時褒 四首 ……（四五六）

贈王敬止行人使朝鮮，次定山韻……（四五七）
直沽阻風 二首……（四五七）
奉新偶述 二首……（四五七）
挽黄良貴郎中父省菴卷……（四五八）
時褒柩得便舟先發 四首……（四五八）
送高大用尹邵武……（四五九）
與楊居敬大尹敘别……（四五九）
登太白樓……（四五九）
兖州到任……（四六〇）
謁孔廟 二首……（四六〇）
曲阜道中 二首……（四六一）
謁孔子墓……（四六一）
孔子手植檜……（四六一）
登兖州城西樓……（四六二）
嶽雲樓……（四六二）
東魯門 四首……（四六二）
顔樂亭 三首……（四六三）
尼山……（四六三）
承少參孫拙菴、僉憲王恥齋二明公枉駕茶園……（四六三）
王僉憲同孫少參枉駕敝廬，留詩見贈，奉答兼呈張少參先生 四首……（四六三）
和羅一峰贈王樂用侍御 二首……（四六四）
次韻孫少參見寄 二首……（四六四）
銅仁太守輓……（四六五）
孫少參父母輓……（四六五）

卷之十

詩

過韶州……（四六六）
過抛……（四六六）
宿狸溪口……（四六七）
過新婦潭 二首……（四六七）
上金匙銀筯灘……（四六七）
經南安吟風弄月臺……（四六七）
過大庾嶺……（四六八）
南安偶題 七首……（四六八）
夢羅一峰先生……（四六九）
題婁武庫洪都東湖小樓……（四六九）
和子翼敘別……（四六九）
和子翼喜予至南昌……（四七〇）
彭蠡舟中 二首……（四七〇）
鄱陽舟中對匡廬小酌 四首……（四七〇）
阻風 二首……（四七一）
舟中和子翼雪茶……（四七一）
舟中遣悶……（四七一）
客中小年 四首……（四七二）
歲暮……（四七二）
客中除夕 二首……（四七三）
余既出湖，狂風夜作，舟阻三日，形於聲律矣，今復大雪遣懷……（四七三）
和子翼湖中對匡廬小酌……（四七三）
舟次南浦……（四七四）
戊午元旦試筆……（四七四）
寄莊定山……（四七四）
吏部候選……（四七四）

贈熊士選進士尹平湖 二首……（四七五）
和石齋先生贈景熙主事……（四七五）
屠亞卿索次周司徒分獻星辰二壇韻……（四七五）
次韻慶成宴……（四七六）
次韻宴歸喜雪……（四七六）
望西山 十首……（四七六）
壽三原王冢宰……（四七八）
將之嚴州寫懷，留别京師諸友 八首……（四七八）
贈吴道夫侍御……（四七九）
懷竹，爲孫志同稽勳……（四七九）
題陳明之郎中四像……（四八〇）
白巖，爲喬希大考功……（四八〇）
次韻内翰劉可大贈别……（四八〇）
贈北京王端館主……（四八一）
次韻答任國光侍御過訪……（四八一）
次韻陳學之郎中與客談詩……（四八一）
舟中偶述 四首……（四八一）
平湖舉人吴紳輓……（四八二）
平湖御史曹瓊輓……（四八二）
寄謝陳天錫明府送紙墨……（四八二）
臨清候閼偶成……（四八三）
舟中有懷陳學之冬官因寄……（四八三）
經濟寧新聞……（四八三）
戊午七月，訪清江浦冬官席文同、地曹劉用熙，飲于園亭賦此……（四八四）
過姑蘇，贈鄺廷瑞明府……（四八四）
武林中秋遇雨，遂阻西湖之興，

賦三律以紀 三首……（四八四）
戊午八月十七日，出錢塘江頭
看午潮……（四八五）
舟中望富陽……（四八五）
入嚴州境……（四八五）
經釣臺 二首……（四八五）
初至嚴州官寓……（四八六）
嚴州聞三子中式……（四八六）
勉諸生習《小學》 四首……（四八六）
嚴州重九日登思范亭，用節度
推官院逸竹閣韻 二首……（四八七）
戊午冬至前一日，承趙提學
先生免試，退而賦此……（四八七）
建德縣庠菊與芙蓉初放，林分
教邀賞……（四八七）
嚴州迎春 二首……（四八八）
小年遣懷……（四八八）
元旦試筆 四首……（四八九）
新年謁烏龍廟偶成 二首……（四八九）
新年雜興 八首……（四九〇）
往釣臺祭子陵先生，阻風，
示諸生……（四九〇）
至釣臺……（四九一）
送郎黄門上京 三首……（四九一）
送郎黄門，代張司訓……（四九一）
遊石佛寺 五首……（四九二）
遊清涼寺……（四九二）
過王氏庄小酌……（四九三）
次韻答陳石翁……（四九三）
飲邢將軍宅，時牡丹未放，

席上賦……………………（四九三）
弄筆示諸生…………………（四九三）
和韻答吴泌處士……………（四九四）
和陳石翁寄題嚴子陵祠壁……（四九四）
議鄉飲圖，代柬呈胡府尊 ……（四九四）
送桐廬縣博林秉愚還莆陽……（四九五）
過龍泉宋氏庄………………（四九五）
題金陵折桂圖………………（四九五）
嚴州名宦 九首 ………………（四九六）
梁任昉………………（四九六）
宋璟………………（四九六）
杜牧………………（四九七）
田錫………………（四九七）
范仲淹………………（四九七）
趙抃………………（四九八）
胡寅………………（四九八）
張栻………………（四九九）
吕祖謙………………（四九九）
席上賦……………………（四九九）
承葛司訓邀飲，聞門生鼓琴，
聞梁侍講叔厚先生暨王文哲黄
門使交南，將過富春，賦此二
律以候，兼致贈别之意 ……（五〇〇）
剡城任侍御東庄八景………（五〇〇）
馬陵春遊………………（五〇〇）
蠟臺晴望………………（五〇一）
古城夕照………………（五〇一）
孝塚寒烟………………（五〇一）
南畝耕雲………………（五〇二）
龍門釣月………………（五〇二）

竹窗讀《易》……（五〇二）
槐院鳴琴……（五〇二）
己未秋上丁祭……（五〇三）
過方生克寬行寓看共蒂雙瓜……（五〇三）
贈蘭溪董遵道……（五〇三）
己未重陽日遣懷 四首……（五〇四）
登雲居寺……（五〇四）
登嚴州北高峰圓通院……（五〇五）
嚴之北高峰奇絶處，擬搆亭其上，詩以代疏……（五〇五）
東田草屋，爲張鳳舉明府……（五〇五）
題雲津書院，爲劉敔縣博……（五〇六）
贈何宗源分教東莞……（五〇六）
贈周仲鳴進士 四首……（五〇六）
陪周進士仲鳴謁思范亭小酌成詩 二首……（五〇七）
天台陳晦光别余二十年，今得舉領官之清流，過嚴，詩以送之……（五〇七）
元妙觀陪張淳安明府、周仲鳴進士諸公夜話……（五〇八）
得平湖沈楷秀才書……（五〇八）
嚴州再遇迎春 二首……（五〇九）
除夕……（五〇九）
新年試筆 庚申……（五〇九）
新年 二首……（五一〇）
賞雪 四首……（五一〇）
偶題……（五一一）
再雪 八首……（五一一）

三雪和東坡效歐陽體，限不以鹽玉鷗鷺絮蝶飛舞之類爲比，仍不使皓白潔素等字……（五一二）
尋梅四首……（五一三）
嚴之天寧寺舊有瀟洒亭，今廢。偶讀志書，見錢公可則詩，因和之……（五一四）
和東坡日日出東門……（五一四）
相廬吳浩然居士過訪……（五一四）
遊玉泉寺，用杜工部登四安寺鐘樓韻……（五一五）
陪仲藩幕暨別駕公遊玉泉寺，座中賦……（五一五）
陪二仲遊天寧寺，席上賦……（五一五）
贈別仲與正……（五一六）
僉憲仲與立以織金青紵絲團領留別，詩以奉謝……（五一六）
贈別駕仲與立陞廣西僉憲歸省……（五一六）
舟中餞送仲僉憲，用前韻二首……（五一六）
石壁月夜餞邢揮使之東甌把總……（五一七）
次韻贈分水何軾秀才……（五一七）
輓詩……（五一八）
次韻周仲鳴進士題便面見寄……（五一八）
輓詩……（五一八）
鄧林芳意八首，爲鄧侍御……（五一九）

涿鹿鍾靈……………………（五一九）
桂筵稱壽……………………（五一九）
三晉望雲……………………（五一九）
兩浙觀風……………………（五一九）
錦誥貽恩……………………（五二〇）
書香衍慶……………………（五二〇）
宦譜馳聲……………………（五二〇）
蘭舟惜别……………………（五二〇）
陳僉憲嫡母吕氏輓……………（五二一）
題偃薰樓……………………（五二一）
題聚遠樓……………………（五二一）
送詹秀才還鄱陽………………（五二一）
吴少參繼母武氏輓……………（五二二）
靖安尹吴翼之輓………………（五二二）
嚴州試諸生……………………（五二二）
承巡按鄧侍御旌獎檄至 二首
……………………（五二二）
候巡按陳侍御秉衡先生兼奉贈
……………………（五二三）

卷之十一

詩

新拜國子博士，將復北遊 ……（五二四）
方伯孫先生居憲長時論薦，
官遷國子博士，代書奉謝
四首 ……………………（五二四）
將別嚴州，留别諸友 二首 ……（五二五）
承提學憲副邵國賢冬夜見訪
……………………（五二五）
拙菴……………………（五二六）

題樂山卷……（五二六）
正月六日，發嚴州，過釣臺，
留贈餞別諸友……（五二六）
過錢塘江……（五二七）
舟早發富陽，順風過錢塘江，
望見江頭。忽然風轉，舟阻
沙際……（五二七）
近山亭……（五二七）
承田地曹見邀，先至西湖
保叔寺，候任侍御張冬官
偶賦……（五二八）
飲普光寺，坐中走筆，用前韻
……（五二八）
嚴州留別郡伯……（五二八）
題蕭僉憲君親覲省卷……（五二八）
題蕭僉憲便面……（五二九）
贈四川陳僉憲……（五二九）
承提學憲副趙先生以詩見贈，
次韻奉答……（五二九）
紫陽菴弔丁野鶴，用薩天錫韻，
是日同任侍御、張王二冬官、
婁春曹飲亭中，遇雨……（五三〇）
別杭州，承任侍御餞送至北
新關……（五三〇）
別杭州，留贈田景瞻地曹……（五三〇）
經三過堂……（五三一）
平湖顧能輓……（五三一）
水部正郎傅曰會招飲姑蘇官署，
適紅梅花蕾滿樹，一朵初放，
座中走筆……（五三一）

贈陳剛舉人……（五三一）
京口再贈陳剛……（五三二）
京口三贈陳剛……（五三二）
過邵伯湖……（五三二）
高郵湖……（五三三）
寶應湖……（五三三）
過恭襄祠道院……（五三三）
上棗林諸閘……（五三三）
過臨清……（五三四）
河西務阻風，適王冬官以和趙秋曹雜詩見示，遂用韻紀懷 九首……（五三四）
入京……（五三五）
次韻李禎伯秀才面侍方石先生索贈 二首……（五三五）
出安定門偶至華藏寺……（五三五）
次韻周文都送蜀葵栽 二首……（五三六）
卜居……（五三六）
遷居 四首……（五三六）
移居且彌月，舊主遲遲未去，詩以促之……（五三七）
西廳候試諸生，呈堂尊方石先生……（五三七）
西廳寫懷……（五三八）
贈林仰之遷南京國子監丞……（五三八）
代贈仰之子……（五三八）
楊子山行人奉命有事於武岡親王，將便道歸省，來敘別，詩以奉贈……（五三八）
賀周文都得子……（五三九）

同唐榮夫大行人、余宗周侍御過馬文明中舍西軒小酌，席中賦 二首……（五三九）
次余空夫侍御韻……（五四〇）
答馬中舍 二首……（五四〇）
六月苦雨……（五四〇）
太傅沈文華招飲蘇魯麻酒……（五四一）
題逸老堂卷……（五四一）
次潘孔修秋官懷南韻，時孔修乞南畿便養，兼致贈別意……（五四一）
再次潘武庫恩迎韻……（五四一）
贈別沈文華太博遷遼府長史……（五四二）
贈李大使將致仕南歸……（五四二）
贈別諸用昭助教遷鄭府太傅……（五四二）
對鳳仙花……（五四三）
奉慰相國李西涯先生喪冢嗣……（五四三）
雪中追和東坡韻 八首……（五四三）
平湖孫吉夫尹旌德，朝覲入京，投詩見贈，依韻奉答 四首……（五四五）
郊齋宿西廳 二首……（五四五）
虛齋……（五四六）
贈永嘉令汪進之……（五四六）
贈方純吉進士尹平陽……（五四六）
贈別鍾元溥黄門歸省……（五四七）
贈林思紹侍御出守姑蘇……（五四七）
贈楊判府之九江……（五四七）

送高判府之臨江……（五四七）
贈三縣博之官……（五四八）
送錢道載之石埭……（五四八）
送劉子仁之義寧……（五四八）
送余昌期之漳平……（五四八）
贈别錢伯瑞通判之慶遠……（五四九）
次韻答從弟永錫 二首……（五四九）
次韻答族姪子逢秀才……（五四九）
石鼓歌……（五五〇）
答袁藏用……（五五一）
古柏行……（五五一）
忍菴……（五五二）
寄族姪子翼……（五五二）
贈戴童子……（五五三）
贈太學諸生……（五五三）
贈錢縣博往蒼梧……（五五三）
贈陳尚質司訓嘉魚……（五五三）
庭前……（五五四）
贈王瑩中下第還江浦，追次莊定山舊韻……（五五四）
題忠孝堂 二首……（五五四）
輓莊定山 三首……（五五五）
贈别殷雲霄舉人……（五五六）
題許侯獲祠卷……（五五六）
和陶十一首……（五五六）
九日閒居……（五五六）
飲酒 十首……（五五七）
贈濮廷芳遷監丞之南雍……（五五八）
教胄子 四首并序……（五五九）
直而温……（五五九）

寬而栗……………………（五六〇）
剛而無虐……………………（五六〇）
簡而無傲……………………（五六〇）
齋居感興 二十首 ……………（五六一）
夏日歎……………………（五六四）
夏夜歎……………………（五六四）
廬山歌……………………（五六五）
奉餞少司成偶至月河寺西亭，見楊東里草亭詩，因借其韻
紀興……………………（五六六）
贈方司訓之湖口……………………（五六六）
贈別饒延賜判府之汀州，用張廷實主事韻……………………（五六六）
贈袁陽健夫進士尹上元 并序
……………………（五六六）
贈何時中尹金壇……………………（五六七）
仲冬，都城贈孫吉夫，追和李長吉《致酒行》……………………（五六七）
癸亥冬至，以次該陪祭陵，因病不果，承學録昌平李延用先生慨然見代，因賦二律奉贈
……………………（五六八）
研茶……………………（五六八）
贈別聶承之侍御巡按廣東……………………（五六八）
贈梁光岳判晉安……………………（五六九）
新春試筆 四首 ……………………（五六九）
試筆疊韻答王汝楫助教……………………（五七〇）
偶見石刻東坡詞，喜而和之……………………（五七〇）
再和……………………（五七〇）
祭酒謝方石先生祖母獲旌門，

喜用杜子美《臈日》韻索和，
奉答 八首 ……（五七一）
義兒篇 ……（五七二）
贈王冬官壽乃翁卷并跋 ……（五七三）
贈别鍾給事使湖貴 ……（五七四）
碧溪 ……（五七四）
題徐居士輓卷 ……（五七四）
承倫内翰、葉侍御垂顧，失迓，
走筆奉謝 ……（五七五）
疊韻再贈 ……（五七五）
贈陳式尹之建安 ……（五七五）
九峰十景 ……（五七六）
鷄籠奇峰 ……（五七六）
仙潭石洞 ……（五七六）
獅崖霽雪 ……（五七六）
象嶺晴雲 ……（五七六）
子母朝陽 ……（五七七）
焦山夜雨 ……（五七七）
烏頭竹塢 ……（五七七）
關門松屏 ……（五七七）
馬馱秋月 ……（五七八）
雙澗觀泉 ……（五七八）
寫懷次韻答陳子崇 二首 ……（五七八）
贈别秦用中司訓之安仁 ……（五七八）
贈别張宗韶縣尹之衡陽 ……（五七九）
和李白 ……（五七九）
訂馬，代簡戲答王都給事 ……（五七九）
屋賣 ……（五八〇）
南去 ……（五八〇）
贈黄時準地曹 ……（五八〇）

九日次杜工部韻……………………（五八一）
贈馮廷伯僉憲赴嶺南專督鹽屯
之政……………………（五八一）
題愛日樓，爲錢世恩正郎 ……（五八一）
小至 四首 ……………………（五八一）
孔廟迎香遇雪……………………（五八二）
奉謝諸明公惠乙丑歷…………（五八二）
贈別余宗周侍御左遷雲南藩幕
赴任……………………（五八三）
疊前韻再贈……………………（五八三）
苦寒行和杜 二首 ……………………（五八三）

卷之十二

詩

將赴襄陽……………………（五八四）
小年 二首 ……………………（五八四）
試筆 二首 ……………………（五八五）
楊考功名父乃翁輓……………………（五八五）
職方後署小酌走筆 并序 ……（五八五）
將出京，留別諸明公，次屠亞卿
元勳先生見贈韻 三首 ……（五八六）
乙丑正月二十七日出京，承諸公
餞送至城南，馬上口號 ……（五八六）
坐小船……………………（五八七）
二月二日，蔡村船中 ……………（五八七）
新齋，爲施憲副題 ……………（五八七）
舟中小酌，贈蘇、徽二郡守 二首
并序 ……………………（五八七）
舟中寫懷疊前韻……………………（五八八）
分夫助拽過武城，用前韻奉謝蘇

郡守思紹宗契……………（五八八）
貞則卷，爲林思紹太守母題
……………（五八九）
過臨清，總鎮中貴朱公盛席留欵，
至夜三鼓，禮意不倦。時陪林
蘇州、何徽州二郡守……………（五八九）
上安山閘……………（五八九）
彭城舟中，長沙李德舉太守出
沈仲律憲副所贈詩索和，次
韻奉答……………（五八九）
過彭城……………（五九〇）
過寶應湖 四首……………（五九〇）
過高郵湖 二首……………（五九〇）
夜雨，過邵伯湖，風逕迷路，
遂宿湖中……………（五九一）
發揚州……………（五九一）
儀真獲亡尹袁陽所借拙稿
六册……………（五九一）
過石頭城……………（五九一）
次韻答何徽州……………（五九二）
江中……………（五九二）
次韻答安處郡守楊譽洲……………（五九二）
過湖口……………（五九二）
墨菊……………（五九三）
墨蒲萄，爲慎菴殿下題……………（五九三）
四月十三日舟次安陸，風暴
非常，州人謂五十年來未
有此……………（五九三）
安陸候夫……………（五九三）
習家池……………（五九四）

谷隱寺……………………（五九四）
五朶謁憲王墓……………………（五九五）
遊大承恩寺……………………（五九五）
臨坪道中……………………（五九五）
臨坪謁定王墓，阻雨……………………（五九六）
雨中謁簡王墓……………………（五九六）
隆中謁諸葛武侯……………………（五九六）
隆中遇雨……………………（五九七）
次韻答莊國華儀賓 三首……………………（五九七）
保和堂，爲唐殿下題……………………（五九七）
贈别儲冬曹子充……………………（五九八）
漢江臨泛……………………（五九八）
書堂十咏，奉和少司寇新昌
何世光先生韻……………………（五九九）
竹……………………（五九九）
柏……………………（五九九）
荷……………………（六〇〇）
菊……………………（六〇〇）
碧絳桃……………………（六〇〇）
石菖蒲……………………（六〇〇）
黄楊木……………………（六〇一）
瑞香……………………（六〇一）
牡丹……………………（六〇一）
芍藥……………………（六〇二）
送何司寇撫綏還朝 四首……………………（六〇二）
贈别譚司訓……………………（六〇三）
題梅……………………（六〇三）
題品物流形圖：山茶、梅、蓮、
芍藥，爲莊國華國賓，并對聯
……………………（六〇三）

贈華仁甫少參致仕東歸……（六〇三）
再贈……（六〇四）
改建武侯廟開基，宿隆中……（六〇四）
隆中武侯廟成，次前韻……（六〇四）
侵晨出郭候陳提學往隆中……（六〇五）
隆中謁武侯，陪陳提學僉憲 二首……（六〇五）
承提學僉憲陳先生垂顧，用杜子美《嚴公仲夏枉顧草堂》韻……（六〇五）
隆中武侯廟揭扁 二首……（六〇六）
戊辰重九，携子時表、時衷登峴石巖……（六〇六）
送朝使還京……（六〇六）
次韻襲中貴桃竹感之作……（六〇七）
南陽莊國華、國賓詩來徵文，次韻奉答……（六〇七）
奉次徽王韻，贈畢亞卿……（六〇七）
襄陽戊辰除夕遣懷……（六〇八）
己巳仲春，王承吉招遊習池，因謁乃祖忠節祠墓，遂同侍御曹西泉伯仲、彭副郎文卿徜徉盡日而還……（六〇八）
和李岳臺別駕至日有感……（六〇八）
三過曹侍御見龐亭疊韻 二首……（六〇九）
讀果菴傳……（六〇九）
南川別墅 四首……（六〇九）
食鮮蝦……（六一〇）
偶書……（六一〇）

六月十六夜宿萬山，迓少保
大司寇總制洪兩峰先生 四首
……………………（六一〇）
讀總制宮保洪先生榜文有感，
蒙枉顧，因拜録謝 ……………（六一一）
少保大司寇總制洪兩峰先生
見示春日遊鷄鳴寺舊作，追
和奉答 二首 …………………（六一一）
少保大司寇總制洪兩峰先生隆
中謁武侯，兼承致美建議立祠
之意，各依韻奉答 二首 ……（六一二）
疊用屠司寇舊贈韻答鍾舜臣
少參……………………………（六一二）
大司馬劉東山老先生謫戍肅
州，遇赦放還，經襄陽鐵佛
寺敘舊，賦此奉贈 …………（六一二）
贈典簿史奈致仕還沁源………（六一三）
陪岳臺李别駕、西泉曹侍御遊
峴石寺，同次磨崖石刻詩韻
二首 …………………………（六一三）
再疊……………………………（六一三）
承國主命代祀西南二壇，齋居
偶成……………………………（六一四）
登樓介壽，爲都憲陳矩菴先生
……………………………………（六一四）
正德辛未二月，陪都憲矩菴陳
先生、方伯管公、少參白公、
僉憲陳公往隆中謁武侯 二首
……………………………………（六一四）
贈人……………………………（六一五）

次韻送羅柱舉人 二首 ……（六一五）
喜雨 ……（六一五）
洗心亭，爲華廷禧少參題 ……（六一六）
傅寺副雙親輓 二首 ……（六一六）
奉和内閣及大理諸公聯句，贈少司馬德興孫先生 四首 并序 ……（六一六）
訪曹西泉侍御山居 二首 ……（六一七）
重九日登峴石洞巖，次磨崖石刻古韻 ……（六一八）
高陽池候都憲李先生 四首 ……（六一八）
神泉，爲大參將鍾君題 四首 ……（六一九）
次峴山有感韻，兼贈别陳僉憲 ……（六一九）
借《通川感事詩》韻寄林見素都憲，兼呈總制洪兩峰先生 ……（六二〇）
喜李都憲以撫治督將出師，用杜老《諸將》韻奉贈 二首 ……（六二〇）
谷隱寺 二首 ……（六二〇）
鹿門寺懷龐德公 二首 ……（六二一）
奉贈李都憲以鄖陽撫治陞掌南都察院事 ……（六二一）
贈别范邦秀節推轉南京春曹 ……（六二一）
奉贈少保洪總制先生 ……（六二二）
擬贈人 ……（六二二）
贈别少參李岳臺致政還家 ……（六二二）

往南川別墅舟中偶成……（六二三）
遊古林寺看珠泉……（六二三）
九月七日別墅池亭小酌……（六二三）
立冬後賞菊 十首……（六二三）
題郭總戎追思慈愛卷……（六二四）
補遺
得趣亭自警……（六二五）
柏臺春雨……（六二五）
遊圭峰……（六二五）
登梟嶺，用子翼韻……（六二六）
江湖勝覽爲陳以明題……（六二六）

卷之末

師友麗澤外集
序……（六二七）
張廷實……（六二七）
贈林緝熙先生教諭平湖序……（六二七）
陳垣……（六二九）
送南川林先生序……（六二九）
倫伯疇……（六三〇）
送長史林先生之任序……（六三〇）
書……（六三二）
陳白沙……（六三二）
與林緝熙書 共三十五首……（六三二）
羅一峰……（六五三）
簡林南川弟 三首……（六五三）
朱時傑……（六五四）
答林南川書……（六五四）

張元禎……………………（六五五）
寄林南川書二首……………（六五五）
林待用……………………（六五六）
求林南川作書小簡…………（六五六）
謝南川書幅小簡……………（六五六）
答林南川書二首……………（六五六）
寄林南川書…………………（六五七）
楊方震……………………（六五七）
求林南川先生作先孺人
墓表………………………（六五七）
吴懋貞……………………（六五八）
答林南川先生書……………（六五八）
與林南川促楊母孺人墓
表書………………………（六五八）
謝林南川撰墓表書…………（六五八）
陸文東……………………（六五九）
寄林南川郡師書……………（六五九）
方鑑………………………（六六〇）
奉南川恩師書………………（六六〇）
董遵………………………（六六一）
寄林南川先生書……………（六六一）
馮夔………………………（六六二）
謝林南川先生惠陳白沙墓
表書………………………（六六二）
王壽………………………（六六二）
謝林南川先生惠陳白沙墓
表書………………………（六六二）
劉時雍……………………（六六三）
答林南川惠陳白沙墓表書
……………………………（六六三）

黄宗賢……（六六三）
奉林南川先生書……（六六三）
黄壽……（六六五）
奉長史林大人書……（六六五）
莊儀賓……（六六六）
奉林南川先生書 三首……（六六六）
顧能……（六六八）
上南川先生求著述書……（六六八）
親王柬翰……（六七〇）
唐王殿下……（六七〇）
謝林緝熙先生忠孝卷
詩書……（六七〇）
奉林緝熙先生……（六七一）
慎菴殿下……（六七一）
奉國史林大人先生書……（六七一）
梅軒殿下……（六七二）
求王相林大人題手卷書
……（六七二）
湘陰殿下……（六七二）
求襄國王相林先生寫册
頁書……（六七二）
記……（六七三）
羅一峰……（六七三）
羅浮菴記……（六七三）
詩……（六七五）
陳白沙……（六七五）
贈別林緝熙……（六七五）
再贈……（六七五）
三贈……（六七五）
四贈……（六七六）

次韻林緝熙遊羅浮 四首 ……………………（六七六）
絶句二首，寄緝熙賢友 ……………………（六七七）
寄緝熙……………………（六七七）
次韻緝熙《河源道中聞林琰凶問》……………………（六七七）
讀胡僉憲《訪緝熙欖山》詩，因爲三絶句，寄題山中書舍，兼呈竹齋老丈 ……（六七八）
真樂吟，寄緝熙 …………（六七八）
宿欖山書屋……………（六七八）
别欖山……………………（六七八）
聞緝熙授嘉興平湖縣博 ……………………（六七九）
次韻緝熙受教職 二首……（六七九）
成化甲辰中秋後，寶安袁藏用、林子翼、林時嘉、童子時遠、時表從緝熙來訪白沙。緝熙新授浙江平湖縣博，將之官，是夕辭去，賦此識别 ……（六八〇）
候緝熙……………………（六八〇）
緝熙至，用《寄兼素先生》韻寫意……………………（六八一）
再用《寄張兼素先生》韻與緝熙别……………………（六八一）
次韻張進士廷實見寄……（六八一）
緝熙往平湖因賦…………（六八一）
夢緝熙作…………………（六八二）

次緝熙贈別兼答張東所……（六八二）
讀林緝熙近詩……（六八二）
追次緝熙平湖舊作見寄詩韻，時緝熙便道歸自閩廣，將過白沙一話，因以迓之……（六八二）
偶題……（六八三）
歲暮得林緝熙平湖書……（六八三）
緝熙書中問不報鄭憲副提學書，因成小詩代簡，托緝熙達意……（六八三）
寄欖山……（六八三）
和答林郡博緝熙將至嚴州見寄 二首……（六八三）
羅一峰……（六八四）
丙申十一月二十四日夢一聯，後月初六日林緝熙至……（六八四）
丁酉正月十二日回籠夢，時緝熙入金牛……（六八四）
和緝熙劉素彬宅……（六八五）
和緝熙瀧岡謁六一公……（六八五）
夢和緝熙瀧岡阡……（六八五）
和同春書臺……（六八五）
和宣和殿臨韓幹馬……（六八六）
和遊玉笥山……（六八六）
和巴丘留別……（六八六）
送林緝熙先生，次莊孔昜韻……（六八六）

莊孔易……………………（六八七）
承林南川先生過訪………（六八七）
陪南川先生遊真珠泉……（六八七）
陪南川先生遊香淋湯泉
……………………………（六八七）
和南川先生………………（六八八）
陪南川先生遊定山，因贈
……………………………（六八八）
承南川先生以詩言別和韻
五首 ………………………（六八八）
送林南川先生……………（六八九）
承南川先生書，知領平湖
教事 六首 ………………（六八九）
承南川先生至……………（六九〇）
承南川先生過訪，以詩見
貺，用韻奉答 三首 ……（六九一）
靜觀亭，爲南川先生題 三首
……………………………（六九一）
朱時傑……………………（六九二）
贈林南川…………………（六九二）
李東陽……………………（六九二）
贈林南川…………………（六九二）
劉時雍……………………（六九二）
贈林南川…………………（六九二）
張兼素……………………（六九三）
贈林南川…………………（六九三）
林待用……………………（六九三）
贈林南川…………………（六九三）
又二首，次張兼素韻 ……（六九四）
李彝教……………………（六九四）

贈林南川……………………（六九四）
夏景熙……………………（六九四）
次李彝教韻，贈平湖教諭
林南川先生………………（六九四）
林汝惇……………………（六九五）
送南川先生任平湖教諭
……………………………（六九五）
戴□□……………………（六九五）
送林南川先生任平湖教諭
……………………………（六九五）
邵國賢……………………（六九五）
和贈南川先生……………（六九五）
張□□……………………（六九六）
和贈南川先生……………（六九六）
馬文明……………………（六九六）
和贈林南川先生…………（六九六）
姜仁夫……………………（六九六）
寄南川先生………………（六九六）
吴泌………………………（六九七）
寄南川先生………………（六九七）
吴浩然……………………（六九七）
聞南川先生夢與陶淵明遊
會之異……………………（六九七）
方鑑………………………（六九八）
奉和南川恩師先生………（六九八）
顧能………………………（六九八）
奉和南川先生……………（六九八）
何軾………………………（六九八）
奉和南川先生……………（六九八）
梁叔厚……………………（六九九）

贈别南川先生……（六九九）
屠元勳……（六九九）
送林南川先生……（六九九）
任國光……（六九九）
贈林南川先生……（六九九）
吴世忠……（七〇〇）
送南川先生嚴州教授……（七〇〇）
鍾元溥……（七〇〇）
送南川之官……（七〇〇）
王文哲……（七〇一）
送南川嚴州教授……（七〇一）
舟過嚴州，和呈南川先生
……（七〇二）
葉汝賢……（七〇二）
送南川嚴州教授……（七〇二）
羅道源……（七〇二）
送南川嚴州教授……（七〇二）
劉可大……（七〇三）
舟過嚴州贈南川先生……（七〇三）
馮蘭……（七〇三）
贈南川先生……（七〇三）
董遵……（七〇三）
奉南川先生……（七〇三）
沈元節……（七〇四）
奉南川先生……（七〇四）
周仲鳴……（七〇四）
奉南川先生 七截二首……（七〇四）
胡□□……（七〇五）
嚴州府庠師林緝熙先生以
孫廉憲薦，有國子監五

經博士之命，詩以贈別 …………………… (七〇五)
趙□□ ……………………………… (七〇五)
贈嚴州府庠師林緝熙先生
應召入京 ………………………… (七〇五)
胡伯雍 ……………………………… (七〇五)
送林南川先生應名入京
…………………………………… (七〇五)
吴□□ ……………………………… (七〇六)
奉贈林南川先生應召入京
…………………………………… (七〇六)
孫吉夫 ……………………………… (七〇六)
至都，得晉謁恩師南川
先生，書以誌喜 …………………… (七〇六)
訪茶園，時南翁在襄陽
未回，答正甫二首 ………………… (七〇七)
屠勳 ………………………………… (七〇七)
餞南翁入相襄陽，次留
別韻 ………………………………… (七〇七)
林思紹 ……………………………… (七〇八)
餞南翁入相襄陽，次留
別韻 ………………………………… (七〇八)
何子敬 ……………………………… (七〇八)
餞南翁入相襄陽，次留
別韻 ………………………………… (七〇八)
宋□□ ……………………………… (七〇八)
餞南翁入相襄陽，次留
別韻 ………………………………… (七〇八)
何鑑 ………………………………… (七〇九)
餞南翁入相襄陽，次留

別韻……（七〇九）
莊儀賓……（七〇九）
仰懷萬斛，非數言能盡，小詩三首録呈。士儁亦非以言觀我先生者，亮之……（七〇九）
林南川先生和章并書至……（七一〇）
寄南川先生……（七一〇）
張廷實……（七一〇）
寄南川先生……（七一〇）
湛民澤……（七一一）
訪欖山……（七一一）
方叔賢……（七一一）
訪欖山……（七一一）
詞……（七一二）
李景……（七一二）
平湖官滿贈別帳詞 并序……（七一二）

補遺

書……（七一三）
陳白沙……（七一三）
與林緝熙書 二首……（七一三）
詩……（七一五）
陳白沙……（七一五）
夢林緝熙 三首……（七一五）
得林子逢書，感平湖事，賦此……（七一五）
寄林緝熙平湖……（七一六）
聞林緝熙初歸自平湖，

寄之……………………………（七一六）
扶胥口書事，借浴日亭韻
……………………………（七一六）
張主事報林縣博歸過五羊，
用飲酒韻……………………（七一七）
聞緝熙授平湖掌教…………（七一七）
石門次林緝熙韻……………（七一七）
次韻林緝熙潮連館中見寄
……………………………（七一八）
次韻胡提學訪欖山二首
……………………………（七一八）
雜録…………………………（七一九）
章拯…………………………（七一九）
南川林公墓誌銘……………（七一九）
湛若水………………………（七二七）
南川林公墓表………………（七二七）
祭林南川先生文……………（七三〇）
林戴陽………………………（七三一）
代鄉士夫祭南川族叔文
……………………………（七三一）
林時嘉………………………（七三二）
祭南川業師族叔文…………（七三二）
劉光…………………………（七三三）
崇祀府鄉賢祠祭文…………（七三三）
林功懋………………………（七三四）
崇祀縣賢祠祭文……………（七三四）
雜附…………………………（七三四）
陳白沙………………………（七三四）
寶安林彦愈墓誌銘…………（七三四）
祭林竹齋文…………………（七三七）

羅一峰修撰、林彥愈竹齋
同日訃至詩……（七三七）
與寶安諸友書……（七三七）
紫菊吟，寄林時嘉……（七三九）
雨後示劉宗信、林時嘉
……（七三九）
和林子逢至白沙……（七四〇）
送林時嘉……（七四〇）
林子逢至白沙，作示之
……（七四〇）
悼林琰……（七四一）
題石泉，爲林永錫……（七四一）

南川冰蘗全集卷之首

林南川先生冰蘗全集序

昔石齋翁倡道江門，知之者希，視若空谷之蛩音也。蚤得南川林公負背疾馳而其道始尊，且問難省私，尤有相長之益焉，其魯之顔、季也哉！然其名則彰、其行則隱矣，其實則達而其遇則絀矣。是承學之士，慕之若上古人而瞻依弗及，日切於思者，何限也？裕惟術業不足進，署教事於浦陽，會公之仲子鎮山筮仕令斯土，設施未竟而化已大治〔一〕。踰年，伯兄養蒙君扶母氏就禄養，言論風旨雅有所述據，然則由其流泝之則其源益可知也〔二〕。進請其詳，因獲《冰蘗集》。冰蘗也者，清苦之至也。公而式似之，其履操之極乎！何居？蓋公之始也，敬以爲防閑，精以爲磨練。立事業勳勞於幽獨細微也，明進退去就於起居飲食也，身其修矣哉！既而，勉從巡撫所

〔一〕「治」，原誤作「洽」，形近而誤。據文意改。
〔二〕「泝」，原作「析」，據文意改。

勸駕，三仕而爲國博。所執以師弟子者，先之器識而文藝是後也，急之學術而規條是緩也，教其敷矣哉！晚歲聲聞上徹，特進爲襄王相，糾謬繩愆，與江都之美媲焉，職其稱矣哉！左道蔓延，正學大晦，公則深期於自得，不厭不倦，以主静爲端倪，以不惑爲權變，以上下古今爲充塞，以大小遠近爲周洽，休休乎物我無間也，訓其垂矣哉！是彰之以名而行與乎也，達之以實而遇相酬也，公之賢斯至矣。雖然，無寧斯乎而謂清足以盡冰乎，不亦有爕理之助乎？謂苦足以盡蘗乎，不亦有瞑眩之利乎？謂修足以盡身乎，不亦爲天下之有形者則乎？謂敷足以盡教乎，不亦爲物之所自成者乎？謂相國足以盡職乎，不亦爲相天下者法乎？謂訓足以盡言乎，不亦爲萬世訓者乎？曷徵之，吾觀之養蒙君，有趯然遠舉之材而邱園之賁，敦樸尚實，得聖人之清而進不可量也；吾觀之鎮山子，負耿介拔俗之操而利用大作，任重致遠，得聖人之時而進不可量也，是伊誰之遺耶？夫公譬則源也，二君子譬則流也，天下人譬則委也。源之深則流必長也，流之長則委將無所不詣也。然則，聖賢豈難至者哉？至之，自石翁始。石翁豈難至者哉？至之，自南川公始。至於南川公亦豈難至乎哉？夫亦自二君子焉達之而已。然則，是集也，朝廷有誥敕，王國有翰柬，贈行有文，甄薦有疏，未足爲其生之榮也。致老而歸息正寢，奠有章，鄉賢有祠，孝友有揭，墓有表，家乘有狀、有補，未足爲其死之哀也。孰非生也，而獨奉道以周旋；孰非死也，而獨守道以没世，是則可榮也、可哀也耳。二君子之爲是集也，思謦欬、想手澤，念念不忘而揚之以不朽，亦未足爲孝也。有所謂孝焉，孝在於世克自振而使人不失其宗焉耳。裕之讀是集也，侈公之美不足以爲敬，頌二君子之孝不足以爲忠，唯觀感以興而得自廁於正學之門牆，使人皆揆其有自也，則庶乎忠且敬矣。不然，雖日讀是集，徒讀也，如南川之道何哉？旹嘉靖己亥季秋吉，華亭晚生李裕謹序。

林南川先生冰蘗全集序

命生也晚，嘗聞諸鄉先達林見素翁云：「東廣有林南川者，學古行純，受道於陳白沙，盡得其肯綮，學者宗之。」及觀羅一峰先生集中所載，「陳公甫倡道東南，先生實左右之，一時學士盡脱枝葉，認得本根，道學燦然復明」。至讀椒丘文，獲詳其與先生論學之意。三君子當世何如人物，所以推尊敬信者如此。命竊慕私淑，恨未得其門而入焉。比來署教浦庠，從事口耳之末，模不模、範不範，用是懼。既尸素將滿秩矣，而先生子鎮山公適令斯邑，伯子養蒙先生亦以送母就養，後鎮山公數月而至。命挹二先生德輝之餘，聽其言論風旨，如飲醇醪，自不覺其入人之深。信哉，家學淵源眞有自也！閒嘗以《冰蘗》、《遺芳》集下示，誦數四而先生之道德文章始識其詳。蓋於學，見師友傳受之眞；於行，見體用出處之正；於居家，見孝友雍睦之懿；於歷宦，見作士相君之猷；於論扶植士風，見獨持風裁而不詭於俗尚；於論正孔廟禮樂，見議禮之當，可以俟後世而不惑；於却寧藩長史之招，見料逆之明；於諸司論薦，見範世之續；於從祀鄉賢，見淑後之風。至於一動一静、一默一語，載諸狀實墓表者，無非末學小子之所願學而未能。噫，盛德大業備矣！向者，私淑之心不能不勃然於二公接引之下也。況二公之道，即先生之道，則所親炙其輝光者，不在是乎？於命無指者，雖有珠玉，其能受諸？雖然，跛鱉不已，千里亦至；而附驥之蠅，其於追風逐電，雖非其力，藉是亦得以縱其大都之觀。是故敢忘固陋，敬贅蕪詞，以托不朽，是以喜私淑之入門有地，而模範亦克用乂於終云爾。旹嘉靖己亥菊月五日，三山後學陳命頓首拜識。

林南川先生文集序

夫文所以載道也。士非有包羅宇宙之學、上下古今之識，靈府如青天之不滓、沖襟如皎月之當空者，不足以語道。道之不充，即不可以語文。然則，文固可言而難言也。吾鄉南川林先生，少聰慧，愛讀書，兀坐静養天倪；長慕白沙陳先生道，遊其門，曰「吾獲所師矣」。遂結茅欖山，與白沙往來，講學析理，心心相印，不以寒暑間。其尊人竹齋公勖之曰：「余聞石齋先生有道，汝今得依歸，或聞道，死且不朽，尚何求哉？」先生聞命，益自勵，杜門空山餘二十年。一旦喟然曰：「吾邇來覺太極渾淪之本體，豁然停機矣。」閒居力學，探本窮原，以明道爲己任，故其吐露心臆而達之詞章、奏疏間者，悉皆道之腴。及按其生平之出處，廣教澤、敦風化，忠孝兩全，又未嘗不嘆先生之見諸躬行，而於道實深且邃也。白沙嘗致書與先生云：「承論道學，所見甚是超脱，甚是完全，舞雩三三兩兩，正在勿忘勿助之間，大都可以意會。」又語曾侍御曰：「得此道而踐履篤實者，惟緝熙一人而已。」其心契先生若此。先生體會大道，聞望溢於寰區，而聲氣交遊益不苟。時西江羅一峰、江浦莊定山諸先生樂與之遊，唱酬談吐皆在理窟之中，而超然出塵壒之外。一峰謂：「陳公甫倡道東南，先生實左右之。」一時學士盡脱枝葉，認得本根，道學燦然復明。」定山贈先生詩云：「眼中何敢尋常接，天下今誰第一流。」方貢士亦贈詩云：「遠宗濂洛關閩派，近有南川百世師。」當時賢儁名儒所以服膺先生者，正自有在，先生其區區藉文以表見於天下後世乎哉？然士生百世下，欲尚論者，不覩先生之文，不知先生學識之高妙也，不知先生之胸次如青天皓月而接道脈於千秋也。試誦先生句「閒觀宇宙無窮意，似與鳶魚兩物知」，其殆悟舞雩三三兩兩之趣乎？「聖途雖云遠，壯心如鐵石。仰鑽日復日，寸累還銖積」，其殆得勿忘勿助之功乎？嘻！知先生者，可不必於文；而不知先生者，倘能讀其文，以識先生之所以不朽於天壤而風百世者，非無自也，其庶可悠然於道岸也歟？

丁未歲，先生裔孫天御膺選，以先生之文集舊已行於世久之，不無蠹蝕殘缺，恐無以傳後，欲重授之剞劂氏，而請予敘於卷端。余生也晚，每仰止先生之高風，悵同里之不獲親炙也，而又嘉天御膺選之不忘厥祖而善於繼述也，雖不敏，不敢辭，乃爲之序。旹乾隆五十二年歲次丁未孟秋之吉，同里後學鄧大林拜手謹識。

林南川冰蘗全集後跋

《南川詩集》，東莞林公之所著，而監察御史孫先生所愛樂者也。公嘗教諭平湖，先生以魁傑發軔其門。正德戊辰溽夏，欽命廣東，徧臨郡邑，所至有冰蘗聲。維時鑊灆竽知潮陽，一日命進於公署，出是集謂曰：「闡揚人善，士君子盛節。余師林先生前後所著詩集，高古自成一家，且根於道義心術之微，有關於世教非淺，豈世之騷人墨客專以浮藻而馳騁於寥廓間者可倫？子其募工壽梓，傳播四方，俾爲學詩者之筌蹄，蓋吾人行義兼善之一節也。」承命餘，睘睘皇皇求以副之。尋命跋其後，輒以謏聞匄辭，弗獲。竊惟言本乎心，詩言乎志。詩之臧否，心之所係焉。細觀是作，或目有所觸，或心有所感，因時起志，因物寓言，因志發詠，因言成韻。如化工無心於萬物，而萬物之成自不離乎化工者也。且語意渾厚，一出於正，有六義之遺風，則其人梗概可知也已。宜先生敬重之而愛樂之不忘耳。於乎！愛五穀者不褻其餘，愛寶玉者不棄其屑。先生以義而愛其師，又攟摭其手澤遺藁而并愛之，欲梓行傳播，與四方共。其用意尊崇師道、嘉惠後學，至矣。愚將以先生敬重乎師者而敬重先生之爲人，故恭承美意，推所愛樂與相成之。板既玉成，將無遠而不至，則是集殆與李杜陶黄輩諸集同一終始。然則，先生尊崇嘉惠之盛名，亦殆與是集同一終始矣。愚幸托氏名於卷末而竊與有光焉。事一舉而衆美咸萃，故强系數語，以垂之不朽云。朝陽縣知縣長泰楊鑊拜手書。

林南川冰蘗全集後跋

余家蘆溪，距茶園里許，田廬相接，少時即聞有先賢林南川先生者。嘗行過廣濟橋，望鵰鴣嶺，瞻先生里居、祠堂，亦未知求其遺書爲淑艾者。後讀《白沙子集》，所載簡牘詩章，與林先生最多。其精密要渺之旨，鮮與他人言，獨於先生娓娓不倦，因知先生邃於理學。相傳白沙弟子百餘人，首先生而次湛文簡，洵非虚語。去秋，余在歸善署，輯《羅浮志》，見《賢踪傳》闕先生名，心竊疑之。因走筆索先生後昆，得寄示遺集，不惟捧詠其山游諸什，補志書之闕，且得窺其全書，而寧澹之志、高豁之氣、和平雋永之音，宛如親承其色笑、聆其謦欬者。既深以爲喜，久之而愧悔集焉。以先生間世名儒，風流雖邈，居止非遥，胡爲乎讀是書乃遲遲至今者？面赤汗下，烏在稱讀書人？嗚呼！學者非不日讀孔孟書，然口耳傳授，止以應科目、博青紫耳，問躬行心得，渺無聞焉。或言及此者，則人笑以爲迂且狂，其卑者墮於申韓，高者又逃於佛老，正學安得不榛蕪？人心安得不陷溺？不亦深可嘆哉！余濡首括帖，又染詞章支離之習，清宵平旦，或知所悔。顧學無根本，旋生旋萎，又年力衰邁，世網攖我，心爲形役，安所得静暇養端倪耶？此日不易得，白首愧儒生，恨不得即掛冠習静於羅浮。今讀先生集，益堅入山志。先生天姿高絶，英年領鄉薦，即勇於爲己之學，結茆清湖欖山中二十餘年，與白沙往來相質證，不急仕進，安貧守静。居久之，然後浩然有得。其言曰：「善學者不汲汲於施爲，而汲汲於吾心權衡尺度間。寧學成而不用，未有不成而苟用者也。」斯言已見大意。白沙稱先生「認得路脈甚正及進學之勇可畏」，又謂「所見甚超脱、甚完全」，又謂「得此道而能踐履者，惟緝熙耳」。然則，求先生固不在語言文字之末，即諷詠遺篇，亦可仿佛其氣象灑灑落落，風味逼真白沙，其出處亦與白沙同。白沙爲養而隱，南川爲養而仕。隱非忘世，仕亦吏隱，所謂有體用之學。故其興文教、肅官常，皆有功於世道；其教胄子諸篇、論士風一疏、行王道一啟，足覘其所學；其讀史諸議、春秋各論，皆發前人所未發，爲後學津梁。其書慮將蠹，亟謀其後賢剞劂之，以傳不朽。予雖鈍且老，獨欲携之躋飛雲之巔，漱清泉、答山響，而持誦至言，而静思無言。旹康熙四十七年戊子歲暮春，同里後學盧挺頓首謹識。

新刻南川先生冰蘗全集跋

向見《白沙先生墓表》，爲林南川先生作，以爲吾粤文人中大手筆耳。及讀《白沙全集》，其中與南川講學書多至三十五篇、唱和詩多至三十六首，始知其爲白沙契友，有明一代之理學名儒也。亟從東莞先達求其遺集讀之，知其所學與白沙主静之旨相同，而與姚江致知之旨暗合。

或疑其無甚豐功偉烈顯赫于時，然丈夫建立功名，在乎時命，關乎國運，安可以窮達論？觀其爲襄王左長史，彈劾閹宦、稽察税貨、救荒備寇、禦災捍患，皆其學之小試者也。至於預料宸濠之必爲永王璘而不肯以身爲太白，亦其静則生明之驗。使其得志於時，姚江之盛德大業，當於先生任之矣。集中奏疏啟事、坐言起行，非空談性理、薄視功名者比。當時李西涯、莊定山、湛文簡、梁文康皆與之游，亦可想見其爲人矣。今遺集刻成，而成得與于校訂之末，不亦幸哉！咸豐元年十月，番禺後學潘仕成謹識。

廣州府鄉賢傳

林光，字緝熙，東莞人，資性粹美。初入小學，端凝儼若成人。年十七，讀吴文正論學諸書，遂大感悟，建得趣亭，讀書其中。成化乙酉，舉於鄉。己丑會試，遇陳獻章於神樂觀，語大合，從歸江門，曰「吾得師矣」。築室欖山，往來江門問學者凡二十年。巡撫朱英勸之仕，不赴。外艱服闋，母孺人强之出。甲辰，中乙榜，授平湖教諭，一以斯道爲己任，探本窮源，反身修行，一時士習丕變。上敦風化、養廉恥疏〔二〕，報可，頒行學校。巡撫彭公廉其賢，待以賓師之禮。丙午，

〔二〕　指《論士風疏》。

主考福建。己酉，主考湖廣。是年，總修《[浙藩]憲廟實録》[一]。辛亥，聘修《嘉興府志》。壬子，復同考順天。三典文衡，人咸服其藻鑑。部使者以卓異薦，遷兖州府教授六字從縣志添入，會丁内艱去。起補嚴州府教授，浙江按察使孫需以「古道正學、作士淑人」薦，陞國子監博士。作《進學解》、《教胄子詩》，諸生翕然宗之。會孔廟灾，上疏言：「孔子之心，必不安於天子之禮樂之祀，題額宜曰『先師孔子』。」又以監中餼廩不明，養士失實，力陳正廩養士之法。二疏俱下部議[二]，後寢不行。甲子考滿，疏乞致仕，不允，陞襄府左長史。先是，寧府欲疏光爲長史，托都憲張泰柬之。光曰：「此職爲禄非不可，但恐後日事難處。青蓮夜郎可鑒矣。」後寧府卒以逆誅。襄懷王新薨，光代王暫理府事，百弊叢積，威令不行。光隨方整頓，由是官僚效職，奸佞革心，宮闈肅清，門禁嚴密。輔導八九年，事上接下，一以至誠。内外軍民，事無巨細，區處經畫，務當其可。癸酉，懇乞致仕，朝廷以光輔導年久，勤勞可録，進階中順大夫，予致仕，馳驛還里。家居，惟日兀坐，手不釋卷。興到則曳杖逍遥，吟咏自適，於世好澹然無與也。年八十一而卒。光嘗言：「所謂聞道，在自得耳。讀盡天下書，説盡天下理，而無自得處，終是閑也。」觀此，則其中殆

[一]「浙藩」二字，據《南川林公墓誌銘》補。

[二]「二疏」實一文，即《應詔陳言疏》。

有浩然自樂者。陳白沙嘗語御史曾璘，謂「得此道而能踐履者惟緝熙」云。

國子監博士敕命一道

奉天承運，皇帝敕曰：國子監儲才之地，師道實崇；博士分教之官，士風攸繫。必學之兼茂〔二〕，斯名績爲有成。匪稔其良，曷稱茲任？爾國子監博士林光，儒林宿學，鄉榜英流，司教鐸以淑人，範模斯著；典文衡以拔士，藻鑑式精。肆登薦於旌書，遂超陞於今職。操持罔玷，恒堅冰蘗之心；課授有方，益展甄陶之志。賢勞既積，最考是書，可無寵名，以示褒勸？茲特進爾階，修職佐郎，錫之敕命。嗚呼！教本躬行，已成材之足驗；名非偶得，尚實效之益宏。勉副訓辭，嗣膺顯擢。欽哉！弘治十七年四月十三日。

廣州府爲崇祀先賢以彰道學事，嘉靖十二年四月二十日抄

蒙欽差提督學校廣東等處提刑按察司僉事田批：據番禺、南海等縣舉人趙勳等連名呈「蓋

〔二〕「必學之兼茂」句，應與「斯名績爲有成」句對偶。且既言「兼茂」，則不當止有「學」之一事。茲疑「學」字之前有脱文，所脱恐爲「品」字。

惟崇德報功，實王政勸勵之本；景賢仰聖，乃後學惇信之常。禮當奉祠，事宜修舉。勳等竊見故特進中順大夫、襄府左長史鄉先生林公光，篤生嶺嶠之南，間得和氣之會。天資純粹，學問淵源以濂洛爲依歸，以白沙爲師友；體道有深造自得之妙，契悟達理一分殊之機。方其養静清湖二十餘載，耑務誠身，陋於希世，以飲食起居爲進退去就，以幽獨細微爲事業勳勞。白沙嘗謂『得此道而能力行者緝熙耳』，其言誠不誣也。始拾巍科，終爲養仕。三居師任，教實本於躬行；一相藩王，職惟勤於輔導。榮歸特進，出處分明。蓋其不戚戚於貧賤、不汲汲於富貴者如此。若夫當時學衰道廢、文日支離，反本還淳之教，自白沙倡於［先］〔一〕，先生繼於後，卒使聖人中正之矩，復明於天下，其功亦不少矣。禮宜崇祀，尚在缺典，事關教化，理合舉行，爲此連名具呈赴臺，乞將南川先生一體崇祀於本府儒學鄉賢祠」等因，批：據呈，南川先生祀事，正本職所欲行而未及者。先生學行之懿，彰彰士林，禮宜崇祀，不必待勘。仰廣州府轉行府學鄉賢祠奉祀。一應事宜，照舊例行。此繳。蒙此擬合通行。爲此，除行南海縣置立南川先生木主、擇日徑送前來本學鄉賢祠安妥外，帖仰本學官吏照依帖内事理，即便查照春秋一體奉祀施行，毋得混錯。須至帖者。

〔一〕「先」字原缺，因下句爲「先生繼於後」，據文意補。

仰東莞縣牌

欽差提督學校廣東等處提刑按察司僉事田爲崇祀名賢事：先該本道據東莞勘申本縣已故名賢林南川先生行實，相應崇祀，已經准行廣州府學以禮奉安祠祀去。後緣照本官原籍相應一體奉祀，爲此牌仰本縣着落，當該官吏照依牌内事理，即將南川先生立爲木主題識，擇日以禮送入本縣儒學名賢祠中，永永從祀。仍將遵行緣由日期繳牌，須至牌者。

南川冰蘗全集卷之一

奏疏

論士風疏

奏爲敦風化、養廉恥事。臣聞宋儒周惇頤有曰：「師道立則善人多，善人多則朝廷正而天下治。」我朝自太祖高皇帝初定天下，在京則詔立國學，在外府州縣亦各有學，建官爲師，以教天下之秀民。凡今所與共治天下，人材皆自其中收取，比諸他途，爲最盛也。正統年間，英宗皇帝敕禮部同翰林儒臣，修定太祖高皇帝以來立下憲綱憲體，一欵曰：「學校，禮讓相先之地，凡監察御史、按察司官所至下學，先詣大成殿拜謁。禮畢，退詣明倫堂，生員講説經史，監察御史、按察司官中坐，本處提調七品以上正佐官序坐於左，教授、學正、教諭、訓導序坐於右，餘皆立聽。布政司官下學亦同。問答之際，教官、生員不許行跪禮。」又定《出巡相見禮儀》曰：「府州縣儒學教官、生員初見，行拜禮；御史、按察司官出位中立，還拜。教官、生員相見之後，不許每日俟候作揖，有妨肄業。」臣伏思祖宗以來留意學校，擇凡民之俊秀者入學，其尤可教者，日食有禄，每食有膳，既蠲其身之徭役，又恐其上下相接過禮，壞其習而妨其業，故於憲綱明定其儀，蓋所以扶植士風、預養廉恥也。誠以廉恥者士人之大節，士風者王化之首務也。近年以來，士風不振，廉恥節衰，驕諂相仍，日甚一日。臣官雖卑微，亦有禄食，不得其職，義不當默。只以上下交際一事，昧死言之。臣目覩本處及風聞各處，凡上司出巡報帖一至，其趨接過禮，不獨有司，爲教官、生員者動輒廢事失業。或三日或五日，或十里或二十里趨迎。如水行者，舟中未見顏色，不顧泥滓，輒跪岸旁。登舟之時，又跪路旁。入見之時，庭趨就跪，俯首喪氣，甚至免冠叩頭，稱呼老爺，然後免責。至其有司〔二〕，或有事出入，或事畢而去，亦皆俟候，遶跪路旁。或敢不然，則毛舉細故，搜摘别失，輕則笞撻，重則拿問，莫敢誰何。至於視學之時，或奉承稍不如意，講説經史，駁疑未終，動加笞辱。違祖宗之法而不顧，敗天下士習而不恤，何益於國、何益於民而驅人承奉至此也？〔三〕夫人之至尊敬者，莫過於君上。京師，百司官僚之所萃也，如當有事南郊之時，

〔二〕「有司」，陳伯陶纂修《東莞縣志》所録作「在司」。（陳伯陶纂修《東莞縣志》，台北：學生書局，一九六八年影印本，第六册，第二一九一頁）

〔三〕「何益於國」前，陳伯陶纂修《東莞縣志》所録有「何益於身」四字。（陳伯陶纂修《東莞縣志》，第六册，第二一九一頁）

聖駕一出一入，亦只令從衛之臣警蹕清道，未嘗詔有司臣僚遶跪路旁。人之至親愛者，莫過於父母。居家而父母有事，一出一入，亦不令其子遶跪路旁。今爲官長，而驅所屬人士諂辱至此，士苟有廉恥、稍知自愛者，以爲何如也？臣非不知隳禮諂隨則禄位可保，守禮供職則見怒者衆，然臣思之，祖宗之法不可以或違、天下士風不可以賤汚，此臣所以夙夜懷思而言不容已也。其間亦有賢明上司惡下之承奉如此，而循習成風，卒未能革。夫朝廷號稱賢才而教養以待者，皆此輩也。今日之尊官，即前日之生員；今日之生員，又將爲他日之尊官。而其師生之間，待之賤如奴隸，其辱有甚於墦間之乞者，爲下者亦安習而不以爲恥。羞惡之心，人孰無哉？顧以利禄之誘、刑威之懼，日摧月沮，遂至頑然不顧，士風至此，亦可憂也。是以今之教職，副榜舉人多不願受，朝廷因其不願，遂限以年歲，而彼寧懷欺罔減報歲數以避其職，非獨斯時減報，其在學亦然。是相率而爲僞也。夫建學立師，致使人賤惡遷避而不爲，如此而望師道立、善人多，不亦難乎？師道不立，猶虚費廩禄、群聚而養之，則所得者恐或非才，無益於國也。臣聞之：有所不取之謂廉，有所不爲之謂恥。今若志饕利禄，畏威患失，無所不爲，將以尸位而師人，如此而望廉恥興、士風振，臣愚亦知其難也。宋儒胡瑗常爲學官，教授蘇湖，成就人材，至今稱仰。使當時上之人待之，賤亦若此，瑗雖欲自效，其將能乎？夫爲人臣，賴國寵、居尊官，非以凌下，必其德之大，將以化下也。化下之道，風行草偃，亦惟待之何如耳。待以衆人而報以衆人，待以國士而報以國士，上之所感，下從而化。中才之人，固係於爲上者之造就。人孰不願爲君子哉？是故古之賢士，或遭時不偶，務自韜晦，有舉世不知而不悔者；有人君或知待之、泛如廝養而不屑就者；有禮貌未衰而言不用、超然引去寧餓死而不顧者，其自立如此，士風安得而不振？今之士習既卑，又日從而挫抑之，士風安得而不衰？且天下之官，皆統尊於吏部。臣聽選之時，常隨衆至堂上念背脚色，亦不許行跪禮。今在外，上驕下諂，致使士風頽敗而不顧，宋儒程顥所謂「學校之不循、師儒之不尊，無以風勸養勵之使然」，亦謂此也。臣仰思陛下天縱聖明，尚立拾遺補缺之臣，時有言者，猶荷優容採擇。今爲人臣驕縱違法，而卑官寒士括囊遠害，無一人肯言。臣愚不識顧忌，以此爲天下士習所關，謹疏其事，如蒙准奏，乞敕該部參酌祖宗以來待士之意，明降上下接遇禮節，俾知定守。其教官或有罪責，證佐明白，輕則斥令致仕，重則斥退爲民，又重則國有常典。以既立之爲師，而笞撻之辱不加焉。其間又有不才如臣者，量能度分，自知不足爲人師法，亦許令自引退。如此，則天下之士有爲貧而不免禄仕者，或道不得行寧辭尊富而居卑貧者，皆願就其職〔二〕，不數年間，庶幾師道立而教化行，士風少變，天下後世亦將以我朝爲

〔二〕「皆願就其職」，陳伯陶纂修《東莞縣志》所録作「皆願就位而稱其職」。（陳伯陶纂修《東莞縣志》，第六册，第二一九二頁）

師法，斯道幸甚。不勝戰慄祈天之至。成化二十二年三月初一日奏。

乞便養疏

奏爲陳情乞恩以便養親事。臣原籍廣東廣州府東莞縣人，見年五十七歲。成化元年，鄉試中式。自成化五年會試以後〔二〕，一向依親讀書。至成化十五年，臣父林彦愈病故，丁憂服闋，以母游氏在堂，朝夕在侍，前後不及會試十有五年。成化十九年，蒙欽差總督兩廣軍務兼巡撫都察院右都御史朱英照會廣東布政使司行屬，催促遠年舉人會試。臣念家貧母老，非禄無以爲養，非仕無以得禄，遂應成化二十年會試，中副榜，欽除浙江嘉興府平湖縣儒學教諭。其時臣母尚未加老，雖不及就養，所幸者猶有臣弟林明在侍。今臣弟已亡，而臣亦官滿，給由赴部。本部考稱，苟免降黜。見蒙聖恩，陞授山東兗州府儒學教授。兗州爲山東大府，自古聖賢所萃之處，任非不美，但念臣母見年八十二歲，血氣既衰，憂病交集，風燭之虞，寧免不時，身後之事，當以日計。今兗州之地，與臣本處道路相去六千餘里，地方益遠，迎養益難，使非近便，萬無子母相

〔二〕「成化五年」，原誤作「成化四年」。經查證，成化四年非會試之年，成化五年爲會試之年。（朱保炯、謝沛霖《明清進士題名碑録索引》，上海：上海古籍出版社，二〇〇四年，第二四六四頁）因改。

見之期。臣伏思聖朝以孝教人，明有便親恩例，伏望聖慈廣推仁孝，俯賜矜憐，特敕吏部查照，容臣改除本布政司鄰府地方。如無教授員缺，臣願復教諭原職，以便養親，俾眷戀私情，既獲盡於八旬之老母；支離末學，猶少裨於鄉曲之後生。則臣之母子仰受于主恩，生當粉骨、死當結草矣。弘治八年三月十六日奏。〔一〕

應詔陳言疏

奏爲災異陳言事。近見禮部爲地震事，題准各該衙門條陳所見。臣思天下之事，今日之所當言何限，但各有職司，非臣之所敢言也。至於監中之事，臣職雖卑，豈容緘默。謹具奏聞。

其一曰明祀典以求聖心之安。臣伏見孔子之廟由國子監以達於天下，凡府州縣有學即有廟，蓋以孔子卓冠群聖，爲萬世之師，所以崇奉報祀，無處不然，以孔子之教，無處不被也。是故，後之學孔子者，因孔子之言，求孔子之心，潛思默會，遵信不違，則所以尊孔子莫先於是矣。若夫天下之大分，禮之所不可踰者，萬世臣子之所當守也。況孔子爲禮樂之宗主，有一毫之可苟乎？臣請備言之。太祖高皇帝既定天下，於洪武元年八月即遣使致祭孔子廟庭，播告天下。

〔一〕「十六日」，原作「十六六日」，衍一「六」字，删。

洪武三年六月，詔天下五嶽四瀆悉革去前代妄封位號，獨以孔子明先王之道、爲後世師，非有功於一時一方者可比，所有封爵，宜仍其舊。臣伏思太祖高皇帝於孔子封爵有因而莫加者，當時必揆之以道、酌之以中矣。成化間，禮官建議以天子禮樂祀孔子，加樂舞之數、增籩豆之品，朝廷重道崇儒，遂准其奏，頒行天下，所以尊孔子可謂至矣極矣。臣讀孔子之書，緣孔子之心，恐有未安。且如周公，有周之聖人也。周公輔成王以安天下，成王以周公有大勳勞，於其没也，賜以天子禮樂，論者遂以爲周公能爲人臣所不能爲之事功，故得用人臣所不得用之禮樂。殊不知，人臣之所不能爲者，皆分之所當爲也。《記》曰：「魯之郊禘非禮也，周公其衰矣。」《語》曰：「禘自既灌而往者，吾不欲觀之矣。」孔子非之如此，則孔子之心可知矣。是以當時季氏僭八佾、三家僭雍徹，皆斷其罪而不赦。及作《春秋》，書考仲子之宫初獻六羽，亦明前此用八佾之僭也。至於疾病，子路使門人爲臣，病間深責之，謂：「無臣而爲有臣，吾誰欺？欺天乎？」顔子死，門人厚葬之，而歎曰「回也，視予猶父，予不得視猶子也」。孔子非不愛顔淵也。推此，則孔子之心，不肯安於其所不安，益明矣。是以孟孫問孝，孔子告之「無違」。人子非不愛親，而生事葬祭，禮不可違。且善學孔子莫如曾子。曾子，傳聖人之道者也，臨終易簀，是不肯頃刻安於其所不安，況孔子乎？近者，災及魯廟，累年崇奉殿宇，喬木爲之一空，此實非常之變。因災修省，臣上揆孔子在天之靈，萬一於此容亦有未安乎？臣謂祀孔子宜從太祖高皇帝所定，仍用王爵，禮秩皆然。但題額，臣以淺陋之見，請宜曰「至聖先師孔子之神」，則尊嚴之意自在其中矣，不必加以繁辭、隆之過禮也。

其二曰明廩餼以端風化之本。臣聞上之待下，以有恩爲先；下之奉上，以不欺爲本。太祖高皇帝嘗諭中書省，慮天下學校之教名存實亡，國子監又爲天下學校之本、風化之原，即位之後，即立國子監。數年斟酌，廩禄、膳給、勸勵各有條欵。太宗皇帝入繼天統，定都北平，立有今監。列聖即位，無不首先臨幸，恩禮有加。後以四方貢舉、監生人等到監日衆，會饌如饅頭、餡肉逐月照依時估，於順天府都税司門攤貨鈔内折支；其乾魚椒鹽等料，仍辦本色。正統七年，祭酒李時勉奏准具照時估折支鈔實，其饅頭、粉湯、豆腐，照饌米事例支給豆麥。所有饍夫民僉一百名，除逃亡二十名，尚有八十名，俱係順天、保定、永平、河間四府所屬，遞年僉定顧役，每一名出辦銀一十兩，如柴薪皂隸，解納禮部送監支用。臣謂會饌既停，監生人衆實難供役。見在監官四十三員名，日食人亦應有饌，其膳夫亦宜供役。臣乞量監官職品級，或與一名、或與二名，祭酒、司業又當加倍，以禄爲差；其餘或散給監生、或存留公用，各有規條，則恩出於上，昭然明白，下無不知感矣。孔子曰：「忠信重禄，所以勸士也。」待之誠、養之厚，臣職何如其報哉？夫不求盡飲食起居之道，必不能盡去就死生之道。

姑息隱忍，有懷而不盡，非忠也。臣故欲明祀典以求聖心之安、明廩餼以端風化之本，二者皆國子監所關係之大事。是以昧死言之，不勝惶懼。乞勑該部擬議施行，俾聖靈默享於至禮、師儒不陷於罪過，斯道幸甚。弘治十四年閏七月十九日奏。

乞恩致仕疏

奏爲陳情乞恩致仕事。臣見年六十六歲，廣東廣州府東莞縣人。成化元年，鄉試中式。自成化五年會試中副榜〔二〕，不願就職。其時，遇故翰林檢討陳獻章家居講學，臣亦依親讀書，獲從之遊，相資求道，十有五年，不及會試。臣非敢好高求異，亦非敢謂學有所見，顧惟愚魯之資，積習功淺，中無定力，外感易揺，尚賴先臣蔭庇，無饑寒之逼，無塵俗之撓，知浮生之難久，知短景之易過，是以杜門空山，潛修晦養，圖進寸尺，故未願仕也。成化十九年，蒙欽差總督兩廣軍務兼理巡撫都察院右都御史朱英照會兩廣布政使司行屬，催促遠年舉人會試。于兹之時，先臣既已見背，母老家貧，無以爲養，願就禄仕，遂應成化二十年會試，仍中副榜，本年三月十八日除授浙江嘉興府平湖縣儒學教諭。九年考滿，陞授山東兖州府儒學教授。丁母憂服滿，起復補浙江

〔二〕「成化五年」，原誤作「成化四年」。經查證，成化四年非會試之年，成化五年爲會試之年。（朱保炯、謝沛霖《明清進士題名碑録索引》，第二四六四頁）因改。

嚴州府儒學教授。臣才不逮人，循分供職，實德未孚，彝教未洽，輒有虚名。浙江按察司按察使孫需誤以臣堪充任使，奉詔薦舉，欽陞國子監博士。自供職以來，未有纖毫展報之效，虚縻廩禄已經三年，考滿復職外，近因災異修省，屢聞詔旨，臣愚雖在下僚，喜積通宵，歡洽旬日。仰知陛下天縱仁明，無物不體，無幽不燭，持此一心，足以參天地、贊化育，非特變災爲祥、轉危爲安而已，且將振起頹風，恢宏正道，繼萬世之太平、垂中興之聖譽。人臣際遇，何幸斯時？但恨臣年向暮，徒懷忠戀，精力已衰，雖職任卑微，無大關係，然臣聞食而不堪其事，造物者之所不容，況乎因災修省，去就之義亦不可以官小而不盡職。故詳具臣平生志願、履歷緣由，乞恩休致，生歸田里，庶首丘之狐、就穴之蟻，均沾化育之仁，得遂安全之願，臣不勝祈天戰慄待罪之至。弘治十七年七月十六日奏。

聞孝宗皇帝晏駕進香疏

奏爲禮儀事。弘治十八年六月二十九日，湖廣布政使司差生員齎捧遺詔到府，臣等慟地哀號，仰天莫及，奉諱痛戚，罔知所云。伏念太行皇帝至孝自天，深仁澤物，撫綏九有，常慮一事或失其宜；輯寧萬方，惟恐一物不得其所。允宜萬壽，以福蒼生。哀詔忽傳，報恩無地。死生晝夜，雖聖賢所不能違；食禄懷恩，慚犬馬之無補。臣等職守，奉遵詔旨，不獲奔赴闕廷，無任哀誠。臣等謹具香一炷，專差典膳所典膳副韓昕賫進。臣等不勝戰慄哀隕之至。弘治十八年七月初七日奏。

賀皇帝即位疏表

奏爲慶賀事。七月十三日，湖廣布政使司差生員賫捧赦書到府，伏聞皇帝陛下以五月十八日遵奉遺詔，繼統承天。晴日昭升，萬方快覩，見龍在御，四海文明。臣等誠歡誠喜，稽首頓首。臣聞天生萬物，惟人最靈，聖亶聰明，乃作元后，開物成務，既有創於前；繼體守成，斯有承於後。重離遞照，景運天開，霈澤旁流，敷宣至化，普天翹首，共望太平。茲蓋伏遇皇帝陛下，毓德東宮，春秋至富，英偉之見，卓參于古；孝恭之行，性之於天。以乾剛之德而御六龍，以聖哲之資而居寶位。乾旋坤轉，將大有爲；雷動風行，豈云小補？臣等誠歡誠忭，稽首頓首，敢不精白一心，仰沾新化？率先僚屬，俯伏拜颺。臣等無任瞻天仰聖，激切屏營之至。弘治十八年八月二十日奏。

請建諸葛武侯祠廟疏

臣聞賢人君子，生在一方，則山川爲之增輝；跡寄一地，則圖誌爲之加重。其存也，四方仰之；其没也，後世思之。仰之、思之不替，於是立廟以祠之。其德、其功愈大，則思仰者愈久，而祠廟至後世千百年而威靈猶有存者，蓋以人心之所在，即神之所在，不敢忽也。三國時，諸葛亮方其未遇，躬耕南陽隆中，沉潛韜晦，不求聞達。其時漢室傾頽，群英並起，亮感昭烈三顧之勤，起而與之從事，共扶漢室，聲大義於天下，功名事業照耀一時，歆動後世。宋儒程頤稱亮有王佐之才，三代而下人物如亮者，誠不多見。臣聞聖王之制祭祀法施於民，以死勤事，以勞定國，能禦大災，能捍大患，皆宜祀之。論亮之功，數事咸備。按圖誌，襄陽隆中乃亮寓居之宅，宅西舊有三顧門、避暑亭。唐於此立廟，建雲居寺於旁，以寺僧主其祀，因封亮爲武靈王。宋賜英惠，加號仁濟。元至正間，改爲隆中書院。累朝崇重，實以地因人勝。至我襄簡王，慕隆中佳秀，欲擇爲塋葬之地。簡王薨，懷王爲世子，乞恩葬簡王及杜王妃、張夫人于隆中，遂遷亮廟於山中之左臂，並移雲居寺于他所。今寺既成，已蒙敕賜廣德寺，惟亮廟陋小，且將傾頽，又逼近王墳，亦非妥神之所。原懷王初心，非不欲尊亮，新其廟宇，但委用非人，不能副其所望。臣嘗往拜簡王之墓，謁亮之祠，心甚不安。況今簡王既葬之後，懷王壯年薨逝，乏嗣承繼〔二〕；光化王病亦未

〔二〕「乏」，原誤作「之」。林光《請封代疏》有「緣懷王乏嗣」之説，（林光《南川冰蘗全集》，廣州出版社二〇一五年影印清咸豐元年刻本，第一卷，第十六頁）據改。羅邦柱先生亦曰，「『之』，『乏』字之誤」。（林光撰、羅邦柱點校《南川冰蘗全集》，北京：中國文史出版社，二〇〇四年，第三七頁，校記）

痊，子嗣未見。議者以爲神之威靈不得其安所致。其言鄙俚，雖不足信，然詩稱「維岳降神，生甫及申」，史載孔子之生，尼山之禱。幽明感通，固未易測，然賢不可以不尊，神不可以不敬。所以敬而尊之者，亦惟禮之適其宜、奉之得其所而已。臣行隆中東去數十步，離王墳稍遠之山，有一窩，狀若盤谷，勢亦朝拱，臣愚以爲亮之祠宜修建于此，比舊稍加，規模閎峻，像塑儼雅，少伸尊嚴敬神之意，以補前闕，以慰人望，庶幾因悔而獲吉。除先啟王知會，凡那移修建工料，本府當自出辦，不以一煩有司民力。但思不經上司提督，未免仍蹈前轍。伏望聖明俯念先世賢臣，乞勅該部議擬，轉行湖廣撫治、巡按及守巡等官，提督責成；仍敕賜廟額，春秋祭祀，則我朝教德勸忠有光于前，世道幸甚。

奏請監國殿下疏

奏爲乞恩處置宗藩以全恩義事。臣聞自古帝皇莫盛于堯，《書》稱「親九族，百姓昭明，黎民於變」，然未見所以處之之方。舜紹堯致治，孟子始稱其待象「不藏怒、不宿怨」、「親之欲其貴，愛之欲其富」、「使吏治其國而納其貢稅，不得暴其民」，舜之親親，其處置之宜如此，必嘗得之於堯哉！我太祖高皇帝既得天下，大封同姓，立爲皇明祖訓，大小之事咸有條章，俾知遵守，可謂極親親之義矣。聖子神孫，恪守成法；金枝玉葉，萬世無窮。凡在藩封，孰敢不謹？往者，襄王始受封之國，忠愛之誠，最爲英宗皇帝嘉奬，嘗賜書推憲王之心即周公之心，既稱同室之至親，又稱宗室之至賢；既製《峴山漢水賦》、又製《四景歌》以寵賁之，金章玉韻，天下共聞。襄懷王乃憲王之曾孫、簡王之長子，薨逝無子。光化王係襄懷王庶弟，欽依奏准，暫且管理府事。緣光化王先年得患心風病證，自行請醫，蒙孝宗皇帝准奏，太醫院欽遵撥差醫士到府醫療去。後光化王具本謝恩訖。前此，光化王因疾稍痊，恐王位久曠，自行具奏請封，蒙聖恩准，襲襄王爵位。禮部抄奉聖旨行湖廣布政司劄，仰長史司啟王知會。光化王仰戴天恩，合府臣庶孰不顒望？然王病未獲大痊，臣職叨輔導，實切憂之。夫人之喜怒愛憎或過於内，風寒暑濕或感於外，皆能病。病倦而精力失照，則壅蔽之患生；威令不行，則刁横之惡長。深可慮者，上下蔽隔，政出多門，邪倖托旨用事。如此而欲求府事至當歸一，抑亦難矣。況府中軍校争田競訟者日益加多，强者欲逞其力，刁者欲遂其謀。雖經上司斷結，亦不輸服，往往托稱枉屈，詣闕奏擾，訟詞干連動輒三五十人，勾解絡繹，不得寧息。親王大府，所係非輕，今光化王疾發不時，府事未能管理，但推兄終弟及義，當繼襲襄王、爵位待封，無疑矣。臣伏見憲王自受封之國，本支宗派，光化之外，僅有三王：陽山王，乃襄簡王之第二庶弟，安重老成；鎮寧王，乃簡王之第三庶弟；棗陽王，乃棗陽僖順王嫡長子，年方十四歲，俱受封，同在一城。伏望皇上追念憲王之賢，篤厚親親之義，伏乞於諸位内取自聖裁，簡念相應一王，暫且代光化王管理府事，迎接詔敕、拜進表箋、主祭行禮，庶幾政治有條、紀綱不紊，非惟府治可保無虞，光化王亦得以專静調理，待心安身寧，然後從王自行聽政。若然，則憲王支派，實賴皇上處置之義、親愛之仁，當益昌盛，與國咸休矣。臣聞人臣事君，以不欺爲忠，故不隱忍緘默，輒昧死言之。緣係乞恩處置宗藩以全恩義事理，未敢擅便，爲此具本謹奏。正德元年十一月初四日奏。

慰安代疏

具位謹奏，爲慰安事。臣伏聞孝宗皇帝梓宫安厝已畢，臣不勝哀慕。仰惟皇上大孝天成，追思曷有其極？伏望俯從禮制，以宗社爲重，保愛聖躬，實天下臣民之福。臣忝宗親，理當奉慰。正德元年正月十日奏。

請建大忠祠代疏

奏爲崇祀忠烈事。臣聞自古聖帝明王治天下，所以扶綱常、立人極者，必以顯忠遂良爲先務。然不有以旌之於既往，則無以振之於將來。臣伏覩三代而下，忠良之臣莫盛於宋。宋興三百餘年，胡元猾夏，宋祚乃亡。宋亡，則中華變爲夷狄，衣冠同於左衽，開闢以來，非常之變。當是之時，忠臣義士踰嶺蹈海、效死報國者，固非一人。其最顯者，文天祥暨太傅張世傑、右丞相陸秀夫，實佐帝昺與元將張弘範戰，死于廣東新會之厓山，十萬生靈，隨之以盡。磨崖大書「滅宋於此」，忠義之氣，鬱而不伸。幸我太祖高皇帝龍飛在天，一掃胡塵，以復諸夏，實中原萬世臣子之心之所願戴者也。臣伏思張世傑等，既爲宋臣，盡節於宋，亦是當分。惟其寧爲中華而死，不污左衽而生，立天地之常經，明《春秋》之大義，英風邁烈，震耀天地之間，而能使一代事元之人奄以爲恥，此其爲教至嚴而忠至大也。從前有司失於建議，百年寥寥，未蒙聖朝特立祠宇以崇祀典，至今濱海或露威靈。文天祥雖不死於厓山，然而目覩宋亡，臨風悲歌，其詞激烈，足以風動後世，實在斯地。臣前領邑治，奉職不肖，如兹要務，稽闕至今，臣之罪也。近以職事巡歷其地，因觀遺跡，不勝慚悚，即於某年月内預備木瓦，於張、陸死所卜地爲祠。緣係旌忠建祠事理，未敢擅便，臣昧死以聞。如蒙准奏，乞敕該部計議，特賜廟額，立與祭祀時儀，行該府州縣歲致祭，使前代忠義之靈有依，當道人臣之節有勸，世道幸甚。

請封代疏

奏爲乞恩襲封事。臣兄襄懷王於弘治十七年六月初一日薨逝，緣懷王乏嗣，臣係親弟，本年十月初十日奉禮部勘合，蒙先帝准臣暫理府事，拜進表箋。臣自愧庸才，奚堪重任？思維藩屏，叨系本支，敢不悉心以副聖恩之萬一乎？今臣兄懷王已於弘治十八年九月初三日安葬畢，臣病今幸稍痊，伏乞陛下軫念親藩，推兄終弟及之義，敕臣繼襄王爵位，不勝感戴之至。

賀尊號表代疏

具位謹奏，爲慶賀事。欽奉明詔，恭上大行皇帝尊謚「建天明道誠純中正聖文聖武至仁大德敬皇帝」、廟號「孝宗」。是誠我皇上至孝格天、重華協聖，誠足以昭徽休於億萬斯年也。臣不勝歡忭，謹奏表稱賀。

井侍長謝搬居東府并謝禄米代疏

奏爲謝恩事。臣選配襄懷王，期侍巾櫛，偕老終身。不幸王於弘治十七年六月初一日薨逝。未薨之前，慮臣有子不存，日後孀居，或不得安静，遺諭令臣東府居住，臣不敢擅專，啣哀奏請工部覆議具題。本年十二月十二日奉聖旨：「既王有遺言，井氏准東府居住，不必查勘，欽此。」欽遵。臣又恐王薨已後，官眷數多，養贍難給，奏乞於本府禄米内量給與臣養贍，户部擬議覆題。本年十二月初八日奉聖旨：「井氏准於本府原額禄米内歲撥一千石養贍，待承繼之日停止。欽此。」欽遵。臣命薄福淺，早罹孀厄，無夫王依歸、無子嗣繼後，煢煢憂苦，餘息僅存。荷蒙先帝至仁厚德，推恩宗室，矜及嫠窮[二]，仰求必應，哀請俯從。臣感戴天恩，欲報罔極。今先帝賓天，皇上紹登寶位，聖孝天成，善繼善述，凡在親藩，莫不仰賴。爲此備由謹謝。

内使請賜冠帶代疏

奏爲請賜内使冠帶事。先因臣府缺人給用，奏蒙大恩撥賜内使魏通、潘成、趙福、李玉、洪寶、韓恕等到府。臣近見各使亦皆循善好學，小心供事，臣欲乞恩賜以冠帶，俾各知勉力盡職，以圖補報於萬一也。不勝榮幸之至。

乞留護衛官軍免摘撥差操代疏

奏爲陳情事、乞恩遵成命以杜邪閑事。臣據叔陽山王、鎮寧王、弟棗陽王連名啟臣轉奏前事。臣祖襄憲王，實仁宗昭皇帝第五子，宣宗章皇帝及憲王皆孝昭皇后所生也。初封長沙，英宗睿皇帝念其地卑濕，詔遷襄陽。正統十四年，英宗皇帝北狩，憲宗純皇帝時爲皇太子，憲王有陳言、慰安二章上聖烈慈壽皇太后，乞命皇太子居攝天位，仍乞命郕王盡心輔政。章上時，景泰

[二]「嫠」，原誤作「婺」，據文意改。嫠，寡婦。

已即位矣。後英宗皇帝光復寶位，搜覽章疏，感歎不已，特取入朝，賜書褒奬，有曰：「叔父之心，即周公之心。而此二章亦即金滕之書之比也。」又曰：「同氣至親惟叔父，而宗室至賢亦惟叔父，於情於誼，不可不重。欽此。」進覲天顔，益加寵眷，賚賜甚厚。時兵部掌部事靖遠伯王驥等奉天門欽奉英宗皇帝聖旨：「襄王宗室至親，賢德可重。特與一護衛以表朕褒進之意。兵部便將相應衛所撥與王，欽此。」欽遵。蒙將襄陽衛左千户所、安陸右千户所及將臣府群牧千户所改爲中千户所，輳撥爲襄陽護衛。外至弘治五年，撫治鄖陽等處都察院右副都御史王道比例具奏，要將臣府官軍節制操習調遣等因，該本府懷王具奏，孝宗敬皇帝聖旨：「兵部知道。欽此。」欽遵。兵部覆奏，内稱：「除查襄府先於天順元年蒙英宗皇帝特賜護衛官軍緣由相同，切惟洪武年間初封親王，皆有三護衛。襄王續封王國，其有護衛，係蒙英宗皇帝特賜之數，止是三所。今都御史王道等奏，要將本護衛官軍聽其提督操練，亦居安慮危、思患預防之意。今彼處賊寇已平，地方亦静，若將前項官軍聽其提督操練，未免國事有制，王心不安。今該襄王具述：英宗皇帝眷顧曾祖憲王厚恩，其事有據，其情甚切。況本府係朝廷至親，非族屬疏遠者可比，合無將襄陽護衛官軍照令本府自行管束，其差操一事，姑免干預，以省煩擾。弘治五年六月十五日，太子少保兵部尚書馬文昇等具題。」次日，奉孝宗皇帝聖旨：「是。欽此。」欽遵。弘治九年，又該興王具奏，要將臣府護衛右千户所取回原衛，守護城池。該懷王具本陳情，兵部題稱：「查得前項官軍，原係英宗皇帝恩撥與襄府，輳成護衛。今經四十餘年，人心已定，產業已成。今要取回原衛守城，事體未宜，合仍照舊。」欽奉孝宗皇帝聖旨：「既有皇祖成命，罷。欽此。」欽遵。弘治十二年，又該湖廣鎮巡守官會奏，要將臣府護衛官軍内摘撥五百名前去郴桂地方分班防守等因，懷王又行具由乞恩奏，奉孝宗皇帝聖旨：「該部看了來説，欽此。」弘治十二年八月十四日，少保兼太子太傅兵部尚書馬文昇等具題，本月十六日奉孝宗皇帝聖旨：「這護衛官軍存留本府，欽此。」欽遵。外今襄陽衛千户范雄又呈，要將臣府護衛一體操備；刑部左侍郎何鑑據呈具題，行勘到府。臣伏讀《祖訓》有曰：「當各守祖宗成法，勿失親親之義。欽此。」欽遵。臣思臣祖憲王先蒙英宗皇帝垂念，忠誠爲國，特旨撥與一護衛，今將五十年，四聖相繼而不變，可謂已定之成命，亦可謂已定之成法，朝廷親親之恩，久而不替。今一人之言而欲變成命，一人之言而欲亂成法，一人之言而間親親之義，臣知皇上善繼善述，必有所不忍也。及臣查范雄呈内稱，本府護衛左所，止是屯種躲閑，别無差操，要將原撥左所官軍連田掣回，仍隸本衛等情。切緣本官不過見左所有屯田之利，意在窺吞，故託爲均差操之言，以文飾其奸貪之意耳，豈有爲國之心？又引唐、魯二府事例，欲以遂其離間之計。但親親雖一而自有隆殺，豈有愛無差等而一律以齊

聖恩乎？且襄陽東連吴會，西通巴蜀，南極湘潭，北據漢沔，爲上流重鎮。然朝廷衛所星羅棋布，兵威之强，無不帖服，豈待此一二所而後有所裨益乎？況本府憲、定、簡、懷四王，及鄉莊憲

安穆僖順各王并各妃嬪夫人墳塋，俱要看守；及臣等府採辦柴薪、守門巡夜等項，各有役占，豈有置於閒地？今部院查勘委否事體相安通行，斟酌緩急，權衡輕重，以待奏報等因，臣聞《書》稱帝堯之聖，不稱其兵强，而稱其「克明峻德，以親九族。九族既睦，平章百姓，百姓昭明」。由是而觀，酌量緩急，則親親似急，而差採似緩；權衡輕重，則親親宜重，差操宜輕。事理頗明，無從上達。伏乞轉奏等因，連啟到臣。臣本府護衛，原蒙英宗皇帝念臣曾祖憲王忠誠，故推此特恩。由是憲宗皇帝、孝宗皇帝皆恪遵成命，臣府世荷大恩，伏望皇上仰體祖宗眷顧之心，下篤親親不替之義，乞容臣府護衛官軍照舊護衛，免令變更煩擾。不勝感戴天恩之至。正德元年十二月初四日奏。

賜還護衛代謝疏

具位謹奏，爲謝恩事。臣曾祖憲王天順元年五月二十日蒙英宗皇帝垂念忠誠，特賜一護衛，子孫世受大恩，五十餘年矣。近因人言要將臣府護衛一體差操，臣備由具奏。伏蒙聖斷，仍賜與臣府。臣等仰惟皇上天縱聖明，乾剛果斷，上遵列聖之成命，下篤親藩之至恩。不勝歡忭感戴之至。

鎮寧王請封母代疏

具位謹奏，爲乞恩請封事。臣據叔鎮寧王啟前事，内開：臣係襄定王第三子、襄簡王庶弟，臣七歲父亡，九歲兄亡，鞠於生母徐氏，以至成立。弘治四年九月，荷蒙朝廷大恩，册封鎮寧王爵，叨享禄位有年。念母生育劬勞未報，啟爲轉奏將生母徐氏乞恩賜封爲襄定王夫人等因，具啟到臣。臣思母以子貴，孝惟所生。伏望皇上允其所請，將徐氏賜封爲襄定王夫人，則其子母有不勝榮幸之至。

問安代疏

具位謹奏，爲問安事。正德五年十一月初八日，湖廣布政使司抄奉本年九月十八日寬恤詔書一道到臣府開讀：首原寘鐇及逆賊劉瑾等反叛罪狀，二變交作，兩功並成，實賴天地眷祐之恩、祖宗庇覆之德。臣欽承明詔，且懼且喜。呼吸之間，罪人斯殄，莫大之變，須臾討平。若非皇上智勇明決、忠臣識慮淵深，又何能然哉？但臣竊念，遇此憂虞，必聖躬萬福，申佑自天。臣叨列親藩，無任激切仰戴之至。正德五年十一月二十日奏。

議罪代疏

具位謹奏，爲復命事。臣於本年十一月十三日，蒙差錦衣衛舍人張梁齎捧皇上賜臣書一道，并刑部抄録庶人寘鐇情犯揭帖到府，令臣議罪來聞。臣欽遵聖諭，不敢自專，與叔陽山王、鎮寧王、弟棗陽王會議得：寘鐇先以宗室荷國推恩，世受爵禄，正宜安分遵訓、恪守藩境，却乃交搆群兇，肆爲謀逆，得罪祖宗，上煩宵旰之念，天威所加，罪人斯得。緣寘鐇所犯，既先該總督内臣參擬，又經法司會同勳戚大臣、文武百官詢問明白，則其罪犯宜無所逃。臣等伏讀聖諭，戰慄恐懼，莫知所爲，尚何容議？伏惟聖祖在天、聖訓在册，伏望皇上監於成憲，斷自聖衷，宜無不當，實非臣等所能議，亦非臣等所敢議也。臣欽承書諭，謹當復命，不勝警省之至。正德五年十二月初二日奏。

請復税課河道代疏

具位謹奏，爲乞恩改正紛更、恪從舊規以全大恩事。臣祖襄憲王正統七年奉敕入朝。正統八年正月十五日，奏乞恩賜襄陽府税課司課程應用〔二〕，欽奉英宗皇帝聖旨：「准王奏，這課程准撥與王用。欽此。」欽遵。正統十年十月二十二日，奏乞恩賜襄陽府城下南及東西濠河以養魚鮮食用，又奉英宗皇帝聖旨：「准王奏，該部知道。欽此。」欽遵。又於天順元年等年，奏乞恩賜

〔二〕「奏乞恩」，原作「奉乞恩」，同篇下文有兩三處「奏乞恩」之説，因改。羅邦柱先生亦曰，「『奉』，當作『奏』」。（林光《南川冰蘗全集》，羅邦柱點校本，第三七頁，校記）

襄陽、宜城、穀城、光化等縣河道，陸續俱蒙准賜臣府管業，採取魚鮮膳用。臣府各遵成命，前後六十餘年矣。正德元年，奉勘合取回，除欽遵外。正德三年三月二十三日，該户部尚書顧佐等因侍郎韓福爲計處糧儲事，本部開欵覆題，奉聖旨：「王府税課田土不必那借，其餘准擬。欽此。」欽遵。又該欽差總督軍務御用監張永題，爲正奸弊、清朝政以圖治安事節，奉聖旨：「劉瑾所行的事，有虧國體、有害軍民的，著法司便會多官，逐一條陳查奏。欽此。」欽遵。臣又伏覩正德五年九月十八日詔書内一欵：「祖宗成法，自有定制。近因劉瑾專權，賄賂挾私，恣意紛更，變亂非止一端。已令各該衙門查革改正。其有未盡者，通行查改，各從舊規。欽此。」欽遵。臣追念祖憲王忠愛之誠，最爲英宗皇帝嘉獎，嘗賜書推叔父之心即周公之心，既稱「同氣至親」，又稱「宗室至賢」，所以兩次入朝，面承寵異，准有税課、河道之賜，實非尋常之比。豈意近因奸臣商計小利，遂致紛更，歲收細微，實損國體，使臣祖憲王累受英宗皇帝深恩不能有終。臣伏惟陛下富有四海，親睦九族，豈必藉此然後足用？況聖諭明有「王府税課土田不能那借」之斷，恩詔又有「各從舊規」之條，抑且事屬紛更變亂，亦乞欽遵改正。臣伏惟皇上允臣所奏，將前項税課、河道照舊賜還臣府管業，則臣府子孫感戴天恩於無窮矣。

啟東

查换處置收税啟

啟爲查换處置收税事。臣照得本府欽賜税課司每季差官督同旗校、識字人役收税交進。訪得近來客商多被巡攔人等邀迎，報税之時，通同旗校瞞官作弊，以爲取利之謀，或當輕而重，或當重而輕，上受其欺，下苦其酷。然犯者未敢，故貪者垂涎，物議紛然，争競未已。今秋季又該更换樊城税課，該委官一員；襄陽城内課税，該委官一員，其旗校、識字亦用四名，撥令書算等役。然事貴有條法，當謹始收之官，亦令每月置立文簿一扇，送司用印鈐記，逐日填寫收某處客人某貨税銀若干，又收某人貨某物若干，又收屠户某等肉若干觔，某處用月終銀兩進奉若干、虧折若干，送司查考，按月更簿。管税官逐日量比有司廪給，書算人役量比有司口糧，就於税課内支給註銷，俾各有所養，不致侵欺爲人所執、威令不行。報税人等，敢有仍前作弊，及有借勢假託别項泛濫侵收市物，致令擾害小民、不由本官主宰者，明白呈來到臣，以憑申請究治。書算人役，若有隱瞞匿報者，痛加懲治，隨即更换。務令商旅得所，願出其途。國課不虧，貪者知警，庶爲便益。爲此緣係查换處置收税事理，臣到任日淺，人誰堪委，不能周知，未敢擅便，謹具啟聞，伏請睿斷。弘治十八年六月　日啟。

參查代批令旨啟

啟爲此寫令旨事。臣昨爲查换處置收税事，二次具啟，查薦教授王永昌堪管樊城課税，伴讀余聰堪管城内税課，總小旗陳良、陳旺等撥在樊城。今差官既從臣薦，獨旗校改换不由臣定，此臣之未識也。夫大者既從臣處，而小者反更革不聽，此必小人借勢恃强、設謀撥置而殿下聽信之也。若殿下尚有微恙、未親庶事，秉筆批旨者係是何人，臣當查究。臣受朝廷之命，忝居長史之職，一府庶事無大無小，皆當處置。凡有過失，責在輔導。今若使小人設謀撥置得遂其欲，日後生事害人，咎將誰歸？臣謂此若果出於殿下，伏望收回改正；不然，綱紀從此不振矣。臣若緘默不言，所謂危而不持、顛而不扶，則將焉用彼相矣？爲此謹具啟聞，乞垂睿覽。弘治十八年六月十五日啟。

清查樂户編册定等以均徭差啟

啟爲請查樂户編造册籍以均差役事。照得本府自先憲王殿下受封之國，撥隨樂工邑長以下四十二户，各户並以籍爲定。但今歷年既久，有興旺殷實生齒日繁者，有消耗衰落人口損少者，有詐僞逃亡流移别冒者，有托爲僧門行童躲避者。及查各户，殷實丁多者，一户數房，户内男子成丁者多至三十餘丁，女子多至二百餘口；貧弱丁少者，一户男子止有二三丁或四五丁，女子僅十餘口。以丁多殷實之户，方之丁少貧弱者，何啻十倍？以丁多殷實之户與丁少貧弱之家同一差役，可謂不均矣。臣思以籍定户，不容變亂；以户定役，不可不均。臣請行取具各户供狀研審，分爲［四］等〔二〕：丁多者有力者爲中上户，其次爲中中户，又其次者爲中下户，丁少貧弱者爲下下户。凡本府一應差派，下下户任其一，中下户任其二，中中户任其三，中上户任其四，庶幾樂工各得其所，無差遣不均之嘆。至於識字、買辦等役，亦各逐年更換，免令久戀衙門，欺蔽深固。爲此通行查審，緣係清樂户編造籍册以均徭役事理，未敢擅便，合行開列人户姓名等第，謹差典簿吏奈賚捧啟聞。弘治十八年七月十七日啟。

井妃搬居東府計議啟

啟爲搬府事。弘治十八年十二月二十三日，内使潘成傳奉襄懷王妃旨：「夫王新殯，予係嫡妃，理宜早晚供養湯膳以報夫恩。今光化王有令旨，着予搬府。神主在殿，予不敢動，仍恐奉事失節，承奉長史同書堂從長計議來説，敬此。」臣等伏覩妃殿下睿旨，奉懷王神主，既欲早晚供

〔二〕「四」字原無，據文意補。

養湯膳，又恐奉事失節，此所謂事死如事生、事亡如事存，足見妃殿下孝敬先王之至情。但臣等據《禮》「爲人後者爲之子」，今懷王薨逝，光化王係是親弟，義當承繼，則光化王即懷王之子矣。所以題主旁註奉祀，不云「孝妃」而云「孝弟某」，所以正大義也。夫爲之後既爲之子〔一〕，以子而事父母、以婦而事舅姑〔二〕，其名正而言順，且合於先王之禮，豈不勝於妻之事夫乎？古先賢王之終，必於正寢，以見群臣，不死於婦人女子之手，亦以遠私昵之情、明大公〔之〕道也〔三〕。今光化王以懷王爲父、以妃殿下爲母，安有爲人子離居異處、朝夕不奉靈筵、不問安視膳，能盡孝敬之道乎？此光化王汲汲搬府者，正恐孝奉之道有缺耳。爲妃殿下之計，正宜遵奉先王顧命之言、先帝温准之旨，欽依不違，早居東府，安静終制。若朝夕不忘先王，臣愚以爲當寫懷王之影於東府，時時瞻奉以展孝思不忘之心可也。至於巧媚撥置之徒，當一切迸絶，使奸計無從而入、是非無由而生。待光化王務令有恩，如此庶盡爲人母、爲人姑之道，合府臣僚不勝願望。臣等賦性愚直，赤心爲國，從長計議，衆允無疑。謹具啟聞，惟早賜俯從，幸甚。弘治十八年十二月十四日啟。

〔一〕「既」，疑應作「即」。
〔二〕「婦」，原誤作「歸」，形近而誤。據文意改。羅邦柱先生亦曰，「『歸』，『婦』字之誤」。（林光《南川冰蘗全集》，羅邦柱點校本，第三七頁，校記）
〔三〕「之」字原缺，據「遠私昵之情」句式補出。

肅清門禁以防不虞啟

啟爲肅清門禁以防不虞事。臣切惟禮防患於未形，法懲惡於已露。與其以法懲治於後，孰若以禮防之於先？《易》曰：「閑有家，志未變也。」閑者，防閑之謂，於其未變而閑之，則無失禮犯法之事。臣於弘治十八年七月内，已嘗具啟，行令各門官、内使、學生人等，設立門籍文簿，填註出入之人，日久不無玩怠。今思得，東府門旁，内使新蓋廂房宅舍，太近宫門。各官帶領家人隨任服事，或寅夜不出，深爲未便，且勿論鑠金誠亦可畏。訪得各内使俱買有私宅在外，合無令其家人各各出外居住，有事喚入，使畢隨即發出，不許留宿過夜。如此庶免嫌疑，物議無從而起，彼此合免貽累之患，而於禮無不謹矣。爲此，臣已牒行承奉司備出告示、查照禁約外，緣係肅清門禁以防不虞事理，未敢擅便。謹其啟知。

棗陽王問王道如何不行於後世恐是人臣不肯盡忠輔佐之故復啟

臣聞「爲治莫先於行王道，行王道莫先於立誠」，誠立明通則王道行，王道行而天下治矣。夫天生聖人使居寶位，非特使之娱樂而已。蓋九州四海生靈之衆，其安樂、其愁苦，四夷八蠻之遠，其嚮順、其驕逆，下至鳥獸草木惴耎肖翹之微，其命脈皆所關係。故一念不謹，四海貽憂；

一日不謹，後世遺患。然則王道之行，在明諸心而已。王心不純，則王道不行矣。宋儒程顥曰[一]：「有天德者，便可語王道，其要只在謹獨。」獨之不謹，陽行而陰沮，外公而內私。此自漢以來所以王道不明不行，徒以智力把持天下，太和無緣而保合，休化無由而順暢，日月爍其明，山川搖其精，含生之類舉不得完其美而遂其成久矣。堯舜禹湯文武之既往，孔子孟軻不得遭際，汲汲皇皇而不能救，歷千數百年，其間英君良輔僅致小康則有之，然考其治體，揆諸前聖，皆無足道者，實由於誠之不立、王道之不行也。然臣嘗思之，進言之際，下恒患於難言，上恒患於難聽。此古今際遇之所以難也，王道之所以不能行也。伊尹暨湯，咸有一德，此萬古之際遇也。高宗感傳說於夢寐、文王得太公於釣魚，此亦萬古之際遇也。蜀先主三顧諸葛亮於草廬而相得魚水，苻堅舉王猛於布衣而親戚勳舊不能間，此又因其國勢搶攘草創之時，而二君者有知人之明，故其相遇孚契，理自然也；而於王道不能以皆行者，則又因其時之所值，不得不然也。且王道，治天下之大本也，其本不外於誠也。譬之治病，必先究其病之原，而後揆其攻療之方，則藥施無不當而病無不治[二]。今天下之大病，惟疑與冗二者而已。故曰治天下之大病[三]，莫先於立

[一]「程顥」，原誤作「程灝」，改。
[二]「病無不治」，原作「治無不治」，據文意改。
[三]「大病」，原作「大治」，據文意改。

誠；救天下之極弊，莫先於去冗。冗生於疑，疑生於不誠。上疑乎下，下疑乎上；上多方以防其下，下多方以欺其上。欺者無窮，防者不已，日新月變，而事於是乎冗矣。官冗而名器濫及，兵冗而坐食者衆，文書簿會冗而亂天下之吏治，百家註釋冗而亂天下之聰明，銓選冗而賢否混老於歲月之限，課税冗而民利剥刻於刀錐之末，釋老冗而怪誕兢興，文章冗而雜稚不古，工冗競作無用之器，商冗競通無益之貨，此皆今日之極弊，而其受病則皆生於疑而不誠也。今不思其弊而益用智用術以救之，是以水濟水、以火濟火，非徒無益而其弊日甚矣。且以微物細事明之：夫粟遺於庭，則雀鳥下食；若故與之，則不食矣。野人忘機，鷗鳥不飛；野人機動，海鷗飛去。微物且爾，而況於人乎？況於天下乎？觀此則治天下之道瞭然矣。《易》比之九五曰：「顯比，王用三驅，失前禽，邑人不誠〔一〕，吉。」蓋言王者待物，無意、無必，無遠近親疏之間，一於至誠。此王道之所以爲大，其民皥皥而莫知爲之者也。今殿下誠立而心正，推誠以待物，遵聖賢之遺訓，法祖宗之成憲，王道可以行於一國，令譽可以及諸天下，將追軼河間、東平之芳躅，宗藩之賢臣，何幸親見之！諸生謂王道難行於今，誠迂談也。

〔一〕「誠」，《周易》經文作「誡」。

奏請監國王位啟

啟爲安處藩國以承天休事。臣聞：自古及今，有天下者必封植同氣之親，非徒共享富貴而已，亦欲爲藩爲屏以衛翼於外，俾朝廷奠安以延長太平之福也。是故，使吏治其國而納其貢税，不欲煩之以事，所以全親親之恩也。臣受朝廷命，待罪長史，職專輔導，自到任及今，一年踰三月矣。但其護邪排正以沮廢公義，臣職專輔導，不得不辨。臣原奏辭云：「所憂者上下蔽隔，政出多門，邪倖托旨用事。」今因紀善趙起所啟奏，號稱令旨云：「所啟深切時弊，其與受賄私易王位而期必成者相去遠矣。予疾未至於痼，朝廷自有公論，非賍黨所能移。紀善所便説與多官知道，各保禄位，毋惹罪愆。」此事長史司先今未經啟知，臣請辯之。且此僞旨，讚揚紀善趙起「深切時弊，其與受賄私易王位而期必成者相去遠矣」，臣原奏請代管府事，中間「取自聖裁，簡命相應王位暫且代王管理府事，待殿下睿體病痊，自行聽「政」」〔二〕，禮部承旨，「行來勘合」云。緣未

〔二〕「政」字原無。此處所言，語本《奏請監國殿下疏》「伏望皇上追念憲王之賢，篤厚親親之義，伏乞於諸位内取自聖裁，簡念相應一王，暫且代光化王管理府事，迎接詔敕、拜進表箋、主祭行禮，庶幾政治有條，紀綱不紊，非惟府治可保無虞，光化王亦得以專静調理，待心安身寧，然後從王自行聽政」，（林光《南川冰蘗全集》刻本，卷一，第十四至十五頁）據補。

有定議，難以遥度。方將查勘，尚未及回覆奏請，何人敢受賄私易王位乎？以此裝誣人罪，不顧招虚反坐，故臣斷以此言非出於殿下也。又云「予疾未至於痼，朝廷自有公論，非贓黨所能移」，如此則向所謂「受賂私易王位而期必成」者，皆不待辯而自明矣。夫既知公論不能移，則又安用出此受賂贓黨矣？殿下睿體一向未寧，臣未蒙降賜清問、接一議論、商量國事，臣身雖在職，寢食不安。前此，殿下見病勢稍輕，自行請封，已蒙朝廷准襲襄王爵位，節冊即令榮臨，合府臣庶莫不慶幸，臣一則以喜，一則以懼。所以喜者，喜殿下受封，廣朝廷推兄終弟及之義也；所以懼者，懼殿下睿體未獲大安，恐受冊之時，或未能一一周旋中禮也。且本府紀綱不振，强横刁訟之輩，或肆志無忌，縱有令旨，苟非殿下親發於口、親書於手，則人多不信，其何以使之潛消默奪、貼服收斂而不敢妄動乎？況拜進表牋、迎接詔敕、主祭行禮，皆不可曠廢。臣謹啟殿下知會，當別具奏于朝，乞簡命本支宗室相應王位代理府事，庶得殿下安静調理，待睿體安寧，然後宜從親理庶事。臣伏讀《大明律》内一欵：「有事應奏，不奏者其罪非細。」故不敢緘默，於正德元年七月二十四日已具啟進。誠恐門官以臣言爲輕，未知曾徹殿下睿覽否也？爲此再録原稿再進。謹啟。正德二年二月十七日啟。

論該府多官計沮監國之議啟〔一〕

啟爲查究朋邪撥置、假托令旨、裝誣群臣以沮公議事。臣到任不久，見殿下睿體未安、自行請醫，則殿下之病非獨朝廷知之，天下莫不知之矣。臣任職漸久，見府中紀綱不振、刁訟日興，府事無人管理，心實憂之，乃具本爲乞恩處置宗藩以全恩義事，備由奏請，蒙旨下禮部奏本部各字二千五百號勘合，行移湖廣布政使司，内開看得臣奏稱殿下患病，要乞於陽山王、鎮寧王、棗陽王三位，於内簡命一王暫且代王管理府事一節。緣未有定議，難以遥度，爲此該司轉行湖廣布政司行移本府長史司，務查見今襄王曾否患病、有無痊可及查宗支册内應該何王代管府事。若果已成痼疾，定議明白，啟王知會，本府具本奏請長史等官具結繳報等因。二月初三日到司，即令禮房寫本同右長史陳經僉訖；初六日，差該吏鍾溥賫進，啟殿下知會訖，惟回覆勘合，事干人衆，會議未定。又聞二月殿下該受傳旨册封，臣是以未及啟請具奏及回覆本部，故爾遲遲也。今紀善趙起啟查臣先今曾否啟請，臣先於正德元年七月二十四日已經具啟，昨日又録原稿再

〔一〕「啟」，原作「者」，據刻本目録改。羅邦柱先生亦曰，「『者』，似『啟』字之誤」。（林光《南川冰蘖全集》，羅邦柱點校本，第三七頁，校記）

進，皆有本司日録簿可查。臣又嘗口告承奉閻德、宋典等，與之商量：及勘合到司，即行謄啟。臣之忠誠，天地鬼神，必當照察。且臣查得殿下請封之時，本内有云「本府一應事務，與長史、承奉計議施行等因」，今趙起所啟，臣固不應與之惡言，以妄加群臣乎？臣又知此非出於殿下也。又云「紀善所便説與多官知道，各保禄位，毋惹罪愆」，臣循常每見令旨，只令送紀善所，未嘗有令「紀善所説與多官」之語，今欲獎誘一人以沮公論，而不覺其不可。且古之忠臣義士，食人之食必憂人之憂，故凡可以安靖國家者，無不協心竭力，豈有徒保禄位、坐視不顧，尚何以爲忠？況見今勘合待報乎？臣固知此非殿下之言也。臣之奏辭先既已啟，今又啟矣，而謂長史司先今皆未經啟知，蓋立意裝誣，而宫中又難從查究。殊不知臣該司所啟，先今皆有日録可查，故知此旨非出於殿下也。臣伏讀祖訓條章有曰：「凡廣耳目、不偏聽，所以防壅蔽而通下情也。」今殿下此旨，未嘗與承奉、長史計議，臣知其假托壅蔽，亦無他故，不過惟恐有代管府事者明照，則不得以各遂其私竊之欲耳，所以獎誘一人以沮衆人之公論也。臣職叨輔導，應合查究爲此僞旨果發於何人之口、書於何人之手，明正其罪以彰國法。臣伏請殿下陞承運門，面令群臣，親奉睿旨，諭以公道，查明此旨，庶使陰邪有警、大信不移，臣不勝憂國之至。謹具啟知，伏候令諭。

辯明收禄米誣污啟

啟爲辯明朋奸撥置誣污、挾制輔導、撓亂王府事。臣本司先爲徵收秋糧事，准襄陽府牒批，差主簿牟璽管解原拖欠弘治十七年分襄懷王位下未完禄米一萬八百二十九石四斗七升四合二勺，共折銀五千四百五十八兩三錢六分六釐，不曾經本司，徑行解送入府。續牒到司，本司官吏隨牒前來，眼同承奉并該倉官攢聽候驗收。臣參看得前項銀兩例該足色，今俱係時銀，擅難定奪。即便回司，同右長史陳經等備本啟，候令旨定奪間，有承奉閻德、宋典承旨將銀樣進宫看驗過，傳旨與收。承奉敬依，遂同臣等驗收，於承奉司交進。荷蒙睿恩，承奉、長史四人均有賞賜。謝恩訖，臣見錢糧重事，尚該查議申詳。間通關未出，有紀善趙起等各私垂涎，又不知前項銀兩係該府已經申詳處置補輳、徑行解進，不曾經由本司情節。緣趙起先因臣具啟查其朋邪撥置、假托令旨、裝誣群臣以沮公義事懷恨；其餘或先因與人争田，恨臣提監其子者；或先因例當起送改選，希旨保留陞任，恨臣啟參查其俸糧應否關支者，各與臣有隙，累在府中撥置、排陷、挾制未遂。今乃誣稱臣受襄府銀二百兩等情污害，意在各圖保陞，先逞排擯之謀。臣思朝廷設官，各有職掌，臣雖不才，備位輔導，事凡大小，例應斟酌而行。趙起等未嘗一日見其勸相講讀、引君當道，却乃專事結黨朋奸、挾制輔導〔二〕、撥置希旨以遂其奸惡排陷之謀；其餘又多恨臣性偏執，不行撰本奏討課税河泊以徇其日後營管侵漁之私，故皆倡和浮謗，一至於此。臣若不辯明，恐惑睿聰，爲此備本謹啟聞。正德三年九月初二日。

請休致第二啟

啟爲乞恩休致事。臣以庸劣之資，倖叨鄉舉，年逾三十，始覺前非。賴得師承，講明永志，潛處空山，虚名偶出。再蒙催赴會試，果無致用之實，乃中副榜，初授儒官，歷階今職。荷承睿眷，待罪輔導，七年於兹矣。雖循守奉行，不敢上負朝廷、下負所學，然心有餘而力不逮，恒切憂慚。近因公務出城，偶得驚暈病症，兼思年老，實難任事。如蒙矜察，先容休致，得以生還田里，仍乞轉奏，則臣犬馬餘齡，皆殿下大恩所賜矣。不勝幸甚。正德七年十一月十五日啟。

〔二〕「輔導」，原作「轉導」，因前文有「挾制輔導」語，據改。羅邦柱先生亦曰：「『轉』，『輔』字之誤」。（林光《南川冰蘖全集》，羅邦柱點校本，第三七頁，校記）

南川冰蘗全集卷之二

記

游心樓記

群動不可以不息，息之者所以閒之也。冗之至者，動之極也。冗不可厭，惟閒者然後能冗。不閒者未有不冗於冗也。冗於冗者，物大而我小，受役於物而不能役物，此無他，神昏而誠不至也。直人乎哉？嘗驗草木於旦朝，其露凝者其精神百倍；其受風暮夜撓亂不息者，其容憔悴而生意自欠。是故閒歲以冬，閒日以夜，閒雷於地，閒龍於淵，閒百蟲於蟄，其理然也。不閒其心而應天下之務，是猶汩泥揚波而求炤於水也。余少之時，學不得其要，窮日夜疲精神以覬旦夕之效，書册滿前，甲矛乙盾，註説益多而思益亂、神益昏，非欠伸瞌睡不已也。故俗誚諸生有謂鄰媪借書睡兒者，是皆不閒其心之過也。如是而學，假令終生不悟，可哀也已，可哀也已。昔尹和靖初見伊川，半年而後授以《大學》、《西銘》，豈無故哉？浴沂咏歸，夫子與點，亦以其無所累而中閒也。故説者謂其有堯舜氣象。夫人之一心，息之極而閒之至，足以參兩間而後群動，萬物不足以相撓，死生不足以爲變，視世之爲仁義者猶若拘拘〔一〕，而況於功名富貴乎？

三江丁君彦誠以名進士來尹古岡，既二年〔二〕，爲樓於治之北以爲遊息之所。經始於成化辛丑二月二十一日〔三〕，踰兩月而落成之。石齋先生名曰「游心樓」，爲賦五韻八句詩，有曰：「坐來白日心能静〔四〕，看到浮雲世亦輕。」余過白沙，丁君來拜余，求文爲記。余謂：縣尹，天下之劇吏，而古岡又嶺南之冗邑，其地廣衍，其民殷富，上牒下訟，錢穀出入，文書簿會，旁午沓至。日行乎利害之途而涉乎憂患之境，使不閒其心以應之，徒矻矻終日，不幾蹈予謬學之悔乎？雖然，所以閒其心者有要也。要者，一而已矣。事之未至，一其心則静而閒矣；事之既接，一其心則動而閒矣。知静養而不知動應，是有體而無用，非吾儒之學也。故又爲是説以復於君。惜余未及登君之樓，然知斯樓北面玉臺，山勢聳然，日臨乎前，藍飛翠滴，烟雲景狀，布滿几席，而君閒

〔一〕「視世之爲仁義者猶若拘拘」，《游心樓記》碑刻拓本作「視仁義者猶若拘拘」。（陳福樹《陳白沙的書法藝術》，廣州：廣東旅遊出版社，二〇〇八年，第五〇頁）

〔二〕「二年」，原誤作「三年」，據《游心樓記》碑刻拓本改。（陳福樹《陳白沙的書法藝術》，第五〇頁）丁積（字彦誠，號三江漁樵人），明成化十四年戊戌進士。成化十五年己亥出任新會縣知縣，成化十六年辛丑建築游心樓，實爲兩個年頭。

〔三〕「辛丑」，原誤作「丁丑」，據《游心樓記》碑刻拓本改。（陳福樹《陳白沙的書法藝術》，第五〇頁）

〔四〕「坐」，原誤作「生」，據《游心樓記》碑刻拓本改。（陳福樹：《陳白沙的書法藝術》，第五〇、五一頁）

治之隙，徜徉逍遥於中，其心與白雲相縹緲。余又將洗耳重聽絃歌，以瞷君所得之淺深也。〔一〕

逸休堂記

台之太平金先生來司訓東莞，閒嘗與余相接，道往時宦轍耳目經閱事，歷歷可聽。心愛余文，欲索而不可者累年矣。一日，具書幣走兩生欖山，告曰：「禎世居黄巖之雲浦，爲鄉之萬户長，世有仕者，今服儒而在庠者，族合十三子。族大以蕃，地且弗容，而散居於雲浦之旁近十餘處。今雲浦分屬太平之鄉，故邑因以名。成化庚子，禎遣冢胤梗歸自東莞，卜地縣治之南，築室一區，將老而居焉，名曰『逸休堂』，蓋取《書》所謂『作德，心逸日休』之義。願求先生文記之，垂示子孫，務於恭儉之德，毋『作僞，心勞日拙』也。」余頷之，復於先生曰：「人有言：人之樂莫若身無病、心無憂。嘗思孔子曲肱而枕，顔子操簞瓢、處窮陋，不求升斗之禄，其自得固未易測識。其後濂洛授受之際，亦每令於此尋求，不作第二着事。余姑置是，就其易明其難，庶知逸休之樂不可以爲易而忽也。玉孕於石，珠藏於淵，金礦於山，犀象齒革、奇貨異寶，皆出於裔夷，越窮險

〔一〕文末，《游心樓記》碑刻拓本還有「雖然，不出蔀屋之下，不足以既日月之無窮；不挾太空而遊，不足以覩山川之有限。君其不迂予言，請刻諸石」四十一字；且有落款云：「成化十八年，歲次壬寅，二月十八日，寳安林光緝熙撰文；□□□□八月七日，古岡陳獻章公甫書於白沙之社，□時被徵命將就道」。（陳福樹《陳白沙的書法藝術》第五〇頁）

阻，出萬死而得之，然而世之富者易聚而有也。智可以得公卿，勇可以致將帥，然而逸休之樂未易得也。石氏富侈一時而備萬有，曹氏智籠三國而吞天下，韓、白之勇立躋侯王。然而緑珠之禍，不償於巨萬之貲矣；留連妾婦，分香賣履，區處衣物，子孫滿前而咿嚶涕泣。其爲人何如也？雲夢就縛，釁於侈大自王之時；陰密伏劍，胎於説詐坑降之日。以是而觀，珍怪奇寶可聚也、富可得也、貴可得也，而逸休之樂信未易得也。夫人之一心，侈欲之念無窮，忿怒之發難制。以有限之物，供無涯之欲；以無窮之變，觸易忿之心，二者相尋於無窮，宜其可樂者常少、可悲者常多也。由是倍力爲巧，胥張以勢，胥籠以術，以獵以網，不卑疵而前、不孅趍而言者寡矣。惟君子則不然，其滌蕩之也勤，其磨礱之也久，培植之也深，醖釀之也沃；其翳撤而光耀，其華落而實存；恢恢乎孤鶴之任風，于于乎閒鷗之忘海，舉天下之物不足以動於中，吾不知其何如，曰恭儉爲德云乎哉！是故可賤可貧、可富可貴，投之萬變而不擾，臨之威武而不挫，君子逸休之樂固如是也。吴越多秀民，其必有思余言者。先生他日歸，試諗之。」先生名禎，字祥淵，其别號草庭云。

喜雨齋記

天地之氣莫難於至和。至和者，萬物之所以生。是故天地不交則爲否，天地交則爲泰。其交也，天之氣下降，地之氣上騰，滃然而雲、沛然而雨，生者以生，化者自化，一雨一暘，生化無窮，亦莫知其可喜也。使暘亢而旱，萬物將爲之焦枯，萬民爲之愁嘆，農嗷嗷於野，商嗷嗷於市，工將廢其藝，士將廢其業，吏不得安其禄。忽然一雨之霑，則萬物以甦，萬姓以慰，其喜無涯，而昔人以名其亭者有以也。使陰淫而雨，助之闌風，經旬累月而不息，其流潦泛濫，傷苗稼，蔑城郭，敗屋頹垣，夜違濕而遷，晝燎衣而處，民阻艱食而怨咨愁嘆，未見其可喜也。憲副進賢惟高楊公，巡歷浙西，適按至平湖，於公署喜雨齋卷，俾光書其首，且命記之。蓋公自爲縣令、爲御史、爲僉憲、爲副憲，所歷自丹徒、自燕京、自粤、自閩而浙。自戊子而庚戌，凡閲於官、憂於家、還於朝，身所接之事、所歷之處，凡遇雨無不誌之，而以喜雨自名其齋，公之用心可謂勤矣。光竊有惑焉，具前説以請。公曰：「予之所喜而誌者，非淫沴之謂，蓋始旱而濟之之謂耳。」光因復於公曰：「始爲縣令，得親其民；爲御史，得居言路。今官又副按察，亦可謂尊矣；巡歷兩浙，亦可謂得有爲之地矣。光嘗以爲，人之旱有甚於天之旱。蓋天之旱，能奪人之食，民之所憂者饑而已矣；人之旱，其幽隱微細、愁苦鬱抑而不伸者，蓋千態萬狀。公爲天子之命吏，求其鬱悒而通暢之，時其蒙茸而疏理之，植其僵仆，蠲其困瘁，民之望公，蓋當不止於如時雨之可喜也。」庸書以記。弘治三年庚戌重九前五日記。

静觀亭記

盈天壤間生生者，物之自得也。物之所以生，天地之德也。人之理，豈二於物？惟静而明者，心出乎萬物之上，不亂於欲、不役於物、不撓於劇，其機活、其神完，目之所觀，生意融徹而混合。今之學者，窮歲吃吃呻吟復習疲憊於訓詁之餘，使非息焉游焉，空其心以發露其天機、舒暢其鬱蔽，俾塵累脱落，則困迫昏塞、不幾於苦難而殆廢乎？平湖之學，濱於當湖；孔子之殿，屹峙湖旁。予之官寓空隙之地，環於東北，舊有三池相通，予益濬而深之，名以連珠。歲植蓮於中珠，首尾二珠以畜魚焉。適池之地，諸士植名花數十品、修竹數十竿，間以松柏，雜以榆柳，蓊然深茂。余日每吟哦其旁，士之從予游者，欣然若有所慕，遂相與構亭其上，累石爲基，募工庀材。弘治辛亥春之既暮，倏然落成，堅而且雅。余是以静觀名之，蓋取程伯子之詩以警士習，以誌予懷。或者疑予嘗登千仞之岡、泝萬里之流〔一〕、振衣羅浮、濯足彭蠡、東探武夷之跡、西登黄鶴之樓，山水之樂，飫尋飽觀，此一隅之地、一環之水、一亭之小，宜無足觀者。嗚呼！有以哉。夫放之可以塞宇宙，斂之而人莫能窺其有，是何物哉？是豈可以大小言哉？不能觀諸内者，必不能

〔一〕「泝」，原作「析」，據文意改。

得乎外。輪扁之斲輪，庖丁之解牛，公孫大娘之舞劍器，使徒觀之以目，其能深造而神會乎？是故静觀之妙，處一室之中，可以盡天下之大、可以通萬物之情、可以洞古今之變，至虛而至明、至和而至逸、益引而益長、益晦而益光，油然而雲，盎然而春，其樂何既？況乎推窗而歌，引觴而飲，憑欄而四顧，水波之漣漪，遊魚之上下，烟雲之掩映，林木之敷暢，花卉之妍麗，禽鳥之飛鳴。其交乎吾前者，種種自得，在在相忘，不知我之觀物、物之觀我也，又何能舍此而羨彼哉？且位達而德尊者，樂其道之行。予幸處卑而無所用，得與二三子優游於此亭，使感悟之深，積習之久，浩然有見，會萬而歸一，卓有定力，他日可以任天下之大事，則斯亭之建，亦豈偶然哉？

金釵腦墓松記

東莞茶園東去約五里，山有名金釵腦者，初祖别駕府君墓在焉。傍有松十餘株，其左一株直聳，勢若參天；其右一株開兩幹，而婆娑茂密；其東北一株圓净挺拔；其西北一株三幹直上，枝繁葉茂，狀若華蓋。或西或東，或南或北，參差不一，其大皆合抱，盤屈偃蹇如龍蛇。其色四時蒼翠，天風稍動，濤聲迭奏。予自爲兒至得舉，寒食時每隨群族瞻拜墓下，蔭濃陰、目蒼翠、耳清韻，恍若舞雩諷詠其間，輒徘徊而忘歸，未嘗不思吾祖自宋至今培植二百餘年，根本之深固，雨露之滋養，兩遭易世亂離，窮鄉荒壠而能免斧斤之侵害者，亦豈偶然？而莫知其然也。古稱世家爲喬木，有以乎！

弘治己酉，予自湖廣主試，還東吴，過金陵，遇從弟祚，起居外，詢及祖宗坵壠。祚云：「族人某索某白金若干，以初祖墓左一穴以葬其父，既非昭穆之次矣。遂砍去墓左一株所謂直聳若參天者。」予聞而心痛，不能寐者累夕。癸丑，予官滿歸自平湖，又聞有欲盡鬻於其餘者，予驚惶而亟止之。及予謁選於京，族人某卒賣之，所謂開三幹若華蓋、盤屈偃蹇龍蛇者，無孑遺矣。嗚呼！其何忍哉，其何忍哉！以宋歷元至今，所培植之封樹，易世亂離而免於斧斤，斯非墓之樹，墓之寶也。一旦斬伐如草棘而不顧，亦何心哉？夫事有似輕而所關爲至重，利有至小而害義爲至大，所得者毫毛而所喪者山岳，其不思甚矣。後之子孫登墓而祭者，將汗流於暴日之下，不得覩斯松之美、受斯松之陰，讀余之記，其不興千古之恨乎？

新昌何氏慶源祠堂記

弘治甲子，孝宗皇帝考天下版籍，按圖數户，究虧盈所自。念中原流移之衆，簡命大臣以當清理撫綏之任。浙之新昌何公世光，初免喪入朝，以少司寇兼御史大夫，奉今皇帝璽書而行，之豫、之荆、之雍，撫安流移之民，俾入編户。凡事之宜興宜革，官之宜進宜退，悉從便宜。公受命惟謹，於是榜檄敷諭，群屬供職，罔敢不盡。公巡歷觀風，跋涉窮山曠野，周迴萬里，來止於襄，以待峻事。

一日告光曰：「吾家世居新昌〔二〕。新昌邑治左列天姥，右環東山。自天姥分支，蜒蜿七八十里而屹峙縣東者，五山也；自天台發源，奔注百餘里而環遶於縣之東北者，東溪也。吾族世居縣東門五山之麓。初祖諱茂先，青州人，五代仕吳錢氏，爲輕車節度使，卒於新昌，葬卜東門，子孫因家焉。再傳諱增者，以父蔭爲錢氏參隨入采，改審刑院曹掾〔三〕，官至袁州司理。節度墓左故廬之東，舊有祠堂，元末毀於兵火，遺址不存。乃會群族，於節度墓前重修祠宇三楹，以備祭掃。自初祖至今十八世矣，祖宗之澤流衍發於吾身，荷蒙聖明簡命，受兹委任，雖身在仕途而祖宗坵壠未嘗或忘，先生其爲記之。」光不敢以不文辭。夫崇孝敬之道，聯祖宗之心，莫先於祠堂。家之有祠，所以祭乎其先；而祭先者，人心自然之天，非聖人制作以教人也。觀諸物，若豺、若獺、若鷹，皆能有祭，性之於天，豈待教而然哉？至如窮簷委巷，樸野小民，僅有一室，上父母，下妻子，雜以犬豕生畜，尚設祭先之位，盂飯豆羹，持杯酹祭，非人心之天乎？聖人懼人失其

〔二〕「新昌」，原作「荆昌」，據上下文意改。羅邦柱先生亦曰：「『荆昌』乃『新昌』之誤」。（林光《南川冰蘖全集》，羅邦柱點校本，第七〇頁，校記）

〔三〕「掾」，原誤作「椽」，形近而誤。據文意改。掾，佐助之意，後通稱副官佐貳吏爲掾。

天而忘其本，反物之不如，乃因人心之天而品節之，非本無是心而聖人强教之也。蓋人之終也，體魄降於下，魂氣升於上，下降者有定，上升者無所不之，於是爲主以依之。主不可以無所，於是爲廟以祭之。仁人孝子之不忘其親，無形亦視，無聲亦聽，食不忘於羹，坐不忘於墻，集其魂氣而祭之，非廟不可也。是故子父其父，父父其祖，祖禰于曾，曾禰于高，等而上之，孝思之天同也。繼父而子，繼子而孫，若曾若玄〔一〕，降而下及，孝思之天亦同也。至於旁殺支分，孰有不同乎？本諸良知良能而率其性分，不湮其本、不窒其源，仁義不可勝用矣，豈獨祭之一事乎？

司寇公馴録流移之氓，收拾纘會，以户計者四十萬，以丁計者百萬，輯寧中原上游重地，其功非細。宜夫在國忘家，而猶欲崇孝敬、聯宗族，追念初祖之祠，索光爲記，所謂「協諸義而協。禮雖先王未之有，可以義起也」。花樹韋家宗會法，程子尚取之，況立祠宇乎？至於昭穆循遷之次、大宗小宗之法，祭有當否，裁之以義，先儒之論備矣。光又何敢贅？

唐府由訓齋記

南陽當中州之南，二廣楚蜀雲貴入京陸路之所必由。唐之藩封舊在南陽，朝貴士夫往來府

〔一〕「玄」，原作「元」，當係避清聖祖玄燁諱改，兹改正爲「玄」。下同。

下，例應預通名銜朝謁。自今元默殿下嗣爵，謙恭和易，恒略崇高之勢，禮而接之，皆醉酒飽德而去。光雖鄰藩，然赴襄之日，由漕河浙江入漢抵襄，無緣一覲清光。然聞王之賢，恪守藩封，世篤忠貞，無聲色狗馬之好。當清閒燕處，有經史傳記以廣其識，有詩章翰墨以游其心，有躍魚歌鳥以豁其懷，有名花異卉以新其意，亦足樂矣。王之意未也，慮其於舊章成憲或忘，於是爲堂一於齋之北，爲齋四於堂之南。四齋之扁，曰「忠」、曰「敬」、曰「謙」、曰「勤」。名「忠」者，以「由訓」繫之，四齋之首也。命光記之，且申其意曰：「由訓者，由我祖宗舊章成法也。」夫爲人臣，以克盡其分、不陷於過爲忠。然天之生物，各有其則；人之揆事，各有權度。聖賢之言，祖宗之訓，規矩法度之所在也。不師古訓，不由舊章，率意任情而爲之，雖疲憊其心、勞勩其形，要其成，非過則不及。且或出於有我之私，願忠而非忠者多矣。是故離婁、公輸子之爲巨室，持丈尺、執繩墨，指揮衆工，及其成也，高下廣狹，制度稱心而不爽；師曠之於樂，按六律、諧五音，樂無不和；養由基之於射，正彀率以向的，發無不中；王良之御，範我馳驅，歷峻坂、下夷途，無不如意；扁鵲治病，觀色察聲、切脈候氣，而起死回生十常八九。之數子，人見其精於藝、精於術，而不知其默運於規矩法度之中也。我聖祖平定天下，深惟履歷之艱，故遠其保守之慮，於是歷鑒古之聖帝明王已試之迹，而揆度其宜於今者，用其意、準其法而不用其辭。定立明訓、各有條章而嚴其從違，以爲聖子神孫萬世之規矩法度，若孔子之取夏時、殷輅、周冕、韶舞而法具於《春秋》也。今之讀《春秋》誅亂討賊，人見其嚴而不知其時當然也。聖祖因其時，奉天而立訓；後王順其時，承天而不違，如夏葛冬裘、饑食渴飲，有不知其然而不得不然，所謂「不先天以開人，必因時而立政，上有道揆，下有法守」也。今殿下之賢，于兹成訓，熟復講求，不作聰明，動必由之，則規矩法度嫻於中，身修家齊而國治，其安富尊榮，與國咸休，世世無斁矣。夫如是而後謂之忠。

非斯人莫能道也，余於是大有光焉。唐府元默子評。

茶山東嶽行宮記

茶山距東莞邑治三十里〔一〕，境幽土融，水清山麗，士庶交集，商賈懋興，衣冠文物，通乎中州，蓋邑鉅鄉也。鄉十三社，平岡疊阜，左右羅絡，勢皆抱向，以際乎水，中蟠七嶺，民居櫛比。直北矗然屹峙俗呼象山者，茶園主山也。山半舊有東嶽行宮，興刱維始，歲久罔稽矣。南麓多梅，予家食時，有志於學，嘗僦地卜室静居於此，以究乎先儒所謂天人之際者。當梅花盛開、滿

〔一〕「茶山」，陳伯陶纂修《東莞縣志》所録作「茶園」。（陳伯陶纂修《東莞縣志》，第十册，第三六〇八頁）

望晴雪、幽香襲人時，與二三子游歌其下，而慨廟宇之廡隘、嚴祀有未稱也〔一〕。及去而歷仕中外，彌三十載。迺者，正德甲戌，丐蒙恩賜歸南川之上。行謁於廟，則見其故者撤、新者焕，丹艧黝堊，映照林麓。地位之崇高、棟宇之宏敞、垣墉之完密，視前有倍；而神儀儼若，又足以起人心之祗肅而致惕於淑慝勸戒之深思也。余登象山之巔，蔭虬松、踞磐石，徘徊瞻顧乎羅浮四百三十二峰，巍然萬仞，屏扆於層霄之北，與夫寶山、花林、蓮峰、南鄉諸山之勝，東西前峙、綿聯犄角於數百里之外。丹青景狀，可以遠觀近取者，悉在目視之者〔二〕，又皆若有以環衛乎茶園之境，翕萃乎神之所宫；而閭閻生齒之繁、文物之盛，視前又有加焉。况乎地靈人傑，物阜財通，疫癘不興，雨暘時若，謂神貺之昭融、里社之帡幪，非歟？説者又曰：「岳祠，尊神也。國有明祀，非民間所宜。」夫陰陽二氣，流通布濩，而妙靈於岳瀆，興雲致雨，功德生民，神之所爲，無乎不在〔三〕。在一方則阜夫一方之民，在一鄉一則阜夫一鄉一邑之民，故鄉邦邑聚隨所在而神明之，亦所以昭

〔一〕「廡」，陳伯陶纂修《東莞縣志》所録作「蕪」。（陳伯陶纂修《東莞縣志》，第十册，第三六〇八頁）

〔二〕「者」，陳伯陶纂修《東莞縣志》所録作「下」。（陳伯陶纂修《東莞縣志》，第十册，第三六〇九頁）

〔三〕「夫陰陽二氣，流通布濩，而妙靈於岳瀆，興雲致雨，功德生民，神之所爲，無乎不在」，陳伯陶纂修《東莞縣志》所録作「夫陰陽二氣，流通布濩，而妙靈於岳瀆以興雲致雨、功德生民者，神之所爲也，無乎不在」。（陳伯陶纂修《東莞縣志》，第十册，第三六〇九頁）

其歲時旱澇祈報之誠耳，豈淫祀也哉？若夫牲帛祝號之對越於岱宗者，則惡乎敢？廟之改剏歲月，紀於楝，可徵。速予記者，衛錠、葉儀、宗後、陳匡、何瑋諸君〔二〕，皆募勸購財興始者。予惟駑耄，言非可傳，顧兹靈勝，不容無述，乃次第其事，語族子時嘉書以遺之。

序

贈揮使安廷用序

余卧病山林，每欲詢人之言而私識之，人之有善，惟恐人之不余告也。南海衛指揮使安君玘，余未面時，談者往往謂其武而肖文，端雅若一書生，三數年矣。一日造余廬，頎然有度。與之語，由由然若不欲别。返而登舟，余往謝焉。君推蓬窗、納雲水、煮茗飲以延話，乃出一飯以餉余。因談名將，偶及岳飛事。君曰：「陷飛者，張俊也。張俊之惡，甚於秦檜，特未顯耳。」余因叩君曰：「宋自南渡，中原腥羶，祖宗社稷不可以不復，君父讎耻不可以不雪。飛之身，社稷

〔二〕「衛錠」、「宗後」，陳伯陶纂修《東莞縣志》所録作「衛鏘」、「宗俊」。（陳伯陶纂修《東莞縣志》，第十册，第三六〇九頁）

生靈之所係也。自偃城之捷，兀朮寒心，金人之勢將土崩瓦解，興復中原若反掌矣。當是時也，知其歸而遭讒不免，無乃墮奸臣之謀，成吾君之惡，死無益於國，此公冉務人所以止惠伯也。設若斯時據《易·師》九二『在師中，吉』，境外之事，有專行之義，乘機逐勝，鼓行而北，恢復中原，安祖宗之社稷，報君父之讎怨，免生民之左衽而出之水火，此千載一時也。然後歸而請罪於司寇，無毫毛功利之意，不亦可乎？此之謂能權。《春秋》與首止之盟而逃鄭伯，亦變之所以爲中也。」君徘徊頷予說，予又窮之曰：「或者謂事不可以求濟、功不可求成，君之命，無時而可方也。善乎，書生叩馬於兀朮之前，果如其所料。可嘆也。」兩默默久之，君拜別而去，更戍於梧。余亦未嘗不往來於懷也。君今由三府選擇以主衛事，其僚屬咸喜余知君，來索一語爲贈。夫南海之衛，劇衛也。且朋比東莞，其卒伍又多邑氓，故主衛得其人，即兵民交受其賜。今幸君專其任事，能無不便於昔、望弛於今者乎？能無不行於舊、願展於新者乎？今之民貧亦極矣，然未有甚於卒伍之家，其鰥寡孤獨、憔悴困苦、幽怨茫昧而不得扶植自遂者多矣。其挾威肆暴、赫聲張勢、漁侵獵搜以爲人害者，亦不無也。自非仁煦若赤子、威制若猛虎，未有能濟者也。吾聞君先自靈璧以來，三世累功兵刃之間，而襲有今職，可謂幸矣。君今莅事，所以傾耳抵目者，直余乎哉！史稱岳武之爲人，其事多可法者，君其終思之。

重修族譜序

家之有譜，猶國之有史也。史以紀善惡，以公爲主；譜以序族屬，以實爲主。譜不實，猶不足以信今而傳後，況可以無譜乎？吾宗始祖諱喬，其先福建莆田人，世居於鄞。宋紹定間，任廣州路同知，及終於官，子日新扶柩葬東莞茶園、山名金釵腦之原，因居茶園。故譜以同知爲始祖，《書》曰「爾小子乃興，從爾遷」是也。夫自宋至今，歷三代矣；自始祖至今，遞九世矣；自紹定至今，踰二十紀矣。歷三代、遞九世、踰二十紀，使無譜，宗派何由而知、行實何由而考乎？此五世孫曾祖茂賢所以畫圖系、記行跡以示後也。至六世孫敬本嘗修譜，徵文以弁其首矣。今又十餘年，事久則易湮，譜奚可以不修哉？天順癸未，予謝去塵務，潛學於山館。至甲申，家君命修族譜，承命畏謹，乃取舊譜明其圖、列其派、録其行實，昔之煩者簡之、訛者正之、略者詳之、隱者彰之、遺者補之，然後先人之派系、行跡庶乎可考，然一以實爲主，不敢苟也。雖然，後之視今亦猶今之視昔也，爲吾族子孫，觀祖宗爲善之實、行事之迹，可不相與勉勵盡顯揚繼述之道，使無愧祖宗於地下而流芳名於後世乎？《易》曰「善不積不足以成名」，孔子曰「君子疾没世而名不稱焉」。光愚直僭妄，書此共勉，豈徒耀吾宗之繁盛哉？謹序。

廬陵梁氏族譜序

譜，謹家牒而不遺其先，重事也。然常怪南豐次其世，歐公疑之；歐公次其世，潛溪疑之。譜系之難稽信如此，其奚可以苟？據梁氏譜，其初曰天監者，居長沙。十三世曰勝，仕南唐，自長沙徙太和。二十九世曰清，自太和徙居寥均。三十世曰信可，自寥均徙居薌城婁岡。仲賢，今德剛之大父、璨之曾大父也。自長沙至婁岡，歷世三十六。其譜世次，或仕或隱，歷歷可攷。丙申之冬，予越嶺北、經吉州，訪一峰於金牛，覩遺阡於瀧岡，拜文山於富田。道薌城，梁氏出其所譜求余文以序。子姓森然，余自揆不足爲梁氏輕重，然德剛，一峰友也；璨，又一峰門人，而一峰又爲之請，遂頷之而未復。既又之吴，泝江而南，凡經歷故家大族、文獻足徵者，每每留意。天下之廣，予未之知也。據余之見者，舊族世家，惟江右爲多，而江右獨吉州爲盛，有一族而數千烟火者、尋常屈指數十世者，皆是也。蓋江右之人，大抵多儉而樸，凡口之食、身之衣，類不嫌於粗惡，雖入奢邦侈地，不逐逐而變。二事之賢，天下之俗莫能及。無暴殄，無過享。而其山川深厚峻拔，又多秀民老儒畜德樹聲，習於家而行於鄉，官於廟而惠於外〔二〕，相與維持而浸沃者先

〔二〕「廟」，疑應作「朝」。

後有之。故其俗屬生齒，較之他邦而繁多悠久，其理然也。然余嘗試之，凡其先世多顯官達人，則語者津津有上人之態，如談者謂廬陵人語及歐公而面有矜色者，況在一家乎？凡其先世無顯官、無貴勢，則慚恧而語若不欲出口，甚則有面頸發赤而回互者。於是，而有妄認之宗、妄締之族，假赫赫之光而托遥遥之胄者有矣。嗚呼！學衰道廢，諸子百史，出入聖人，用其小見，肆爲異說，逐華遺實，日新月盛，多不足信，使學者疲目力、弊精神而莫知所終者，豈特譜之一事乎？余未暇及也。梁氏之譜，簡實有條，不慕遠而忽近、不附貴而遺賤，有足序者。因序以爲務外而矜人、逐華而遺實者戒。雖然，珠在淵、玉在山，則水土沙石草木皆有麗澤，其光奕然。梁氏之子孫，其又當以是觀。

茶園袁氏族譜序

歲戊子，予赴會試，袁君瑋與予同舟。未越庾嶺，袁君嘗語予曰：「家譜不幸遭正統己巳火劫，今分派亦略可考，願乞一言以序之。」時篷底酷熱，厭親筆硯，意經鄱陽五老之下，將必有所助。適天風北，舟寸進而心日千里，未及以答。餘旬日獲便風，將至建業，袁君復以文促，用心可謂勤矣。能再默耶？夫古者別生分類而作汩作則，姓氏之别於是乎兆。後世因之而作譜，蓋子姓相生日衆，則族屬日繁。繁而且久，勢不能以不疎，非有禮義恩意相維持聯屬於其間，則厚者反薄，親者反疎，甚而至於不相識者有矣。故族之有譜，正憂乎此而作也。其或不此之務，則必有忽卑賤、遺疎遠而慕貴者，若郭崇韜求附汾陽之譜而哭其墓，杜正倫求附城南諸杜之譜而不許，是可笑也。今按：茶園袁氏，其先世南雄人。宋紹興間有諱禎者，始遷廣之東莞茶園，殆今十四世。而子孫繁盛，遂爲名宗。好古博雅者，葉葉有之，然皆韜晦不售，是以世或不聞。然其譜未嘗有所遺，亦未嘗有所慕。凡大宗、小宗之派，若昭若穆之辨，遡流求源、尋枝求幹，瞭然在目。爲袁氏群族之人，誠能因此而念其一脈攸分，厚恩義、篤倫理，賢者必啟其愚，富者必賙於貧，貴者不忽於賤，藹然和睦之風興，則斯譜之作不爲文具矣。瑋，娶予從姊，故以是瀆告，并以爲袁氏之子孫勉云。

福建鄉試録序

福建爲東南名藩，府之治八，縣之治五十。國朝三年一選士，試於各省者爲鄉試。成化丙午，實皇上臨御之二十有二年，適當試期，福建鎮守太監陳道雅重斯文，清戎御史張昺克興士類，相與協相；巡按監察御史董復祇奉明詔，預聘光等以司考校。至則左布政使章格、按察使王繼、右參政劉大夏、副使胡榮綱維於内；右布政使徐貫、左參政陳賓、右參政秦夔、副使汪進、高崧，右參議沈暉、葉祚，僉事楊峻、楊廷貴、王弼贊理於外。自八月庚辰鎖院至丁酉徹棘，凡旬有八日。士之就試文場者，千四百有奇，皆提學僉事任彦常簡拔而巡按御史覆試嚴選者。光等職寄斯文，矢心迪畏，暨諸執事咸精白一心，既命題分卷，窮日夕而揀閲之，依制取其文之純正者九十八，其怪誕險戾者悉屏黜焉。既峻事，第其名、録其文，將以進塵上覽。光循例宜序，自惟淺陋不足以堪，然爲文字官，爲國家校文選士，事孰有重於此者乎？不可以不爲諸生告也。夫言成章而爲文。因言求心，雖世之相去千百年、地之相去千萬里，尚亦可以窺其藴而測識其淺深，蓋積於中者，未有不發於外也。人之受於天而藴諸心，至大而至貴。古之善爲學者，深造自得，見其大而不失其貴，中無所累，其神完、其氣充，其博足以通，其約足以守，誠立而信孚，故其斡旋運用有莫之爲而爲之者〔一〕，此無他，善學善養，不敢小其大而賤其貴也。夫如是，故其達也，可以壽國家、安天下、惠利生人、光昭物則，利不能回，勢不能奪；其窮也，足以善其身、型其家而傳諸其徒，福被子孫，名垂後世。學之得其大而不失其貴，至於如此。閩之先達，若楊龜山、李延平、朱晦菴諸先達，相與講明，赫在今日。當時雖未得志大行，而其自立如此之偉也，自今觀之，非止八閩有宋之光而已；諸士生長諸賢講學之邦，其流風餘韻固有所自，凡其可大而

〔一〕「斡旋」，原誤作「幹旋」，據文意改。羅邦柱先生亦曰：「『幹』，疑『斡』之誤」。（林光《南川冰蘗全集》，羅邦柱點校本，第七〇頁，校記）

可久者，必其飫聞而熟積之矣。今既登名賢書，將試南宮、對大廷，駸駸得行其志矣，其所立所發當何如也？苟徒誦陳言、干利禄以誇榮當世，又尚奚言？

瀋府長史徐用起輓詩序

瀋王相徐先生諱震，字用起，號養未，撫之金谿岸坪人，乃嘉興郡守懷柏先生兄也。嘗教授晉府大谷懷僖王，改教授楚府通城王，進左長史、相江夏而復相瀋王。一旦引年歸，道嘉興，歲丁未五月癸亥卒於嘉興府署。既三月，將啟殯南歸，懷柏先生致書於平湖，命光曰：「輓詩非古也，《薤露》、《蒿里》以來，後世因襲之，用代執紼之歌，然亦鄙矣，況作爲詩辭自相稱述哉？吾兄棄世於兹，不勝悲慟，不能不求名公傑作以寫其情，所謂鄙俗者，正所以自蹈之也。然非子序之不可。」光聞命而愧，復於先生曰：「《禮》『知生則弔，知死則傷。知生而不知死，則弔而不傷；知死而不知生，則傷而不弔』，順吾情而已。强心而不情者，皆無味者也。老莊之徒，欲齊得喪、忘哀樂於其當然，并其源而窒之，豈理也哉？夫中之所有，不能不形於外，若火之不能不炎上、水之不能不潤下、草木之不能不華實、禽鳥之不能不飛鳴，蓋充滿勃鬱於中而泄發迸露於外，莫知其然而然者，乃其當然也。先生兄弟官南北，相去之遠、違離之久，忽而相聚相歡，彼此髮種種向白，塵務細碎撓聒沓至，方撥置空隙而旦夕執觴共話者殆將以日爲年，乃忽然生死幽明之隔，欲接一話而不可得，奪其難全之樂而成其倉卒之哀，則先生悲慟之情可知矣。《禮》『隣有喪，舂不相；里有殯，巷不歌』，先生哀痛迫切之情泄發而不容已。然則，士夫哀先生之哀，寄諸音律可也。否則，懼没人之善，俾壽諸言而不磨滅可也。感之而不應，堙其源而窒之者也，其與强心而不情者奚辨？」

伍仲禮輓詩序

人之哀生於愛，愛鍾於心而發乎情，情之所宣不能已於言，此哀輓之所作也。非愛於心而强發於言，吾嘗以爲不情而無味也。惟孝子仁人懼其父兄之善泯没無傳，而騷人墨客狀事寫情又往往有奇絶可傳者，故托之以傳。苟非可傳，亦安能爲有無哉？故嘗思窮鄉下邑、端人樸士，非無幽隱可紀之行，不遇名筆，槁死埋没而人不知者多矣。故人之善，不能不假言傳，此哀輓亦不可無也。仲禮先生諱從敬，今浙之監司伍公性之父也，世爲蜀嘉定之榮人。甫襁褓，失怙。母李氏育男三，長曰仲德，次仲寬，仲禮其季也。少讀書，卓犖自樹，累試不第，既而語伯氏曰：「吾母少寡，撫吾兄弟有立，忍棄母而俱仕乎？」仲德曰：「兄不隱，母孰養？弟不仕，門孰光？吾將終穡事，若各執一經，期卒業不落寞而已。」而仲寬中癸酉鄉榜，分教乾庠。於時，仲德年踰六十矣。仲禮歎曰：「吾尚逐逐取耀，遠吾兄母乎？」遂悉棄業奉養，温凊扇枕，晨昏供子職，不謝勞勩。每歲遇母誕辰，輒焚香告天，以求永壽。母氏果享年九十四，命以考終。成化三年，西蜀暵旱，里閈嗷嗷束手困饑殍，仲禮乃捐己橐千緡，率鄰居百餘家，浚渠鑿石，引溪流溉田千餘頃，是歲大有，鄰里相慶。次年，胤子性甫領鄉薦，而仲禮適終。後遇旱，鄉人浚導，工不就緒，輒以酒肴呼其名而祝之，無不立應，事在國典。嗚呼！仲禮處鄉閭，非有一命之受也。因歲旱，不愛己資，遂能效智力、率鄉人引流濟旱，人蒙其利，尚至死而祝之。今東吴沃壤數千里，其稅賦之入，國家倚爲經費。然能使旱潦不能爲災者，皆水利之功也。今仲禮殁方十餘年，其子以名進士累官僉憲，奉明詔經營其事，其任重、其利溥，非窮鄉下邑私相救助之比，吾知東吴之人他日之祝公，又當何如也。姑書以俟善聲詩者相繼而闡揚之，直輓乎哉？

秀州飲别詩序

人之心，因言而見。詩者，言之精者也。古之君子，抱其奇傑之才、經濟之學，困不獲施，其於生民之愁苦、國家之安危，思有以濟之而無地，於是斂其所有，陶然於山水寂寞之間，凡泉石崖谷、草木花實、鳥獸蟲魚、風晨月夕，每每托爲聲詩，泄其藴蓄，寓其憂思。然其深醇温厚之氣、和平淡雅之音，雖並臂而遊、連衾而寢，莫測其旨歸。蓋其中閒，故其意遠也。聯句之作，古未有也。中世士大夫於燕閒會合之時，相與聯爲詩歌，凡出處離合、反覆綢繆，或出於奇怪，或雜以嘲謔，以道一時之情，誠亦可喜。然人之資性不同，遲訥者往往爲敏捷者所苦，至於假物出奇以窮人之所不能，雖賢如韓子，不免此病，若石鼎之聯句是也。及夫對客忘言、對案忘食，方難模之至巧，失有限之光陰，此則聯句之癖也。大理屠公元勳，平湖人也，官於南畿，因獻績於朝，歸而壽母三閱月。啟行之任，道秀州，郡守柳侯邦用暨別駕蹇公克遂留餞，酒酣情洽，相與聯句，得八律。柳侯再疊亦八律，聯爲一卷。既爲圖，題曰「秀州別意」。柳侯致柬於予曰：「元勳大理於予，托交爲最久，往來詩社，麗澤之益爲最多。始予以地曹謫調在外逾十五年，元勳以秋官歷今職。以疇昔孚契之情，離隔十餘年，得一聚而舉觴相屬，聚而復別，情各不能已而形諸詩。子其序之。」

予向歲以選士還自楚，浮江而東，取道金陵，屠公遣使迓予江潯，遂會於龍江驛。杯酌問勞之間，因及鄉郡時事。時朝廷方選柳侯守嘉興，屠公憶誦侯之詩，且曰：「侯，鍊達君子人也。」無何，侯蒞任，予隨群屬走拜府下，一接侯之清光而退，將二年矣。今讀聯句之章，益以求其孚契之情，固非騁奇以相窮；而二公又皆有國法民社之寄，亦非困而不獲施者。矧嘉興爲東吳劇郡，使檄交馳，簿書填委，訟牒紛紜，日不暇給，而能從容觴咏之間、曲盡交游之誼，豈沉埋於案牘者之所及乎？屠公離當湖時，予與酌別〔一〕，座中倡和亦各一律，因併附於卷尾云。

〔一〕「予」，原誤作「子」，形近而誤。據文意改。

湖廣鄉試録序

弘治二年，歲序己酉，乃聖天子龍飛鄉選之首科也。聖天子肇登寶位，天下之人顒然望治，天下之士有尺寸抱負者咸有帝臣之願。湖廣爲天下名藩，其地廣、其兵强而食足，自春秋以來，列國皆莫之先。我國家臣一四海百有餘年，太平無事，教養備至，其間長材秀民雄偉非常之士，悉業於科舉，故科目得人，於今稱盛。於時左副都御史鄭時奉璽書巡撫是邦，作新士氣；而鎮守太監曹整，分守太監韋貴、潘紀，總兵官伏羌伯毛鋭，又相繼而激昂之。先是，巡按監察御史姜洪酌藩臬諸臣之議，發幣預聘光等以司考校；及期，巡按監察御史史簡代至，以主試事，惟公惟明，務精士選，仰體國家求賢圖治之意。乃取提督學校副使沈鍾所選之士而覆閲之，得入試者一千六百餘人。內而提調，則左布政使張敷華、左參政李孟暘，監試則按察使劉喬、僉事馮鎬；外而防範贊畫，則右布政使唐珣、右參政雍泰，副使俞振才、楊茂元、毛松齡、鄭恭、陳孜，左右參議徐訏、李俊、王鼎、馬銓、龔膺，僉事余鐸、卜同、馮錤、鄧璦、戚昂、周鵬、張鋭，與凡百事，咸恭厥職。自鎖院，甲午一試、丁酉再試、越庚子凡三試之。光等夙夜披閲，依制拔其尤者八十五人，第其名、録其文以進於上而傳之四方。光濫序諸首，因告於諸士曰：是科之録，乃皇上選士求賢之一初也；汝諸士獲録名彙進，亦筮仕行道之一初也。天下之事，罔不在初。人之傾耳而聽、屬目而視，吾之操機發軔，始於毫毛而終於千里，可不畏哉？抑不特此，原其大者，道之在人，初無不善，豈假外求？惟失其初，不能自信，故聖人教人博而求之、約而復之，在不失其初而已，非能有所加也。後之學者，知博文以求道，或不知約禮以體道；知纂言以明經，或不知異説之鑿經。文弊日繁，溺者日衆，支離駁雜，去道益遠。是故異端之害，人猶知之。時習枝葉之文，日增月益，銷磨後學之精華，若航海而未知所歸，至於聖賢淵奥純粹之旨，或忽而不暇究，其害豈淺淺哉？嗚呼！不逐其末而求其本、不汩其流而窮其源，則權度在我博驗而精擇之。苟居尊而有所遭際，其發舒而爲事業，未必無可觀者；或居卑而不得大行，其耀於無窮者固在也。汝多士及其初而思之，期無負聖天子教我、養我、期我以待用也。

新昌王氏族譜序

成化丙申，余自南海涉江之西，訪羅一峰先生於吉豐之湖西，遊處三閱月。晝則聯馬，夜則連床，凡經史百子、古今人物，每承啟益。至論及鄉曲交遊，一峰嘗曰「王樂用」、「王樂用」，余時未識王公也。又十餘年，一峰爲古人矣。余以官滿謁選於京，王公亦以欽命赴闕，過余逆旅，余始識王公。既又三年，余遭憂歸。服既闋，王公適持憲節按道嶺南，蒞問寶安，枉駕敝廬。敘舊之餘，公作而言曰：「相托交一峰，嘗以家譜之序見囑，稿未成而一峰没，爲之一慟矣。今先生，一峰所知也，願以爲請。」余自顧遭憂之餘，筆硯廢落，忽忽無以復公之命。及余舟北上，山之重峰疊嶂、奔騰起伏，水之清泠紆曲、驚淵怒濤，千態萬狀，日與余交接不暇，俾余湮滯之懷，一洗而俱盡，然後筆硯可親矣。因復於公曰：「先王盛時，宗廟有制，昭穆有序，冠婚喪祭有禮，足以敦本厚族，譜不作可也。自世降禮廢，民無統紀，幸而有姓氏之書，猶足稽者。五季兵燹之餘，公家之籍既亡，私家之譜亦失，子孫衆者，漫然相視如路人。至宋，士夫始各自爲譜，可謂知所重矣。蓋譜之所作，自父綱之，即己之昆弟子孫皆系焉。自曾祖綱之，即祖之昆弟子孫皆系焉。等而上之，自太祖總之，即凡族之昆弟子孫皆系焉。綱舉而目自張，如木之有本、水之有源，旁枝别派雖繁而不亂。是故譜者，合族之大法也。」

按江右新昌塔前王氏譜，以諱潔者爲始祖。潔之自序曰：「余自南渡□□，以時事入境居焉。」自是乃有塔前王氏，其來蓋自新建之西山，即建康之分派也。潔初爲舉子業，文學有可稱。既晦處塔前二十年，教子孫以禮義，家業大就，迨今凡十四世。由潔而上，譜無所考。自潔以下，昭穆支派，歷歷可指，然皆隱晦，未有顯者。蓋歷三百年，公始領乙酉鄉薦，中丙戌進士，選御史。僅一載，謝病歸而高卧者二十六年。一峰贈公之詩，有曰：「故人王御史，高卧近何如？出道在能辭禄，家貧不賣書。」公之爲人可知也。公名相，字樂用，譜次十一世。今以欽命取用，出爲監司，亦可謂有其位矣。分按嶺南，亦可謂得其地矣。公當何如，斯無負公之翻然一起、無愧一峰之期待，使後之子孫稱公若廬陵人語及歐公而面有矜色，真足爲斯譜之光矣。庸書以俟。

晦翁學驗序

儒者之學，至於朱子，可謂考之極其博而析之極其精矣。傳註之外，嘗讀《語類》，或一事而門人記之，各有不同。又有云「自浮沉了二十年，只是説，今始知要養」，余以二十年生人能有幾個，疑記者之誤也。及來嚴州，見官書笥有《文公大全》，弘治十二年己未之夏，因避暑聖殿戟門之南，納松風，蔭翠柏，日取一二册而讀之。凡封事及朋遊書問、門弟子荅應之間，皆先生之手筆，而自悔之言猶屢屢見之，乃知先生之學，其所以悔者，乃其所以進。晚年體驗，蓋有人不及知而獨覺者矣。余讀而思之，於警切要會處，輒硃記之。尋常見於筆札間，或時事進退之機、身世艱危之際，所以驗諸心、驗諸事，可以粗識先生之大概，亦皆硃記，直欲復而易見。至於秋而卒業焉。蓋非獨欲詳教旨，亦欲識先生平生所經歷之事也。今年夏，乃取硃記者手録之，庶便暮年之檢覽，以自策其昏憒，而於先生平生之辛苦受用處，亦可以因此而窺見一二，因以「晦翁學驗」名焉。嗟夫！孔子者，萬世斯道之標的也，門人傳之久，或不能無失。後之學者，没溺於文字濫觴之餘，苟於成説，入耳出口，外慕徙業，未嘗造其堂、嚌其胾，不知其然而習以爲當然者，皆是也。因是録，聊書以自警，兼以警乎一二三子者。弘治十三年庚申八月二日。

爲有司，近君者莫過於京府，親民者莫過於縣令。然爲令最難，令之難得者細民之心，難致者士夫之譽。夫民之賦役，仗我而均；争訟，仗我而辨；寒者、饑者、鬱抑無告者、勞憊困乏者，皆惟我父母恩育之。令，其不難乎？且宜城北接襄鄖、南通荆門，雲貴川廣入京陸路之所必由。達官制使，傳呼絡繹，驅役丁夫，動數百人，稍不滿意，輒呵叱獲罪。爲令而居是邑，將救過逃責之不暇，況望於超擢乎？

贈别順天府通判汝惇林先生之任序

莆田林君汝惇，有通明之質，有濟事之才，余托交爲最久、相知爲最深。余自甲辰會試時，天下士夫往還頗多。在閩之士，同會試者得契寧君永貞及汝惇，情好日洽。既而，寧君下第，余與汝惇俱中乙榜。余以親老，就禄不辭。汝惇年正英妙，且莆人尤善舉子業，少抑加進，其於進士之科若無難者。翼日相遇，告余曰：「仕而有禄可養，斯遇矣；官之崇卑，命也。先生既然，吾何獨不然？」於是亦就禄不辭。又同余舟南行，日賦詩談道，眷戀不忍别。至弘治壬子，順天府以同考試官坐名欽取，使者持幣檄書，語云：「縱有他處預聘，君命難奪。」余與汝惇皆在聘列。汝惇又由西安期余聯舟入京。試事畢，各别去，數年不相見。後汝惇以鄖陽郡博因薦陞宜城令。余來襄陽，恨知心者少。過宜城，汝惇聞報，携酒肴迓余於舟次，敘數年之情，心之所懷，日不能盡。將期汝惇以公務抵府治，余當撥去塵瑣，相與提携，登峴首、臨漢江，追逐雲月，以忘吾憂、以酬夙願。有懷未終，汝惇又有順天府通判之遷，不能不興余戚戚之懷。司訓李君志尹來，徵文以贈，且告余曰：「宜城之學，學也；宜城之士，士也。學非無其地，士非無其質。林君之來尹，首以爲念，新聖賢之像；若殿若廡，若堂若齋，若櫺星之門，若登降之路、肄業之房、庖膳之所，咸有以新之。月旦、十五日，令諸生講説經傳，或未得旨，必一一覆示，務令通曉，移刻乃已。林君修舉學政，士類懷感。」所謂難致之譽，汝惇得之矣。至於賦役之平，争訟之辨，伸其抑鬱，惜其勞憊，大官達人、傳遞旅使，皆喜過宜城，是又能易人之所難。宜夫見推吏部，陞佐京府，日近清光，判治京氓矣。夫下得以親民，上得以近君，平生之懷抱益可展矣。余又當洗耳以聽士夫之譽也。

送少司寇何公撫綏還朝詩序

君天下以得丘民爲先，然民心未易得也，非仁不足以懷，非義不足以制。商之盤庚欲遷殷，本以安民，而民怨誹逆命。盤庚反覆告諭，以口舌代斧鉞，卒果於遷，然亦勞矣。周因殷民之不服，《大誥》以下諸篇，屢屢出示肺腑，猶不心服。武王、周公，聖人也，相繼撫之而莫禦，何其難也。我太祖高皇帝平定天下，恩威所加，民罔不服；列聖相繼，百有餘年，仁澤益深，所以結於民心者固矣。宜綏來動和，罔不如意。弘治乙丑，天下獻民數，孝宗敬皇帝按圖數户，以爲當今生齒繁盛，户口宜盈而虧、宜登而耗，究厥所自，逃亡流移、脱漏埋没者必多，簡命大臣以任清理。群臣廷議，衆以爲撫綏重任，非知大體、懷仁秉義、有量有容者不可，乃推刑部左侍郎新昌何公克堪是任，乃加公都察院左僉都御史，瀕行而帝已賓天。今皇上嗣位，克承先志，首降璽書，寵賁丁寧備至，事無巨細，悉從便宜。公承命，既敬既戒，遂行。至則宣諭恩意，又刊條榜檄，申詳敕旨，俾上下各知遵守，威而不猛，寬而有制。自河之南、江之北、漢之左右，地方連亘，崇山曠野，非一人精力所能遍及，乃選委湖廣、河南、陜西三省藩臬達官，惟其賢能，專而不二，分方任職，以督厥成。地屬湖廣者，若襄陽、安陸，則金君獻民；若鄖陽，則張君遇；若黄州、若蘄州，則魏君英；若德安，則謝君綬。四君皆副使也。若應城、雲夢，則參議華君山；若荆州，則僉事劉君遜。河南分理，開封則右布政使歐公君信；汝寧則左參政王君瓊；河南府及汝州則僉事仲君本；南陽則僉事俞君諫。陜西分理，商洛則右參政史君簡；漢中則僉事袁君佐。公又往來巡視，跋涉險阻，北抵於河，西窮漢陜，南盡於江，以觀民俗，酌量緩急之宜。隱蔽潛藏者省發之，朋比影射者釐正之。民令從役，戎令從伍，匠仍其匠，竈仍於竈，籍不亂也。聯而爲甲，甲有首；圖而爲里，里有長。農業不改，市賈不變，願歸者不留，願居者不遺。寬年歲征差之限，設畸零帶管之户，以待貧弱無所歸倚之氓。嗚呼！可謂懷之以仁、制之以義矣。由是，三省會計清過流移逃亡户四十萬有奇，丁口百萬有奇；入編籍者，户二十三萬五千六百，丁口七十三萬九千六百。夫以中原上遊重地，呼吸之間有風有雷，而公之輯寧撫綏百萬之衆，不驚不擾，而成功於几案之間，得非列聖之仁結於民心之久所致耶？公今復命將别，三省顯宦及從事諸君，皆不能不興仰領之懷，各賦詩祝别，以撫綏還朝爲題。撫民憲副張君囑光爲序，以識不忘。正德元年丙寅二月拜序。

送少參華公致政東歸序

士君子生於靈鍾秀會之地，宦於京國大都山水名勝之區，其心易稱，其業易就，其功易成，境之順也；生於窮鄉，宦於惡境，資之難，成之難，拂亂摧沮、危懼憂虞之事恒多，境之逆也。少參華公名山，字仁甫，無錫人也，登乙未進士。初知于許，以最陞南京兵部副郎，遷刑部郎中，數年擢湖廣布政司參議，分守鄖襄，兼管均之太嶽太和山，且六年矣。一旦幡然請老，朝廷許之。命下傳報，公適在襄陽，時憲副安福劉公時讓亦在焉。二公於南至日，枉駕寒寓，劉公命光曰：「華先生幸獲遂所請，且行矣，子不可無言以贈。」光不敢以不文辭。夫進以禮，退以義，樂則行，憂則違，大丈夫出處去就之道也。其機軸在我，卷舒在我，人莫與焉。然迹公所仕之邦，皆未見其有可憂、有可違，而公獨超然請去，何哉？且公產於東吴，以地輿考之，天下之山，西北爲多；

江河傾注，流膏輸液，皆積於東南，而震澤巨浸停蓄於中，清淑之氣鍾焉。常、蘇、嘉、湖四郡皆邊其旁，是故其物產財賦甲於天下，天下無不資其用。其間秀異明敏之才、達官偉人，從古爲多。無錫在常、蘇之間，有錫山、惠泉之勝，氣之含蓄融洩，物不能獨有也，則公之生可謂得其地矣。公之天性和易而端潔，莅事不求赫赫之名。初政於許，許，天下之中壤；繼遷南畿，乃鄉邦之大都；繼爲湖廣少參，分守鄖襄，又中原之重地。武當奇勝，層巒疊嶂，如群仙羅列；而天柱之峭拔，又爲諸峰之表。當春和秋爽之際，四方來遊者無虚日，天下之人有願一寄目而不可得，公獨飫遊厭觀於几案之前，公之仕可謂得其地矣。公何憂、違乎？公年六十，歸興浩然不可留矣。想公之退而家食也，扁舟太湖，杖履錫山，相逐雲日，饑飧玉粒，渴飲惠泉，呼鄰翁而歌吟，弄稚孫而戲舞，其樂衎衎，惟目不足，與世之以官爲家、罷則無所歸者，何如哉？諸公咸羡公之行，各賦詩爲贈。光因序而識別，兼附以詩。正德丁卯臘月朔日序。

書跋

書陳僉憲所藏一峰手札

天下之物，無可好者。好於物則役於物，物大我小，牽己以從之，無不化於物者。故善觀物者，不累於物，付之而已。如此，則雖萬有在前，而吾不㪅，得之不喜，喪之不悲，我重而物輕，我大而物小，役物而不役於物也。聲色勢利之沉酣，服食器用之牽引，裘馬之忘國，書字之發塚，此皆好之而溺焉者之害也。天下可好者莫如德。好德，人之秉彝也。苟好之深，雖在千里之外、百世之下，不會而神交；不好，雖同堂共席，不相射而背馳者寡矣。僉憲陳君粹之好善若恒人之好物，因喟然曰：「達人君子，言論風采足以消人鄙陋，惜乎山川阻隔，不可以恒覿；得一墨，亦面命也。」一峰羅先生，陳君友也。陳君於一峰，麗澤深淺，吾不得而知，然好之不可謂不篤矣。間者，裒一峰書文爲一卷，出以相示。其間雖多偶爾應酬，而善觀者可因此而得一峰之爲人，而陳君所好之不苟，亦可知矣。

書童蒙須知後

余至平湖，既三閲月。一日於講授間，因舉朱晦菴先生《童蒙須知》「凡爲人子弟，須是常低聲下氣」一段，囑諸生宜書之以爲座右之銘。而是書，衆亦偶未之見，因出而授之。時司訓袁君溥病人人難於抄録，願刻板，庶得遍及鄉間小子，仍索余題其後。嗚呼！斷乳嬰兒，慈母猶知慎其飲食。今之繁文末技，迷誤後進，幾不可救藥。若是編，約不過千餘言，而童幼易於習讀，以預養其孝敬之端，若啖之甘腝柔滑然，其滋助豈少哉？乙巳四月丁卯識。

書秉之事寄莊定山

族弟琰，字秉之，號野菴，年四十二而卒。自幼從光力學，歲庚寅又偕之進拜石齋之門。嘗與光静處清湖洞及扶胥數年，亦頗有見，觀其詩之所發可知矣。如斯時，非獨光愛之，先生亦愛之。後爲府庠弟子員，亦嘗兩預鄉省試矣。迹其平生，自三十以前，日從事於敬謹；三十以後，遂放縱於酒，不事拘檢。遇朋遊，輒劇飲賦詩，抵掌歌笑，日不夕不返。或時作大字書，傲倪若無人。親舊或勸之檢節，佯若不聞。去年，果以杯酒延蔓詿誤，入憲司獄。後憲司頗聞其才，又獄中爲人作詩，往往傳入上人耳。後事白得脱放出，就鄉試，又不利而卒。其兄琬，友愛深至，收而葬之。其爲人愷悌坦夷顛倒能愛人，宗黨鄉閭多愛之，然又未嘗不共惜其如此而墮落無成也。其作詩不甚經意，多援筆立就，然亦每每有佳處。鄉友一二知之深者，於其亡也，搜其舊稿，或在人家屋壁軸卷中抄謄，得此二册。昨携至江門，與先生讀之，但相與歎息而已。今特奉寄一閲，其可取者，乞爲逐首圈記，仍求數語敘於編端，遇有力者將刻之。固知伯樂之門最難爲馬，然駑馬未嘗不欲經目於伯樂而後心死也。倘不忍棄之，則九原感佩當何如也。琰之祖諱敬本，鄉閭醇篤君子也。父諱彦和，亦鄉閭醇篤君子也。今其兄曰琬者，亦克肖其父祖。一脈三世，皆孔子所謂善人。而琰之學，初志如此而不克終，惜哉！石齋先生亦留一跋於其稿後云。丁未三月二十日書，在姑蘇舟中。

書嘉興孝子

夫孝，天之經，地之義。人之行，固莫大於孝，然釋其義者，曰「善事父母」而已。「善事」云者，固非一端之可盡，若《曲禮》、《少儀》、《内則》、《弟子職》諸篇之所述，與夫孔子之告曾子見於《孝經》者，可謂備矣。然皆人人之所當爲，亦人人之所能爲，固非强人之所難爲，亦非責人以所不當爲也。嘉興一郡，自宋至今，稱孝子者十餘人。若陳四四，剖心治親之疾；吴三五，父疾割股以和粥；潘十三，母疾亦割股以和粥；錢四十二，母病篤而幾危，割股投羹，母甘其味而遂愈；范圭，母疾藥久不愈，割股和粥，母覺味異而體健。他如施二、戚敬、章普音之於母，嚴震之於父，咸因病而割股焉。嗚呼！「身體髮膚，受之父母，不敢毁傷」，孔子之教孝也；「父母全而生之，子全而歸之」，此曾子臨終之所以啓手足也。夫道在六經，可謂備矣；人若孔子，可謂全矣。然而六經、孔子未嘗以割股事親之事而教天下後世之爲人子者，何也？蓋以人之所能爲而責之以當爲，不以人之所不當爲而强人以難爲也。且父母之於子，呼吸喘息，一氣所通，子之血肉，父母之血肉也。方其幼時，提携保抱，稍或不謹，手足之間小有傷損，父母之心蹙然矣。今自操刀割股以啖其親，談者已不忍出口，父母之心當何如哉？借曰密爲而親不知，使由此而戕生殖命，可謂孝乎？或者謂：「爲子死孝，親病危急，遑恤其身哉？」噫！父母在，子之身乃父母之身，子不得而有也。不顧其身，是不顧父母矣。然則割股之事、迫切之情，不可矜乎？吾之所論，蓋以明人道之常，俾過者歸乎中而已。故曰「白刃可蹈也，中庸不可能也」。道之不明，豈直割股一事哉？

書嘉興節婦

甚哉！婦人之賢，性出於天，非學而成。若古烈女，不獨節義可尚，其知識議論，有卓然非恒君子所及。當時之傳記者，類能表白不遺，可謂良史矣。今之稱節婦者，皆以遭變不貳其天者見録；幸而無變，雖有賢明，未必盡收於史傳。予嘗深思而慨嘆矣。且以一郡之守節義者言之，若嘉興錢氏二女，以紅巾賊迫，相與結裙投河死；柳氏女紿賊，結襪投水死；石門禹氏見群盜蜂起，以死與夫預約，既遇賊，果倉皇抱幼女跳水死；海鹽姚福蓮新寡，因聞父欲改嫁之，夜携幼女溺水死。嗚呼！婦人女子，非若丈夫事經史、談理義，而其天真呈露，可以貫金石、動天地、感鬼神者，往往若此。世之男子，依阿澳涊，如鬼蜮狐蠱以苟富貴者，觀此亦可以少鑑矣。

書陳僉憲湖山萬里圖後

山谷云：「凡書畫當觀韻。」予振衣濯足數千里，超然之間，輒欲形諸紙墨而心手不相能。今觀夢祥所遺冷菴《湖山萬里圖》，瞭然予之所經歷者，畫之不可無也如此。一峰欲以筆舌了，安得不費其辭？雖然，設或持之而去，不知冷菴又冷然否也？成化戊戌元宵前一日。

跋黄山谷墨蹟

右山谷書「學佛人語」一通，意在點畫外，若不得已而成形，如神仙異人飄飄遺世，不求識賞。而或者因其光而窺其寶，乃知其不凡。此當與具法眼神會者言，難爲肉眼道也。雖然，一藝且爾，况有高於此者乎？戊戌正月既望魄石亭寺書。

跋雙江居易手迹後

人之愛鍾於心者深，故情發於外者重。嘗讀東坡《偃竹記》，東坡好文與可墨竹，極力師之，如「兔起鶻落」之語，可謂造其妙并其法而得之，其愛之深可知矣。及與可死，東坡因曝書畫，偶發而觀之，不覺慟哭。蓋愛之深，故發之重，况於父子之至愛乎？余丙午八月以選士來閩中，巡按御史董公復出乃翁雙江居易翁送其赴丙戌南省試二絶詩，余讀之，有曰「鑑湖風正片帆輕，兩岸青山逐汝行」之句，而小引又有曰「顧余老矣」之語。嗚呼！余於居易雖不面，因其語而想其人，必端雅仁愛君子也。余讀之且凄然悼念，侍御公當何如哉！余平生好觀人，每於其片紙隻墨，卒然之間而求之於人之所趨向處，亦每因其細而驗其大。然則董公寶愛其親之手澤如此，居易公亦可謂能父、侍御公亦可謂能子矣。

跋錢文肅公墨蹟

瓶罐一勺即江海，星星一點可燎原，有目者因小而知大也。涪守張兼素出錢文肅習禮公致政時與貴心翁稱貸一札，予偶觀之，因言求心，非特可以知文肅俛仰在民之心，亦知貴心之爲人，其必異於出一甌飯而德色者。戊戌三月朔日書。

書易通守畫後

余聞「觀畫當觀韻」，所謂韻者，蓋若空中之聲、相中之色，可以意會，難以言傳也。嘉興通守湖南易公文淵出所謂《方蓬仙館》一卷示余，且索題其後。余觀之，但見其層樓傑閣、山水人物、舟車往來之富麗而已，豈即秦皇漢武之所慕念而經營者耶？神仙有無之説，余未暇論也。弘治改元之后正月書。

跋羅一峰題泉南陳節婦短歌

余嘗讀《烈女傳》，見婦人之賢者，非但不負所天而已，若樊姬之論虞丘子、陶答子妻之論答子、趙括母之論括，其識見超然。余每讀，輒撫掌不忘。今觀殿元羅一峰表章泉南陳節婦短歌數語，大意賞婦人而男子、恠男子而婦人，雖有意於警策，然其忠義之心如饑渴之於飲食，亦可見矣。節婦乃欽差督理糧草浙藩大參閩中李汝嘉之祖母也。一峰歿且十年矣，余嘗辱交，讀其言有感，因書以信其説，而兼書其語於右。弘治戊申夏四月望後書。

書志媿録

出處去就，君子立身之大節。其仕也，視道之行否以爲身之進退，無固必也。亞卿大司成方石謝先生，以英偉傑特之資，自少取進士，歷官翰林侍講。既而重遭親喪，服既免，以禄不及養，謝病家居十餘年。至今上即位之初，以薦入修《憲廟實録》。完，有南畿祭酒之命。先生莅事僅一年，謝病休致。弘治庚申，因侍臣論薦委官，促候赴闕，詔以禮部右侍郎，仍掌國子監祭酒事。又一年，以病懇乞如前休致。嗚呼！《易・乾》之上九「知進而不知退，知存而不知亡，知得而不知喪」，「『亢龍之悔』，窮之災也」。先生自筮仕至今，其所以進、所以退，退而復進、進而復退，未嘗苟淹。而此録則諸公推揚論薦之疏、贈送攀留之文、部司郡邑催請之檄，及先生在病、在途、遷擢、辭請之章，皆備録首末爲一卷，命曰《志媿録》。先生之心，何媿乎？智可以得公卿，而不可以得賢者一言之譽，況行高者若的懸，挾弓而思射之者衆矣。先生何以得此哉？昔范蜀公論事不合而去，蘇軾往賀之，曰：「公雖退而名益重矣。」公愀然不樂，曰：「君子言聽計從，消患於未萌，使天下陰受其賜，無智名、無勇功，吾獨不得此命也。夫使天下受其害而吾享其名，吾何心哉？」軾以是媿公。先生之心，豈少此哉？因書以識。弘治壬戌正月癸卯，迪功郎國子監五經博士林光書。

跋石齋贈吾廷介詩

吾君廷介嶺南選士時，拜石齋先生於白沙，得壽母詩一絶。時值重九，廷介出和贈詩一律，又別後和舟中見寄一律。余官在太學，廷介新中進士榜，相聚京師，出此卷觀之。計石翁此作，去屬纊僅一年餘耳。字觀其筋骨，詩味其風韻，妙處蓋不在多也。言外不盡之意，廷介當自得之。後二絶，子姪輩代答，觀者當自辨。弘治壬戌夏六月晦日跋。

銘

剥硯銘 并序

斯硯在平湖時，陸參軍持以贈余，以其質有銀星也，供奉於余且十年矣。在嚴庠與諸生書，辛酉忽而剥其池〔一〕。余感而銘之，以識其不忘。其銘曰：

物完則用，既玷則棄。其用其棄，不繇乎人，自我而已。硯乎硯乎，不堪於大，猶堪於細。君子用材，是之謂器。

敕建忠武廟鐘鼓銘 并序

隆中武侯廟成，余既命工範金鑄爐及瓶矣。尋得椿樹，腹中虚外完，製而成鼓，又鑄鐘配焉，因識而銘之。

〔一〕「辛酉」，原誤作「卯酉」。林光於弘治十年丁巳夏服闋，改補浙江嚴州府儒學教授，次年春到任，弘治十七年甲子冬升任襄府左長史。小序中有「在嚴庠與諸生書」之説，其事當在弘治十四年辛酉。因改。

鼓乎鐘乎聲俱有，不扣不鳴恒静守。鼓弊還更鐘不朽，撞鐘撾鼓神來否，共祝皇明天地久。

贊

自贊傳神

其服儼然，其貌宛然。近而即之，似俗非俗；遠而望之，似仙非仙。惟所養之未至，故其天有未全。雖然，行如雲在天，止如水在淵。斯樂也，吾不能形諸言，畫者亦莫得而傳。弘治己未春三月書。

贊劉僉憲舊像

豸冠峩峩，雲履几几。朱衣白簡，外華中美。抗疏於朝，權貴是訾。孤立敢言，乃真御史。

南川冰蘗全集卷之三

經義

讀春秋 九十七則

隱公

六年春，鄭人來輸平。

程《傳》可疑。既輸平，來絶交，何以後來有鄭伯使宛來歸防，又會鄭伐宋？文定説輸爲納，謂以利相結，亦未敢信。疑「輸平」變爲「平成」爲是。蓋五年鄭人伐宋入郛，宋又求救，使者失辭，魯不之許。初，隱公爲公子時，戰於狐壤，爲鄭所執，今鄭乘間來變爲平成。況斯宋人伐鄭圍長葛〔二〕，鄭必欲與魯結好求援也，豈肯絶交而長一敵乎？

七年春王三月，叔姬歸于紀。

備叔姬首末，録一媵也。

桓公

四年春正月，公狩于郎。

弑賊動衆遠出，可誅，惜乎莫之誅也。

秋，蔡人、衛人、陳人從王伐鄭。

桓王奪鄭伯政，鄭伯不朝，王貶其爵可也，乃不懲小忿而自將攻之，豈天討乎？王道之失也。三國以兵會伐，則言從王者，君行臣從，正也。戰不書戰、敗不書敗，王無敵於天下也。

九月丁卯，子同生。

聖人憫賊之不討，故書曰「子同生」，若謂其子同復生矣。先儒謂書「子同生」，聖人正大本

〔二〕 羅邦柱先生曰，「斯」後，「疑脱『時』字」。（林光《南川冰蘗全集》，羅邦柱點校本，第九七頁，校記）

而防亂，非矣。豈謂有聖人以亂賊之子而立萬世法乎？

九月，宋人執鄭祭仲。

宋莊執人，權臣脅之，廢嫡立庶，以亂人國，天下之大惡也。

鄭忽出奔衛。

以忽繫鄭，正也。

十有二月[二]，及鄭師伐宋。丁未，戰於宋。

宋責賂於鄭無厭，屢盟無信，固可罪矣。然非魯、鄭所當擅興兵也，故書「及」，又書曰「戰於宋」。來戰者，罪在彼，戰於郎是也；往戰者，罪在內，戰於宋是也。

莊公

元年春王正月。

[二] 「十有二月」，原誤作「十月二月」，據《春秋》原文改正。（杜預《春秋經傳集解》，上海：上海古籍出版社，一九八八年，第一册，第一〇八頁）

內無所承，上不請命，故不書「即位」。《春秋》首黜隱公，明大法於始矣。至桓公弑立，反書「即位」，真足以啓問者之疑矣。何也？此蓋不當容其即位而即位也，如書「以成宋亂」之類，皆謂不當如是而如是也。至書「子同生」，蓋識亂賊之子復生，聖人之情見矣。及桓見殺於齊莊公，又不書「即位」，此《春秋》之大法、萬世之大義也。夫桓以弟而殺兄、以臣而殺君，天下之惡孰有大於此者？其在生也，天王不能誅，隣國不能討，魯之臣子反面事讎十八年。今見殺於齊，雖不以罪，天理亦不僭矣。當是時，設有一知權秉義者生，既力不能討，幸其見殺矣，上訴諸天王，下告諸方伯，數桓之罪於太廟，取隱之正嫡而立之，誰曰不可？如盜賊殺人以求財，及其敗而死也，所獲之贓將遂與其子乎？抑將反諸受害之人乎？故不與莊之即位，乃所以撥亂反正。《春秋》之大法大亂，非特內無所承、上不請命也。若既已爲君而遂與其子，則後世若王莽之子、曹操之子丕，天下皆可北面之乎？是故繼桓而莊、繼莊而閔、繼閔而僖，三公皆不書「即位」焉。聖人立法嚴矣。至文以後，則時異而勢殊，乃書「即位」焉。然則書「即位」，聖人果與之乎？曰：皆不與也。蓋當時諸侯即位，皆不請命於天王，況宣受弑賊之立、定爲逐君者所立乎？先儒謂「內有所承，亦得即位」，豈有天王在上，不請命而可與之乎？此大亂之道也。

三月，夫人孫于齊。

書「夫人孫于齊」，所以見夫人之與聞乎弑也。

六月乙丑，齊侯葬紀伯姬。

齊侯併人之國而葬人之妻，其惡甚矣。

夏，宋人、齊人、衛人伐鄭。

宋主兵宋故也。

夏，公追戎於濟西。

戎既無備以致其來，復輕身而追，其志危道也。

蕭叔朝公。

天子出，諸侯朝於方岳，禮也。穀，齊地；蕭叔，附庸之君。今魯公在穀而蕭叔朝之，朝者、受者皆非禮矣。聖人書之，防僭亂也。

冬，杞伯姬來。

春會於洮矣，冬又來魯。書「來」，不當來也。

二十有九年春，新延廄。

大無麥禾，告糴于齊。冬既築郿，春又新延廄，其不恤民也甚矣。

秋七月，齊人降鄣。

鄣，紀附庸小邑。不書「鄣降」而書「降鄣」，見齊人以力脅之也。

八月癸亥，葬紀叔姬。

紀侯卒，叔姬不歸宗國，而歸于酅，得婦道也，故書「葬」。

齊人伐山戎。

前書「公及齊侯遇於魯濟」，後書「齊侯來獻戎捷」。文定謂「伐山戎乃齊侯，非將卑師少，貶而稱『人』」，理或然也。

閔公

鄭棄其師。

鄭人惡高克，使帥師次於河上，久而弗召。師潰而歸，高克奔陳。書「鄭棄其師」，責鄭之君臣也。

僖公

四年春王正月，公會齊侯、宋公、陳侯、衛侯、鄭伯、許男、曹伯侵蔡。蔡潰，遂伐楚，次於陘。

蔡鄭在楚必争之地。莊十年，蔡獻舞辱執歸楚；十三年，蔡復與齊北杏之會；十四年，楚遂入蔡，蔡由是屈服於楚。故於幽兩盟，蔡皆不來。鄭因歸齊，與盟於幽。由是楚見伐者三、見侵者一，不聞加兵於蔡，則蔡之附楚可知。故桓公大合諸侯之師伐楚而先侵蔡。書「遂」，責其不請王命而遽然自專；書「次於陘」，見其念楚之强，慎重而不苟也。

楚屈完來盟於師，盟于召陵。

能致楚完來盟於師，不血刃而楚服，齊桓之功也，故序其績。

冬十有二月，公孫兹帥師會齊人、宋人、衛人、鄭人、許人、曹人侵陳。

陳與桓公伐楚，楚方受盟、班師之際，其臣轅濤塗一謀不協而身被執。陳國既見伐而又見侵，驕忿未已。故稱人以執，稱「侵陳」以深罪桓公也。

冬，晉里克殺其君之子奚齊。

書「其君之子」，亦甚明人之不君也。

十有一年春，晉殺其大夫丕鄭父。

《國語》載丕鄭因里克告以中立之言曰：「惜也，不如不信以疏之，亦固太子以攜之，多爲之故以變其志，志少疏乃可間也。今子曰中立，況固其謀必有成矣。」此丕鄭之本心，今因惠公以私意殺里克，故丕鄭在秦而有出君之謀，則是非其本心也，故稱國以殺罪，累上也。

冬，楚人伐黄。

罪桓之不能救也。

夏，楚人滅黄。

憫黄人見滅也。

楚人使宜申來獻捷。

楚子執宋公以伐宋，魯不在會，故來獻捷以脅魯。其駕陵中國，驕縱甚矣。或曰：不曰宋捷，爲魯諱也。

十有二月癸丑，公會諸侯盟于薄，釋宋公。

楚子執宋公於會，諸侯復爲盟，求楚子以釋之。是執之、釋之，操縱大權皆是蠻夷出，此天下之大變也。

冬十有一月己巳朔，宋公及楚人戰於泓，宋師敗績。

桓公圖伯十餘年，而後爲伐楚一舉。今宋襄纔被執見釋，不務納言修善以固其國；乘其忿欲，又輕與强夷交戰，自取敗亡。故聖人以宋襄主是戰，以深罪之。

二十有八年春，晉侯侵曹，晉侯伐衛。

侵曹、伐衛，此文公圖伯之詭計。再書「晉侯」，甚之也。

三月丙午，晉侯入曹，執曹伯，畀宋人。

晉侯圖伯，欲致楚師與戰，皆不顧義理而爲之，至此之甚。

夏四月己巳，晉侯、齊師、宋師、秦師及楚人戰於城濮，楚師敗績。

楚在當時凌暴中國甚矣，使非城濮一戰，民其左袵矣。惜乎文公不能上請天王聲大義、速諸侯以討之〔一〕，而多方詭計以急近功。《春秋》書「及」，所以誅其心術，以扶王道也。

〔一〕「之」，原誤作「乏」，據文意改。羅邦柱先生亦曰，「『乏』，疑『之』字之誤」。（林光《南川冰蘗全集》，羅邦柱點校本，第九七頁，校記）

六月，衛侯鄭自楚復歸于衛。

衛侯復歸稱名，文定謂其殺弟叔武，理或然矣。

衛元咺出奔晉。

元咺以叔武無罪[二]，衛侯殺之，奔晉以訟其君。

文公

八月丁卯，大事于太廟[三]，躋僖公。

諸傳兄弟異世之説不可行，當攷汪氏説。

晉陽處父帥師伐楚以救江。

當取張氏説。

[二]「叔武」，原誤作「武叔」，據《春秋左傳》改。（杜預《春秋經傳集解》，第一册，第三七七頁）

[三]「大事」，原誤作「有事」。《春秋》及《左傳》均作「大事」。（杜預《春秋經傳集解》，第一册，第四二二五、四二二九頁）據改。

晉侯伐秦。

前掠江書「晉陽處父帥師」，此伐秦書「晉侯」，見晉襄不强於爲義而强於修怨，罪之也。程子云不加譏、胡氏謂聖人以常情待晉襄，其果然乎？

晉殺其大夫陽處父。晉狐射姑出奔狄。

當取陸氏説。

秋八月，公會諸侯、晉大夫，盟于扈。

以經别傳之真僞，則左氏之説亦不必拘。

乙酉，公子遂會雒戎，盟于暴。

公子遂壬午會趙盾，盟於衡雍；乙酉遂會雒戎於暴。不請君命，權臣自恣可知矣。

公孫敖如京師，不至而復。丙戌，奔莒。

敖奉君命如京師，不至而復，以從淫辱，不可勝誅矣。文公既不能正其不恭之罪，又不使人再往，其罪均矣。

夏五月戊戌，齊人弒其君商人。

商人本弒君之賊，今書「齊人弒其君商人」，是齊人君之、齊人弒之也。

宣公

秋，公至自伐萊，大旱。

時方大旱而從事兵戎，無恤民之心甚矣。

六月，宋師伐滕。

用大衆以伐無罪之小國，而不恤鄰國弒逆之大惡，其罪可知矣。

秋，晉侯會狄于攢函。

書「公孫歸父會齊人伐莒」、書「晉侯會狄於攢函」、冬書「楚人殺陳夏徵舒」，所以明晉、齊、魯之無足以見與楚之意。

夏，楚子伐宋。

爲其伐陳也。

十有四年春，衛殺其大夫孔達。

違信以危社稷，孔達之罪也；不知其不可而用之，以干犯盟主，謀國者之失也。故稱國以殺。

夏五月，宋人及楚人平。

楚人圍宋，至是九月。疲衆暴兵，匱糧乏食，主客皆困矣，故其平稱「人」。人者，衆詞，衆所欲平也。

六月癸卯，晉師滅赤狄潞氏，以潞子嬰兒歸。

鄰國受困踰三時而不救，乃輕動大衆以殘滅於狄人，其不義、不仁甚矣。

秋，螽。

宣公簒逆，氣暴不和。六年螽，七年旱，十年大水，十三年又螽，十五年復螽。况煩於會聘、兵革之事，而財用耗竭，此其所以將剥民而求之也。

初税畝。

人言井田壞於秦，而不知宣公之作俑也。予於宣公之初税畝有感焉。

冬，大有年。

大有年，記異也。

歸父還自晉，至笙，遂奔齊。

歸父奉使還，聞君薨家逐，不能復命於殯，而請罪於司寇。故書「至笙」，以見其死事之未終也；書「遂奔齊」，又以見成公君臣喪君亡父而逐之。

成公

秋，王師敗績于茅戎。

程子謂「王師於夷狄不言戰，夷狄不能抗王也」，劉康公邀戎伐之，敗績於徐吾氏，而經不書「戰」，以見王者之本無敵，其所以致敗者，自取之也。而諸侯不能勤王，亦可見矣。

取汶陽田。

搴之賂也。汶陽本魯田，獲之不以道，故書「取」。

三年春王正月，公會晉侯、宋公、衛侯、曹伯伐鄭。

前書「楚師、鄭師侵衛」，見鄭首以大衆黨楚而凌中國。蜀之盟人十一國，至是伐鄭以正其罪。首晉侯而爵諸國，所以抑夷狄而存晉伯也。宋、衛皆殯以從事金革之事，其罪亦見矣。

五年春王正月，杞叔姬來歸。

出也。

二月辛已，立武宫。

按公羊子曰："「武宫，武公之宫。」武公至是，是歷世十一〔二〕，其廟之毁久矣，不宜立也。故書以見非禮。

楚公子嬰齊帥師伐鄭。

鄭從晉故也。

晉欒書帥師救鄭。

善救鄭也。

七年春王正月，鼷鼠食郊牛角，改卜牛。鼷鼠又食其角，乃免牛。

記異也。

不郊。

爲三望起。

〔二〕「是」，疑爲「寔」字之誤。羅邦柱先生則曰："「『是』，疑爲『已』字」。（林光《南川冰蘖全集》，羅邦柱點校本，第九八頁，校記）

八年春，晉侯使韓穿來言汶陽之田歸之于齊。

正疆理，天王之責也。汶陽之田本魯田，鞌之戰，魯以晉力脅齊，取之；乃齊求於晉，晉爲齊請韓穿奉命，魯遂歸之，皆非理也，故詳書以譏之。

晉侯使士燮來聘。叔孫僑如會晉士燮、齊人、邾人伐郯。〔一〕

假聘問而摟人以伐弱小之國，晉不足道矣。

九年春王正月，杞伯來迎叔姬之喪以歸。

婦出與廟絶，此必魯謂其無罪，責杞使歸之也。

晉人執鄭伯。晉欒書帥師伐鄭。

鄭方與蒲盟，因楚人之重賂，遂叛盟以從楚，固有罪矣。晉人執之不以王命，又不歸之京師，故稱「人」以執，罪晉也。

十年春，衛侯之弟黑背帥師侵鄭。

齊年之子無知、黑背之子剽，皆致篡弑，私愛寵任之過也，故皆書「弟」。

〔一〕「叔孫僑如」，原誤作「公孫僑如」，據《春秋》改。（杜預《春秋經傳集解》，第二册，第六九一頁）

十有二年春，周公出奔晉。

王者無外，此書「周公出奔晉」，王室之事可知。

夏，衛孫林父自晉歸于衛。

孫林父既出奔，敢恃大國以返國，其惡可知。定公已知其惡而隱忍用之，書「自晉歸於衛」，所以著黨逆臣之罪。

九月，僑如以夫人婦姜氏至自齊。

婚姻常事不書，此恐只譏不親迎。

襄公

九月辛酉，天王崩，邾子來朝。冬，衛侯使公孫剽來聘，晉侯使荀瑩來聘。

天王崩而不奔喪，相率朝聘於魯，其罪可知矣。

晉師伐秦。

晉方與宋會吴滅偪陽而還，楚、鄭加兵於宋。今興大衆不救宋而伐秦，遂長一敵，其策謬矣。

公會晉侯、宋公、衛侯、曹伯、莒子、邾子、齊世子光、滕子、薛伯、杞伯〔一〕、小邾子伐鄭。

齊世子以先至而班四國之上，晉悼之失也。

戍鄭虎牢，楚公子真帥師救鄭。

晉不能御楚以庇鄭，而乃率諸侯戍其地以凌逼之，非義也，故書曰「戍鄭虎牢」。以虎牢繫鄭，而復書「公子真帥師救鄭」以罪之。

十有一年春王正月，作三軍。

作三軍之説，諸家多不同。文定以爲，「三軍，魯所舊有，文、宣以來，政在私門，襄公幼弱，季氏益張，廢公室之三軍，而三家各有其一，季氏盡征焉，而舊法亡矣，是以謂之『作』」。據明年『季孫宿救台遂入鄆』，其從享范獻子而公臣不能具三耦，民不屬公可知矣」。以此爲

〔一〕「杞伯」，原誤作「杞柏」，據《春秋》改正。（杜預《春秋經傳集解》，第二册，第八四六頁）

證，似亦有理，今姑從之。

季孫宿帥師救台，遂入鄆。

季孫宿受命救台，遂生事入鄆，其擅權自恣可知矣。

己未，衛侯出奔齊。

孫林父、寧殖出其君，罪不容誅矣。《春秋》不書其逐而以出奔爲名，所以戒人君有以致之也。然而天王不能討，列國不能正，衛之臣子不能復，而聽其立君，其罪皆可知矣。

劉夏逆王后于齊。

逆后命卿而公監之，禮也。今劉夏非卿而往，是輕天下之母，其非禮明矣。

晉人執莒子、邾子以歸。

邾、莒病魯，晉侯執之可也，然不歸之京師，非正也。故人晉而不去二國之爵，復稱「以歸」而罪之。

公至自伐齊。

圍而自伐至。胡氏曰：齊侯無道，宜得惡疾，大諸侯之伐也。

邾庶其以漆、閭丘來奔。

漆、閭丘二邑，庶其之食邑，受之於君者也，而竊以叛君，其罪大矣。魯不能仗義以斥之〔二〕，而受叛人之邑，其罪均也。

公會晉侯、宋公、衛侯、鄭伯、曹伯、莒子、邾子、滕子、薛伯、杞伯、小邾子于夷儀。

齊有弑君之賊，諸侯會于夷儀以報朝歌之役，乃舍此而不問，及齊請成受賂而歸，綱常掃地而不顧。王室陵夷，三家專魯，六卿分晉，豈一朝一夕之故哉？

二十有六年春王二月辛卯，衛寧喜弑君剽。

衛侯衎見逐，而《春秋》出入皆書爵，是未嘗絶其位。剽之立，《春秋》所不與也，而正寧喜弑君之罪者，喜之父殖從林父逐衎而立剽，臣事之十餘年矣。如其不當，上有天王，下有方伯，當任其責，乃輕信父命而躬犯大惡，故正其弑君之名。而下復書「衛殺其大夫寧喜」，亦

〔二〕「仗義」，原作「伏義」，據文意改。羅邦柱先生亦曰：「『伏』，疑『仗』字之誤」。（林光《南川冰蘗全集》，羅邦柱點校本，第九八頁，校記）

猶書里克之事也。

衛孫林父入于戚以叛。

衛衎既入，林父遂據土以背君，莫大之惡也。

昭公

夏，秦伯之弟鍼出奔晉。

鍼，桓公子、景公弟。鍼有寵於桓與景，若二君然。至於出亡，其車猶千乘，則桓之愛子而不以義，其過可知矣；景公又不能爲之所，使裁抑合禮以存其恩，而卒至於奔放。故書曰「弟」，罪秦伯也。

七年春王正月，暨齊平。

《左傳》謂燕暨齊平，文定謂求於魯而許之平也。據下書「叔孫舍如齊莅盟」，恐當從文定。

八年春，陳侯之弟招殺陳世子偃師。

陳哀亡國敗家，由於寵庶奪嫡以成其禍，故書「陳侯之弟招殺陳世子偃師」，以見其君不君、兄不兄、父不父，惡之首也。

夏四月，楚公子比自晉歸于楚，弑其君虔于乾谿。

虔弑楚麇，公子比即奔晉矣。今被脅於倉皇之中，遂怵於利而忘義，以移其素守，可謂愚矣，故《春秋》成其弑君之名以罪之。然上書「楚公比自晉歸於楚」，下書「公子棄疾殺公子比」，所以明公子比實無能爲，以正棄疾詭謀之大惡，而憫比墮其計中也。

二月癸酉，有事于武宮。籥入，叔弓卒，去樂卒事。

有事於武宮，籥入，叔弓涖事，籥入而卒於其所。文定謂「緣先祖之心，見大臣之卒，必聞樂不樂；緣孝子之心，視已設之饌，必不忍輕撤，故去樂而卒事其可也」。但《春秋》常事不書，此恐不當卒事而卒事也。

王室亂。

景王寵愛子朝，使孽子配適，以致争亂，故書「王室亂」以見非人亂之，乃王室之自取其亂也。

天王居于狄泉。尹氏立王子朝。

稱「天王」，見敬王猛之母弟當繼正統而有天下者也；稱「尹氏立王子朝」，庶孽不當立而尹氏立之也。

夏，叔詣會晉趙鞅、宋樂大心、衛北宮喜、鄭游吉、曹人、邾人、滕人、薛人、小邾人于黄父。

王室之亂，於今四年矣。晉爲此會諸侯，不至，而但合大夫以謀之，且待明年而納王。王室之亂如此其急，列國之救如此其緩。故黄父之會，書列國之大夫而諸侯不在焉，所以著列國無王之惡也。

有鸜鵒來巢。

昔無而今有，記異也。

尹氏、召伯、毛伯以王子朝奔楚。

先書「天王入於成周」，後書「尹氏、召伯、毛伯以王子朝奔楚」，大天王之居正，而亂賊之黨與無所爲矣。

秋，晉士鞅、宋樂祁犂、衛北宫喜、曹人、邾人、滕人會于扈。

季孫意如逐其君已三年，以此莫大之惡，鄰國同盟之君當如救焚拯溺，討意如以復之，可也。鄟陵之盟，梁丘據入季氏之錦；今扈之會，士鞅又受季氏之貨。上下蒙蔽，壞亂極矣。而列國諸侯恬不加意，而使大夫往會而已。噫！田氏簒齊、六卿分晉，豈無故哉？故書列國大夫，所以罪列國之諸侯也。

季孫意如會晉荀躒于適歷。

昭公見逐，客居乾侯，季孫意如會晉荀躒於適歷，無所忌憚，乃士鞅得賂而黨輔之也。晉侯不能仗大義討意如、納昭公[二]，而反使其臣與之會；荀躒不能相其君以致討，而反承命以爲會，然則季氏無君之惡，晉之君臣實有以長之也。

史論

讀史 三十二則

《史記》：齊景公適子死，寵妾芮姬生子荼[三]。少，其母賤，無行，諸大夫恐其爲嗣，願擇諸長子者爲太子。景公老，惡言嗣事，又愛荼母，欲立之。憚發之口，乃謂大夫曰：「爲樂耳，國何

[二]「仗大義」，原誤作「伏大義」，據文意改。羅邦柱先生亦曰，「『伏』，疑『仗』字之誤」。（林光《南川冰蘖全集》，羅邦柱點校本，第九九頁，校記）

[三]「芮」，原誤作「苪」，據《史記》改。（司馬遷《史記》，北京：中華書局，一九九二年，第五册，第一五〇五頁；又參第六册，第一八八一頁）

患無君乎？」秋，景公病，命［國］惠子〔一〕、高昭子立少子荼爲太子，逐群公子，遷之萊。景公卒，太子荼立，是爲晏孺子。冬，未葬，而群公子畏誅，皆出亡。荼諸異母兄，公子壽、駒、黔三人奔衛，公子駔、陽生二人奔魯。後陳乞作亂，攻高、國，招公子陽生於魯而立之，是爲悼公。悼公立，乃使人遷孺子荼於駘，未至，殺之幕下。則弑荼者陽生也，非乞也。而《春秋·哀公六年》先書「齊陽生入於齊」，後書「齊陳乞弑其君荼」，則聖心可知矣。且悼公子壬即簡公也，後陳恒弑其君簡公而孔子沐浴請討，則聖意益彰矣。學者明此，則大事可權矣。蓋子荼，父命也；悼公實弑荼，則悼公子壬亦亂賊餘蘖而繼位者，何聖人汲汲欲討也？此理之所以爲大，父命之私不容易也。

魯武公與長子括、少子戲西朝周宣王。宣王愛戲，欲立戲爲魯太子。周之樊仲山公諫宣王曰：「廢長立少，不順；不順，必犯王命；犯王命，必誅之。故出令不可不順也。令之不行，政之不立，行而不順，民將棄上。夫下事上、少事長，所以爲順。今天子建諸侯立其少，是教民逆也。若魯從之，諸侯效之，王之命將有所壅；若弗從而誅之，是自誅王命也。誅之亦失，不誅亦失，王其圖之。」宣王弗聽，卒立戲爲太子。武公歸而卒立戲，是爲懿公。九年，懿公兄括之子伯

〔一〕「國」字原缺，據《史記》補。（司馬遷《史記》，第五册，第一五〇五頁；又參第六册，第一八八一頁）

御與魯人攻殺懿公，而立伯御爲君。後宣王伐魯〔二〕，立懿公弟稱，是爲孝公。自是後，諸侯多叛王命。

太史公傳稱，「西伯歸，與吕尚陰謀修德以傾商政」。噫！爲是論者，非特不識文王、太公之心；讀之者，亦不知不覺其心術壞壞矣。

穰苴自是能整頓紀律、嚴號令，拊循士卒〔三〕，便爾却敵也。不曾别用詐謀，真可謂後世法。孫武十三篇，用兵詳矣。但其能自用相吴，終不能使天下定于一，何耶？

觀趙奢立斬以軍事諫者，已而許歷請以軍事諫，言畢而請就鈇鑕之誅。噫！爲君肯納言容諫，又何患臣下之不諫哉？

觀趙母諫成王，非特可以知括，亦可以識爲將之道。賢哉，趙母也！又奢曰「兵，死地，而括易之」，皆名言也。

吴起殺妻求將、母死不歸，可謂殘忍小人矣。其吮卒疽、與士最下者同衣食，皆有爲邀名取富貴，安得不終爲人所殺？

〔二〕「伐」，原誤作「代」，據《史記》改。（司馬遷《史記》，第五册，第一五二八頁）

〔三〕「士卒」，原誤作「士率」，據文意改。羅邦柱先生亦曰，「『率』，『卒』字之訛」。（林光《南川冰蘗全集》，羅邦柱點校本，第九九頁，校記）

觀樂生之辭，樂生其賢矣，故能保身以没。

趙受馮亭，上不聽平陽君之諫，而誤納平原君之言以致大禍，足爲貧者之戒。〔二〕

白起爲將，初攻韓、趙、魏於依闕，斬首四十萬；又攻魏，虜三晉將，斬首十三萬；又與趙戰，沉其卒二萬；又攻韓，斬首五萬；又坑趙卒於長平，斬首四十萬人。計其生平所殺，蓋百萬餘人。自古爲將，殺人之多，未有如起者。其不能保身，卒致引劍。自裁之際，其悔禍之言始出。嗚呼宜哉！

史載孝惠帝崩，呂后哭泣不出。留侯子張辟彊謂丞相曰〔三〕：「太后獨有孝惠，今崩，哭不悲。君知其解乎？」丞相曰：「何解？」辟彊曰：「帝無壯子，太后畏君等。今請拜呂産、呂禄爲將兵居南北軍，及諸呂皆宫中用事，如此則太后必安，君等幸脱禍矣。」嗚呼！使丞相陵、平於此時不聽辟彊之言，不爲此逢迎之計，則呂后雖有邪謀，安能驟成？及其稱制，議立諸呂，羽翼成矣。王陵乃折之，不亦晚乎？然陵折之雖晚，猶可也，義之正也。使再問陳平、周勃與在廷之臣皆能折之，無一可者，則呂后之心猶庶幾其消沮也。厥後，呂后既崩，周勃、陳平、朱虚侯輩雖能

〔二〕羅邦柱先生曰：「『貧』，『貪』字之訛」。（林光《南川冰蘗全集》，羅邦柱點校本，第九九頁，校記）

〔三〕「留侯」，原作「留候」，據文意改。

謀誅諸呂，然而劉氏不致於改易者，亦僥倖矣。大抵漢興，所得者少節義廉退之士，所收者多功名富貴之人，所以依阿固寵。臨大節而不可奪者，吾不知其誰也。魏豹謝酈生曰：「漢王嫚侮人，駡詈諸侯、群臣如奴耳，非有上下禮節，吾不忍復見也。」如其言，則其所得者可知矣。若子房者，使非爲韓，其肯臣漢哉？

匡衡爲相，成帝即位之初，追條石顯舊惡及其黨與。於是，司校尉王尊劾奏「衡等居大臣位，知顯等專權勢、作威福，爲海内患害，不以時白奏行罰，而阿諛曲從、附下罔上，無大臣輔政之義」。既奏，顯等不自陳不忠之罪，而反揚先帝任用傾覆之徒，罪至不道。衡慚謝，上印綬請免。衆多是尊言。或者謂元帝之時，上下閉隔，蕭望之、周堪爲帝師傅，又受遺詔輔政，而石顯、弘恭己巧譖而傾殺之。京房因變亦言之，而元帝昏闇無斷之甚。張猛、京房後皆被害，故匡衡不得不括囊也。嗚呼！匡衡未得爲知幾也。《易》曰「天地閉，賢人隱」。當元帝之時，是何時也！匡衡既知不可言，則奉身而退，不俟終日矣。今身爲尊官，相且三年，目擊其事，乃依阿苟禄，至於如是之久。及成帝之時，乃一言之以塞責，得爲知幾之士乎？

李牧在趙邊，其持重可爲法。然牧不免疑間被斬，惜哉！

李廣最善射，結髮與匈奴七十餘戰，而竟不能致功封侯，當時亦謂其數奇，豈世云福將亦不係於智勇歟？

漢王出成皋之圍，東渡河，獨與滕公俱，從張耳軍修武，至宿傳舍。晨自稱漢使，馳入趙壁。張耳、韓信未起，即其卧内奪其印符以麾召諸將，易置之。信、耳起，乃知漢王來，大驚。漢王奪兩人軍。然則信之軍律其疎甚矣。使亞夫營，漢王能入乎？

漢王已破項羽，即襲奪齊王軍，徙齊王信爲楚王，都下邳。然則漢王未嘗一日而忘信，所以防慮之者至矣。信猶不知功成身退、兢兢畏謹以持盈滿，反於縣邑陳兵出入。嗚呼！勝敵易，自勝難。信能免禍哉？又曰韓信破趙，能禮廣武君，其策最高。

楊龜山謂田叔隨張叔赦死，無益於趙，與婢妾賤人感慨自殺者無異。此論恐過，適足以開偷生免死之門。且班固謂田叔隨張赦赴死如歸，彼誠知所處，雖古之烈士何以加哉？蓋謂處死之難，亦未嘗許田叔之死爲果當，而龜山固罪之言如此，則固之見誣甚矣。且田叔之薦孟舒，以隨張王事爲首稱，而龜山謂叔譽人以自賢，則將隱没其事乎？是未可曉也。

成帝無子，立弟陶共王康子欣爲嗣，是爲哀帝，亦宜矣。共王止生一子，無繼，而孝成復立别子爲共王後。哀帝無子，復立中山孝王興之子衍以繼哀帝，是以初從之弟繼初從之兄，二事俱可疑。天子之禮，必與庶人不同。

陳湯矯制發兵，直抵支郅單于城，斬其首及閼氏太子及名王以下五百人，其功亦大矣。而論者謂其矯制，幸得不誅，如復加爵土，則後奉使者爭欲乘危徼幸、生事于蠻夷，其論得乎《春秋》，劉向之言非也。

觀范通告王濬之言，所謂旁看高三着矣。

初，詔使濬平建業，受杜預節度。至秣陵，受王渾節度。預至江陵，謂將帥曰：「濬得下，則順流長驅，威名已著，不宜令受制於我；若不能剋，則無緣得施節度。」復與之書云云。其賢於王渾遠矣。

人才患上之不求，求之患不能用。觀於馬隆爲將，所以成功可知矣。

崔浩最有謀略可觀。

觀光武答臧宮數語，可謂賢君矣。

斛律光既生隙於內，周將韋孝寬復令間諜誣謡以搆成其禍，而齊果殺之，冤血入地，剗而不去，有以哉！或謂其歸還時不早散師，已根此禍，惜哉！

王猛之遇符堅，亦可謂相得矣，故能相成如此。

李孝恭討輔公祐，將發享士，杯酒變爲血，坐皆失色，孝恭自如，云：〔二〕「此中血乃賊臣授首

〔二〕「云」，原作「云云」，衍一「云」字，徑删。

之祥。」盡歡飲罷。已而果擒公祐，可謂禁祥去疑者也。

殊勳之下，煞是難處。李靖破頡利還，而蕭瑀劾之；破吐谷渾還，甑生等誣之。使非太宗之明，其能免乎？

道濟召，其妻向氏曰：「高世之勳，道家所忌。今無事相召，禍其至矣。」賢哉！婦人所見乃如此。

乾元間討慶緒，以子儀、光弼爲元功，難相臨攝，第用魚朝恩爲觀軍容宣慰，不立帥。此便是命將不專一。故相州之敗，王師衆而無統，進退相顧望而敗也。

徐晃事曹操，乃事賊，反以爲明君而幸遇之。人之置身，可不謹哉？

雜著

進學解

博士南川先生官於太學，行且三年矣。一日，諸生晨興，肅然立館下，請曰：「教之不明，言之不立也；言之無文，道之不傳也。是道必因教而明、因言而傳，未有道不明而能立言，未有言不文而能傳道。言文而道傳，教化風行海流矣。昔唐韓子爲博士，進學有解，其學宏而博，其文辯而奇，策精勤、警嬉惰，讚當時之亨泰，啓英俊之附麗，採録之途廣，妍醜莫遁乎有司。諄諄乎因人以明己，而謙抑宛轉，亦不覺歎老而嗟卑。然於進學，即未嘗指示其要、畫一其規，茫茫墜緒，將尋繹其疇識？先生抱道當席，默然自宰，諸生若之何而可窺先聖之藩籬乎？」先生曰：「噫！子來前，吾語汝。古者憲老，不在言辭；後世多言，其醇乃醨。言又不切，殆類俳戲，將欲明道，益支離矣。聞之：善教者若王良之御、扁鵲之醫。故駟馬之不馴，御者之過也。使王良執策，則驊騱、駑駘、騊駼、駃騠，無不調習，行止疾徐，咸中度矣。病之不治，醫之不明也。使扁鵲察脈，知病之所由生，或損陽而調陰，或損陰而調陽，則邪氣不留，病去而身安矣。博士，太學諸弟子師也。吾之所愧者，御也，執轡不如良；醫也，切脈不如鵲。吾庸敢默乎？韓子之在當時，其齒方啓，固有笑於列者矣。今之時，又非韓子之時矣。蠢然刓方，泯然波流，尚不能免忌者之口、息嫉者之怒，又安敢自任師道、大明進學之解、答諸生之期乎？且諸生曷不觀諸飲食，因其渴而飲之、因其飢而啖之，則味甘而適口矣；及其饜飫，雖熊蹯、芻豢，恐其持去之不早矣。是以善教者，先啓其疑，無多其岐，乘其虚而授之、因其明而通之、時其開而納之、觸其機而動之，洒之若及時之雨，則不覺其沛然矣。今欲呶呶强其所不受、語其所未至，其能深徹乎？其不玩而忽乎？憤然後啓、悱然後發，孔子固不隱也。況古之教胄子，理其性情於直温、寬栗、剛虐、簡傲、過不及之間，聲諸詩、和諸樂，鼓舞動盪，神而化之，日就其中和之德，是以教者不勞，進者罔覺。戰國而下，［學］衰道廢〔二〕，持勢合變，振翼奮鱗，出洿塗、騰雲漢者，固不少矣。然汩没生死，不出乎利欲之窩，其於中具之天不可須臾離者，悠悠若大寐之酣長夜、樂咋喑而怪韶濩〔三〕，尚足誚乎？此道之所以不明也。雖然，曾子倚山而吟，山鳥下翔，鶴鳴在陰，其子斯和。風之不動者，誠之未至也，又安能合其睽哉？《易》曰『成性存存，道義之門』。」諸生喜而揖曰：「聞命矣。」弘治十六年癸亥六月既望稿。

太學四代沿革論

學之制，自開闢以來，有民斯有教，有教斯有學。立學以教，古則然矣。有虞氏即學以藏粢，而命之曰庠，庠有上下；又曰米廩，則自其孝養之心發之也。夏后氏以射造士，而命之曰學，又曰瞽宗，學之音則校，校之義則教也。先王之所以教，至商備矣。周人修而兼用之，内即近郊，並建四學，虞庠在其北，夏序在東，商校在西，當代之學居中、南面，而三學環之，命之曰辟雍。或曰：辟雍，大射行禮之處，水旋丘如辟，以節觀者。莊子言「文王有辟雍之樂」，遂以辟雍立學名。蓋以其明之以

〔二〕「學」字原缺，據文意補。林光《盧陵梁氏族譜序》、《祭陳白沙先生文》等文，一再言及「學衰道喪」。

〔三〕「濩」，原作「獲」，據文意改。

法、和之以道，則曰辟雍。辟雍即成均也，以其成、其虧均其過不及，則曰成均，而居中焉。東郊即東序也，以習射則曰序，以糾德行則曰膠。瞽宗即右學也，以樂祖在焉，則曰瞽宗；以居右焉，則曰右學。此周之太學也。

國學訓説私借錢糧律義

這一款是我太祖高皇帝御製《大明律·户律·倉庫》中第九條，擬那監臨主守私借係官錢糧的法律。蓋太祖皇帝革元，平治天下，以爲法之不立，則臣民莫知所守，於是取歷代之刑書，斟酌其可行者，條分縷析，明辨别白，定爲《大明律》，使人各知守法而遠罪。如《户律》此條，曰私借錢糧。謂之私借者，非奉公明文而私自出納也；夫錢糧者，乃國家所徵收在官，數具文案簿籍，以待軍國緩急之需。非有公文放支，豈可纖毫妄用？故附餘者尚須報官，那移者亦有明禁。今監臨主守却將在官錢糧私自借用或轉借與人，雖有文字支唔，實則難逃公法。事發並計贓，以監守自盜論。其監守之人借者，亦以常人盜倉庫錢糧擬罪。蓋欺其心而瞞人瞞官，肆其志而市恩玩法，或圖己之便宜，或欲人之德己，而不知心不可欺、法不可罔，併贓論罪，又可逃乎？雖然，法之所禁，則義不可爲，而猶爲之者，此天理人欲之機，學者不可不審也。昔曹彬爲周世宗監酒官，宋太祖微時，過曹彬索酒，曰：「此官酒，不可私飲。」别買酒飲太祖。太祖後即帝位，曰：「周世宗諸臣，不欺其主，惟曹彬一人而已。」遂大用曹彬。曹彬爲酒官，不肯與人私飲官酒，況肯私借錢糧乎？汝諸生其思之。勿以善小而不爲，勿以惡小而爲之。

策問

福建鄉試策問

問：孔子之道，門人得其傳者，顔、曾二子而已。曾子傳之子思，至孟子而其傳泯焉。有宋元豐八年，河南程叔子始言：明道「生乎千四百年之後，得不傳之學於遺經」。千四百年，生人多矣，若漢唐諸儒，其自待不淺，豈無真見者乎？今之學者，稍通文義者皆能談性命、語道德，何古難而今易耶？明道受學於周茂叔，每令尋仲尼顔子樂處、所樂何事，今亦可講而知乎？當時迹其所至，上下風動，而不擇卑官，然其經國之大議、其臨政之顯迹、其講學之樞要、其感人之明驗、其守身之大節，皆昭然可慕而可法。請一一言之，以觀爲己之學。

問：博洽之學，所以通天下之理，亦君子之所貴也。自古識學之博，有能證據《春秋》決天下之大疑，而君相嘉之，以爲公卿大臣當用有經術明於大義者；有偏覽經史，人主問以大義及歷代史，商較縱横、應答如響者；有天姿好學，集賢書讀之六年，無所不通者；有天下之書無有不讀而經目弗忘，稱爲當代仲尼者；有强記默識，四海之内若指諸掌，天下奇祕悉在其所，博學洽聞，世無與比，時人比之子產者；有内總朝政、外供軍旅，斷決如流，賓客輻輳，内外咨稟，手答牋書，耳行聽受，口並酧應，不相參涉，悉皆贍舉者。其人可歷舉歟？夫不能見天下之大本，必不能窮天下之至理，則不能決天下之大疑。之數人者，博學多識如此，其於天下之大本，亦有見者乎？願相與辯之。

問：民爲邦本，設官所以治民，設兵所以衛民。官之禄、兵之食，皆出於民，民不可以不恤也。今之可憂者，士少廉退之節，而倖進者無限；兵乏精鋭之選，而冗食者無極。二弊相尋，又加之侈靡奢麗，參之遊手遊食，於是財用不足而公私俱困矣。不幸又旱乾水溢，民不免飢寒，此廟堂之上所深留意者，安得不致憂而預講也？今欲救其弊，必何如而後可？驗之古昔，來論三代，有如漢之孝文、唐之太宗，皆稱富庶，當時上行何政？下用何人？措置何方？無其實必不能有其驗。請爲我備言之，以觀濟時之志。

問：君子平居静養非難，惟動而應變爲難。用兵決策，所繫甚大，尤事之難者也。姑舉一二，迹其已然而論之。晉之遇楚，鄢陵之戰，兵則勝矣，而又何有以勝爲懼？鄭之侵蔡，獲公子燮，志則得矣，而顧有以得志爲憂。魏兵八十餘萬，西據上流，將壓吴境，群下失色，謂迎之矣，而拔劍斫案，決策擊之，何壯歟！秦兵八十萬衆，投鞭斷流，且至潁口，都下震恐，若無措矣，而夷然定策，謂有别指，何閒歟！吐蕃倉卒入寇，有起自閒廢，收疲散之卒，以何見而却大敵？奉天圍困既急，有以孤軍處强寇之間，以何能而卒安社稷？高平之戰，有曰人心易摇，不宜輕動矣，而奮然介馬臨陣督戰，遂能轉弱爲强，何決勝之敏！澶淵之役，有請幸金陵、請幸成都矣，而巍然如山勸帝親征，卒致契丹畏服，何見事之確！被圍順昌，虜兵十萬來援，而卒致大捷，其用謀何善？駐兵郾城，敵人合師憤戰，而屢令大敗，其用兵何奇？諸士通古今、考成敗，將以待用，試爲我言之。

湖廣鄉試策問

問：孟子語學者，謂友一鄉、天下之善士爲未足，又尚論古之人。若楚之人材，啓斯道之傳而有功於後學，宜莫如周子。周子之書，莫精於《太極圖説》、《易通》二書。二書之旨，包涵無所不備，得其要則無所不通。汝善學者亦嘗求其要而有自得之效乎？其效謂何？其自得若何？面受周子之傳者，程子也。程子之書，莫過於《定性》，然下手得力之要安在？資於二程者，張子也。張子之書莫過於《西銘》，其理一分殊之旨奚辨？南渡以後，闡明周子之學，朱子之功爲多。朱子之學蓋得於李延平，延平啓益於朱子多矣，可歷舉其要乎？友於朱子者張敬夫，敬夫之學，何者可以擴前賢之未發、開後學之正途而比迹於周子乎？願相與講明以觀自得之學。

問：古之史，不易業、不遷官、不貳事，如周之史佚，魯之史克，晉之史蘇、史黯、史趙、史墨，皆世掌之，後世若太史談之後有遷、班仲皮之後有固是也。然自今觀之，遷之書註者前後十四家，固之書註者前後三十家，然卒無有易於遷、固之爲也。後漢之書，自謝承迄於范曄，作者八人，而後曄之書始行。《晉書》自虞迄於唐太宗，作者亦八人，名爲御撰其書始定。作《宋書》者四人，作《齊書》者三人，《梁書》、《陳書》俱涉四人之手；王劭等《隋書》，至唐而屢變；吴兢等《唐史》，至五代及宋而再更。以至三國、五代史、後魏、北齊、後周、南北史、小史、統史之類，悉非一人爲之。遷、固之書，後世不能易。遷、固以下，秉筆者衆，宜其聞見博而是非公，可以信當時而傳後世，而反不及，何耶？諸史之後，《通鑑》修於温公，《綱目》作於朱子，若無遺憾矣，或者又有議於其間，何耶？願述其人而明究其所以。

問：治天下之大法非一，若制官、制兵、均賦、明刑、考課、選士〔一〕、制禮、作樂，皆爲治之首務，雖唐虞三代聖帝明皇，皆不能外此以理天下。我朝上法唐虞、下稽三代，立法以治天下，詳且備矣。是故内外相承、體統相攝，制官非不善也，近何爲致員冗而才或不堪？嚴立禁衛、精置屯守，制兵非不善也，近何以致卒驕而武或未競？田賦有經，何未能盡免下之掊剋？刑獄日繁，何未能盡勝人之情僞？課非不考，而名實或未能盡孚；士非不養，而廉恥或未能盡勸。禮制矣，如何而人情尚或不之檢？樂作矣，如何而和氣尚或不之應？凡此皆經國之大務，諸士必嘗究心者，願聞所以致弊之由而悉其救弊之方，以觀經濟之學。

平湖課試諸生策問

問：出處去就，君子立身之大節，不可不講也。春秋戰國之時，孔孟皇皇其間，身之所處即道之所寓，未嘗少離於道以苟就也。今以其迹論之：信不可失也，何以有負蒲盟之事？仕不可瞷而趨也，將之荆，先之以子夏、由之以冉有，何謂？戰國之士，説者謂其因勢據時，度其君之所

〔一〕「選士」，原誤作「選十」，因下文有「士非不養」之説，據文意改。羅邦柱先生亦曰，「『十』，『士』字之訛」。（林光《南川冰蘗全集》，羅邦柱點校本，第九九頁，校記）

能行，出奇策異智，轉危爲安、運亡爲存，皆可善可觀，孟子命世之才，何不能因時濟事？夫當上下交征利之時，孔孟之外，有不輕受人之國、不輕食人之禄者，誰歟？功成名遂，扁舟五湖；大讎既復，謝病辟穀，其見何遠？醴酒不設，超然遠引，潛身土室，二十餘年，其志何確？管仲、魏徵之所事一也，而論者何以與仲而罪徵？揚雄、狄仁傑之所遭似也，論者何以罪雄而賢仁傑？耻受輕鄙，急流勇退；耻言不行，不受樞密；耻受僞聘，寧逃難於山谷；耻事胡主，囑題墓必去官。之數子之去就，其於孔孟果相合歟？毋惜費辭，爲詳辯之。

問：民生於三事之如一，君也、父也，其恩義不暇言矣；至師，何功而齊其禮若君父？今之號爲師弟者，其業惟資進取而已。孔孟扶世教、正人心，使在今教人，何益於進取乎？孔孟之後，師道之立，如河汾、如泰山、如濂溪、如蘇湖、如衛、如洛、如關中、如閩中。往時之教，其感發之機、隆事之禮、傳受之準的、成己成物澤人之明驗，可歷舉歟？今業非進取，師道或幾乎廢矣，何風俗一至於此歟？願相與論其故。

問：史之爲書，所關至重；秉史之筆，其識至難。自孔子删《書》，斷自《堯典》至於《秦誓》。周衰史晦，孔子作《春秋》，史寓於經，昭於日星矣。後之稱良史，莫如司馬遷；繼遷者，莫如班固。二子之失，攻之者多矣。今舍其短而求其長，遷之書善序事，辨而不華、質而不俚。其世表，以地爲主者，年經而國緯，若之何而可以觀天下之大勢？以時爲主者，國經而年緯，若之何而可以觀一時之得失？固之書序事詳而有體，何者可以補遷之缺？寄意悠遠，何者可以救遷之失？曰隱而章、曰直而寬、曰簡而明、曰微而切，二子之書同也，可指其筆端之指而究之歟？後之人議前人固易也，試爲我講之。

問：令爲一邑之主，令得其人，則一邑蒙其福。然爲邑甚難，法如牛毛，未易悉舉，今撮其大者一二而商酌之。如兩稅，本什一而征也，今如何而可以免供索之多門？如何而可以止掊尅之無厭？四民本相須以生也，今如何而可以息鼠牙雀角之訟？如何而可以免左袒右掠之詐？且奸蠹之吏，設阱以相陷；豪霸之民，設餌以相鈎，計少行則令束手矣，又如何而可使胥吏之守法？如何而可使豪右之帖服乎？古之賢令，非特免此而已，有號稱神明而鬼神破胆者，有號爲卧虎而豪右挫氣者，其施政何方？有不肯折腰見督郵者，有不肯俯拜謝公主者，其設心何若？他如除無名租萬計，與毀淫祠數百區，其事類歟？不崇虛名，愛民如子，勸酵父老，問民疾苦，其政同歟？古人者，今人之標準也。事有酌於古而可行於今者，願鑿鑿以告我。吾將告於執政者，毋徒空言以訕上。

問：學不博則不能守約，然博學必始於觀書也。孔子之時，惟周之柱下史聃爲多書。韓宣子適魯，然後見《易象》與《魯春秋》；季札聘於上國，然後得聞《詩》之風雅頌。而楚獨有左史倚相能讀三墳、五典、八索、九丘。士之生於是時，得見六經者蓋無幾，然皆習於禮樂、深於道德。後世自唐宋以來，六經百子，市人轉相摹刻，充棟汗牛，不可勝數，宜今之士學術當倍蓰於古人而反不及，何歟？抑今之士專務守約而不屑於博歟？抑苟簡懈怠、甘於自棄而不求歟？或徒務博而不知所謂約者，故卒無所成歟？願明辨其故。

問：師者所以傳道解惑。孔孟，百世之師也，然孔子之教，「不憤不啓，不悱不發」，孟子之教，「中道而立，能者從之」，是孔孟之爲教者如此，何不聞其規條之立也？孔孟之後，教之善者，宜莫如濂溪；繼周子者，宜莫如河南程子，亦何所不聞其規條之立也？今之稱仰先達之能作成人材者，惟河汾、蘇湖之教法也，然河汾、蘇湖之門，其見道之明者誰歟？蘇湖之後，規條之立益多矣，宜作人之效過於古人而反不及，何歟？《書》曰「敬敷五教在寬」，又曰「朴作教刑」，既曰寬矣，而又有刑，何也？豈修道之教別有其説歟？

問：文章乃天地之精華，人得之於天而備諸言者，不可不辨其體製、求其名義。典謨、訓誥、誓命之體，形於《書》；賦比興、風雅頌之體，備於《詩》。後之作者，若制誥敕册，若序記碑傳，皆《書》之餘也；若騷辭歌謡，若賦曲引吟，皆《詩》之餘也。下之奉上，曰表、牋、狀、劄；生之哀死，曰碣、銘、誄、誌；施之朋友，曰簡、曰啟；用之軍旅，曰檄、曰露布。其體不一如此，其名義可悉辯歟？且文以達意，狀物之妙，如繫風捕影，能使是物了然於心，東坡謂千萬人而不一遇也，然則自古及今，能極是數者體製之妙，其人可歷數歟？後之操觚馳騁者，皆能模寫聖賢，談天人、語性命，將以爲堯舜周孔之道，技盡於此，直文乎哉！然歟否歟？宜悉吐露以觀所蘊。

問：人之爲學，企慕之心生，然後進善之志篤；羞惡之萌動，然後去惡之念深。且以《小學》所載諸善行求之，裸跣行傭而供母之物畢給〔二〕、體無完衣而奉親極於滋味，何人有此孝行？君威危急而不奉東宫指道、科場迫近而不令子弟冒貫，何人有此定見？居官貧不自存，若之何而爲好消息？惟勤職事，若之何乃所以求知？兄弟争田，積年不斷，何一言相感遂還同住？叔

〔二〕「裸」，原誤作「裸」。朱熹《小學》卷之九「善行」上云，「江革少失父，獨與母居。……轉客下邳，貧窮裸跣，行傭以供母，便身之物莫不畢給」。（朱熹《小學》，《朱子全書》，上海/合肥：上海古籍出版社、安徽教育出版社，二〇〇二年，第十三册，第四六二頁）據改。

殺車牛，大是異事，何神色自若而讀書不輟？競利者不奪不厭，孰於利畏避退怯若懦夫？群居者言不及義，孰於嬉笑俚近之語未嘗出口？誨諄諄而聽邈邈者多矣，聞不妄語之訓，檃括所行成於七年者，誰歟？舉一隅不以三隅反者有矣，聞頭容直之教，并悟其心亦不容邪者，誰歟？夫道在邇而求諸遠，事在易而求諸難，此今日之通病也。試以人倫日用之近而易知易行者，與諸生講之。

問：《大學》之教，以明明德爲先。德之不明，則心不正；心不正，其害有不可勝言者。是以《大學》始教，必先格物致知以明其德，是格物致知爲下手處，不可以不講也。然其説最爲多端：有謂捍禦外物而後至道；有謂必窮物理同出於一者；有謂窮理只是尋個是處者；有謂天下之物不可勝窮，然皆備於我、非從外得者；有疑今日格一件、明日格一件爲非程子之言者；有謂物物致察轉歸己者；有謂即事即物不厭不棄而身親格之者。諸説紛然，未知適從也。朱子據程子九條、五條之説，其論備矣，其旨何在？《大學》舊雜於《禮記》，别而正之，程子之功爲大，而不補是章之闕；朱子自謂欲學傳文，竟不能成而卒補之，何歟？願聞至當歸一之論。

問：忠諫之於國，所係大矣。人君以納諫爲聖，人臣以善諫爲賢，是故敢諫固難，而善諫尤難。納約自牖，孰能契其機？有孚發若，孰能明其義？若上林却坐，義正宮闈；若嗇夫罷遷，官無濫賞；若力辯師出無名之害，憂切而慮深；若力陳尚德緩刑之義，辭順而意篤。豈獨痛哭流涕者乃可尚乎？若履忠進言，緣飾儒雅；若留情帝室，引義雅正；若臣下過失，輒爲救解；若廷諍冤獄，出千餘人，是豈特折檻呼號者之爲忠乎？又有展盡底蘊，其疏三百「者」〔一〕，而誰反有回天之力？有論奏百篇，言言藥石者，而誰反有鳴鳳之譽？又有欲壞麻而廷哭者、有相率叩閤而苦諍者、有不藏副示後謗時賣直者、有議論持平務存大體者、有謂諫主於理而以至誠將之者、有不欲享諫之名而欲使天下陰受其福者，可歷舉其人而指其事歟？夫諫之道，理勝則事明，氣忿則招拂，所學所養有未至而善諫者，鮮矣。願相與講明之。

〔一〕「者」字原無，據下文「有論奏百篇，言言藥石者」之句式補。

南川冰蘗全集卷之四

書

奉陳石齋先生

光啟：別後音問闊絶，不審先生邇來寢食何似。光還家，老母適以小孫殤逝，含哀羸病，未敢少離膝下。今幸得康復，第以趨侍函丈日遲，而此心之憂日甚耳。近往羅浮，獲覩斯山之勝，是亦天留一所以與吾人。山下之俗樸野近古，去山陽稍遠，亦有宅可卜、有田可買。待先生至，必有審處也。《語類》琴軒家藏亦有板本，特散佚不全，托其搜尋，未見回報。寒居修輯未完，萬梅書屋頗遠俗氛，聊此藏宿，俟先生賁臨也。羅浮拙作數首，録在別紙求教。庚寅十二月廿七日光頓首。

復陳石齋先生

光啟：昨奉《羅浮》鄙作，辱蒙寵和示及，誦之不覺此老山殊增氣魄矣。春暖當執杖屨從先生四百峰頭，傲睨八表，罄所未盡也。德乎謝去俗緣，不恤浮議，誠亦可壯。光坐井寥寥，殊有日退。萬梅書屋近又爲山主貧賣與人，遂無所措。殘歲寒居輯成，一家稍免露處，又當別計也。《語類》再詢得琴軒書目所載三十八本，但爲螻蟻所毀，不堪抄對。人便，謹奉報。不具。

答陳石齋先生

涵會來教，至再至三。斯理之全，轉覺洞洞，任卷任舒；淵冰之味，不數芻豢。其間細微，復竭吾力，未能自畫，以復其初。貴恙康復否？光朝夕懸念，萬乞示報。光謹啟。

與黎叔馨

違隔日久，每欲奉書，執筆竟無一語，但覺默默情濃而已。不知老兄何以使人如此。世事固謂淡若一杯水，老兄静中冷眼一笑，當亦休也。不盡不盡。

奉陳石齋先生書

辛卯正月二十五日，門生林光頓首奉書石齋先〔生〕函丈〔一〕：舊歲臈月末，光在山中還家，有婚嫁之事。新正抵廣，酬學校胡先生之禮，因留語半日而别。德孚轉帶内翰寄來《蘇文》並光宇所寄《遺書》，一一如數。及拜取手札二封，蒙指以不迷之途、誘以不間之功，既喜復愧而且懼焉。所以然者，非有他也。今之自策，亦欲不迫以求之、和裕以養之、稽之聖經以廣洽之。其不有於心也，寧早夜輾轉而精繹之，不敢涉其紛紛之註説，駁雜而支離之。至於一事之不苟、一念之不忽，塵積而滴貯，日思而夜繼，亦乾乾矣。然終不能不間斷，此所以聞命而愧懼交也。雖然，亦終吾身而已矣。天命之理流行而不已者，日參倚在前，有目者能盡見之乎！故養之不周而欲區區於論辨，亦訓解焉而已耳；見之不明而欲自試於衆務，亦億逆焉而已耳。如是而學，必日在口耳私意中也，其於性命之理蓋日相遠，況能自得而至於沛然之境乎？無自然之味，欲獨强其心而求前，亦氣使之耳，久能無變乎？孟子之言曰：「君子深造以道，欲其自得之也。」孔子之言曰：「予欲無言。」意何深也！故光雖乾乾於函丈，而亦不能苟造於函丈者，蓋嘗默默然

〔一〕「先生」之「生」字原缺，據文意補。

而屢省於此耳。内翰廷祥與羅殿元要來會講，此亦好個消息，但不知其後來書果何如也。光自别扶胥往陽臺，見其山水屋宇頗幽閴，其地鄰惠陽。清湖洞者，地之别名也。曰陽臺，山之矗拔者也。穀米魚菜，凡百亦便，且與人事斷隔，無大聲響。每往則分一日之程爲兩日，不甚勞也。今定居於此。扶胥修整未完，不欲往也。族弟琰蒙批及之，今眼中渠亦難得，冬間必偕之來拜也。光再拜。

奉陳石齋先生書

辛卯二月二十八日，門生林光頓首奉書石齋先生函丈：光資質愚魯，凡百非自己心得，輒不敢輕信。元來四方上下、往古來今，直是這個充塞周洽，無些小欠缺，無毫髮間斷，無人我、大小、遠近，如一團冰相似，都滚作一塊，又各各飽滿，無不相干涉者〔一〕。前輩謂「堯舜事業亦是一點浮雲過目」，往時耳雖聞而心實未信，今始知其果不我欺。深山清夜，一語秉之，渠謂如此方

〔一〕「無不相干涉者」一語，湛若水《明故襄府長史南川林先生墓表》，引作「無相干涉者」；（湛若水《甘泉先生文集》，明嘉靖十五年刊本，内編，第二十二卷，第十四至十六頁）章拯撰《南川林公墓誌銘》、尹守衡撰《林光傳》，則引作「不相干涉」。（林光《南川冰蘖全集》，刻本，卷末，第七十七頁；尹守衡《明史竊》，《四庫禁毁書叢刊》，北京：北京出版社，二〇〇〇年，史部第六十四册，第四七一至四七二頁）

推得去。光妄謂：此處着不得一個推字。實見得，則所謂「充塞天地之間」，所謂「天地位，萬物育」，所謂「建諸天地而不悖，質諸鬼神而無疑，百世以俟聖人而不惑」，所謂「至誠而不動者，未之有也」，所謂「洋洋乎如在其上，如在其左右」，與夫高宗夢説之事、朝聞夕死之説，方各各有落着處。曾點三三兩兩，真個好則劇。看來，自家多少快活，何必勞勞攘攘？都不是這個本色。千古惟有孟子勿忘勿助之説，最是不犯手段也。每蒙函丈乾乾，故不敢默默，輒又瀆聽，然亦終不能以不默默也。乞印正其謬，光再拜。

奉陳石齋先生書

辛卯九月某日，伏承面命，無所不極，載之鄙抱，何時能忘？昨經番禺，獨辱時矩虚己一宵，下叩屢切。光因以平日下手工夫告之，向上層蓋亦難言，須其自得也，若友外不欲呶呶矣。恒切思之，一語一默似細也，少或苟焉，誠不立矣。守吾默默，時而應之，庶乎弗畔，況於有倡斯和，萬彙莫逃。顧吾畜之不茂，且安敢以望人者終責於人乎？孔子曰：「可與之言而不與之言，失人；不可與之言而與之言，失言。」孟子所願學者，孔子也。孟子曰：「士未可以言而言，是以言餂之也；可以言而不言，是以不言餂之也，是皆穿踰之類也。」失言失人，不知者也；以言餂、不以言餂〔一〕，則有意矣。孟子遂同其罪於穿踰，無細可遺矣。又曰「人能充無穿踰之心，而義不可勝用也」，無大可過矣。君子語大，天下莫能載；語小，天下莫能破。孟子蓋有所受矣，故其學細愈嚴於毫芒，大則塞乎天地，舒卷闔闢，如如自得。修辭立誠，精而密也，久而熟也。前輩謂學孟子無所依據，奚而不可？患不善學耳。謬見如此，未審以爲何如。

慰莊定山先生

棲棲山中遠地，音耗無緣到耳。適在白沙，疊聞克溫周文選書報，可勝驚惋？不意太安人此病終不起。嗚呼！丈夫凡百摧阻，莫既所懷，遭此大變，純孝之心何以堪處？何有終極？然在天者，實非人子所能致力，可奈可奈。地遠不及弔，萬乞如禮自裁，庸妥嚴侍。不具。

奉陳石齋先生

老先生往古許久，來訃遲遲，殊可深訝。意者如所揆歟？不然，何以終三年淹也？光四月之望還自山中，五月十日往扶胥避暑。積習功淺，人事欠周旋多矣。鄧童子碑石一片，已付叔

〔一〕羅邦柱先生曰：「『不以言餂』，似應作『以不言餂』」。（林光《南川冰蘖全集》，羅邦柱點校本，第一三四頁，校記）

馨帶去。志銘一首，牽强成就，多未停當，録在別紙，伏乞删改穩的，乃可上石。不然，其事雖實而文不工，終有玷於妙筆也。遥請非禮，惶恐惶恐。餘暑尚惡，貴履須極精鍵，乃可一動。至禱至禱。壬辰六月二十四日。

奉陳石齋先生

新碑寄示，各拜領如數。九九後一章，蒙教多矣。行狀所載光宇平生既已了當，光亦奚吝一銘，但恐贅言無益於泉壤耳。鄧童子碑丹不知付何人，於今猶未見到。光酷病之餘，殤一仲女，薄德淺緣，災禍薦臻，順之而已。近於家圃中築得一室，圖爲久居之計。顧以聞命日疎，有退無進。歲月徂邁，臨紙惘然。癸巳二月初七日。

復陳石齋先生書

三年不面侍，經歲一得書，其感可知。承品稱兩碑，愧悚甚矣〔一〕。夫文溢而奇，奇非得已

〔一〕「愧悚」，原誤作「愧疎」，據文意改。林光《奉陳石齋先生》云，「謬妄多言，可勝愧悚」。（林光《南川冰蘗全集》卷四，第十五頁）亦可爲證。羅邦柱先生亦曰，「『疎』，『悚』字之誤」。（林光《南川冰蘗全集》，羅邦柱點校本，第一三四頁，校記）

也。不風而瀾，江河不能有也。奇而奇，奇斯病矣。不有安流者乎？習之不久，積之不素，如之何其不難也？是故國手不迷於當局，其中閑也；旁觀者見出於當局，當局非國手也。是故機而神者，天下之至難也，直文乎哉！恒尋索：己暗而人明，抱暗以爲明久矣，雖有至明者，其誰樂告也？幸而知者漸磨而漸消之，若是其不能了了也，況有不知而人不告者乎？望先生其終成之。平岡人之事義乎，何處非度内，尚能出門户也，在無位者乃能憂之。爲是舉措，風俗其自兹可賀矣。今而後，光亦庶乎其免矣。癸巳十一月冬至前一日，光再拜。

奉陳石齋先生

聲耗不聞久矣。去歲南至時，有一札奉上，不審能到否？村鳩寂寥，勝侶絶少。紙上鑽研，殊無長進。坐此蒸溽，未敢聒炒。秋末當走侍也。秉之勘破異説，依舊未可少也。愧光無足相觀，望振掖之。新碑四紙，呈上一目。甲午五月二十二日。

奉陳石齋先生

昨領手書，知先生了一男子緣，失賀失賀。光年踰三十未有子嗣，先生年未知命，作人家公，胡可不賀？子陵、光武交際，亦是千年未了公案，斷此筆鉞，真虚空驚雹，霹靂一聲也。增城此老，僕僕詩人，叩且急而應且慢，未見其怠也，不亦可告乎？惜其不移此心於道也。抑斯文也，其果夢也耶？亦奇矣，先生言也。請更思之。其非夢也？又不知孰可以叩激而來之言之，烏得而不難也？以故將欲出之而又不敢焉。願有請也。泉南陳布衣竟亦止此，欲一挽之，聲意難也。甲午七月三日。

謝憲副涂伯輔書〔二〕

光受知門下，拜隔多年，不敢苟通書問。適憲節再蒞嶺南之初，光失於走謁；繼聞往瓊臺，可勝悵怏。尋於白沙接得張内翰寄光《蘇文》，乃知重煩執事，感濆多矣。光識見卑淺，自少惟知讀書，不善營家作活，又不能逐逐偃仰取耀，已而果得窮空之效。年事迫逐，百爲不開，自我致之，夫復何咎？彼而寬原曠野，秉未揮鋤，固非下策也。然習在未慣，心興有餘而筋力不足，浮哉此生，無可把玩，雖親戚故素，無不爲光攢眉而酸齒者。第恒念天理在人，可朝聞而可夕

〔二〕「涂伯輔」，原作「余伯輔」。陳獻章《與林緝熙書》云：「舊歲，涂伯輔過新會，帶到張内翰寄來《蘇文》一部，共二十二册」。（林光《南川冰蘖全集》卷之末，第八頁；陳獻章《陳獻章集》，下册，第九七一頁）提及涂伯輔與《蘇文》。據改。涂棐，字伯輔，江西豐城人。

死。夫子，聖人也，言之激切若此，其必不欺天下而誤來世也。其所謂聞者，斷不在耳目之間、陳迹之上也。不然，死生亦大矣。以故回思却慮，雖在困迫而夙心未除。往在清湖洞藏宿〔二〕，三二年來，亦謂今之力學，得一日如得一月、得一月如得一年矣。顧以貧親在堂，晨夕難以省視，近擇接境闃寂處所名欖山者，搆得一室，去家僅二里，潛處於此，取平生所未讀之書，精力能到者，與一二同志講磨究竟。譬之多病之人，貪儲藥物，固不敢自謂可以延年而却老，然回視曩昨抱病疾迷醫，幾於苟然了當者，亦若脱沉疴而醒大寐也。自玆以來，益厭馳逐矣。所居山南，亦有一二家烟火。時或步深松、坐翳木；或偶直村童野豎，不過煨芋酌泉，此外不甚擾擾矣。貴達人前出此話語，亦蘇長公所謂「廟廊之上，寒林修竹」也。甲午七月四日，光再拜。

與惠州吴郡守

光鄙野之人，平生竟無寸尺可取，棄置空山，豈能與時消息？蓋自知其拙而藏之者也。執事涖問惠陽，光在鄰封，聽輿人之頌久矣。得之於耳，載之於抱，無由展覿。忽伻來，辱賜手札

〔二〕「藏宿」，原誤作「藏縮」。據文意改。林光《奉陳石齋先生》云：「寒舍修輯未完，萬梅書屋頗遠俗氛，聊此藏宿，俟先生賁臨也」。（林光《南川冰蘗全集》卷四，第一頁）亦可爲證。

兼以厚貺，何感如之？淹病中未及走謝，萬乞情照。甲午十二月二十日。

復涂憲副書

承遣使特簡下賜，微陋感怍之懷，有口不盡。執事不謂光之真可棄也，忘己以獎納之，光雖至愚，豈不知勉？有之不敢以不言，言不敢以不盡，凡光之鄙抱，前書大略盡之矣，更不喋喋也。嗚呼！堂下默默，亦士自甘膠口耳，敢謂世無叔向乎？程子書遐方所得，悉皆抄本，類多訛缺，讀之不能無遺憾。今蒙惠新刊全書十卷，欣喜來懷，端若窮兒暴富也。孔孟之後，千載寥寥，二程夫子講明斯道，如揭日中天。二程不生，孔孟之門恐亦無從而入，知道者當默識之耳。然則，其書殘缺，爲政者可不加之意乎？《春秋》於土功無一不書，戒勞民也；獨魯僖公修泮宮、復閟宮不書者，示爲政者急先務也。執事之用心，可謂知要矣。仰羨土物領惠一一如數。淹病中不能走謝，千乞海涵。外有生樹香三斤，托來价獻上以表微忱，伏乞叱納。光再拜。甲子十月初七日。

與伍光宇書

久在違離，懸慕不已。聞近時築屋白沙，日在講磨，所造必不淺矣。何日洗耳一快於左右？天壤間生人多矣，求其可與共學而適道者，古今難之。蓋人之資稟各有所蔽，其卑者故不堪於鑪錘，高者多自是而拒善，有直前之志者或纏圍於末務而無精切之功。三者雖不同，其蔽同也，其不可與入道同也。樊遲，夫子門人也，而欲爲稼圃之事，遲之心猶非後世也。故士無志則已，有志焉而不是其是，乃可與共學也。況人之難割者，有我之私愛，愛之不割則爲物纓矣。一物纓之，則有於我者猶多也。能割平生之至愛，則凡入於我者可隨手而剝落矣。如是而不已，至於氣質變焉，乃可幾也。人便，率爾及此。高明日在師席，望爲我避席一叩也。光頓首。

答何時矩書

時矩賢友執事：夫自斯學蠱壞，人難於獨覺，天下駸駸日離中正，不溺於卑則失於高。卑不可拯，高不可回，相持相恃，倀倀成風，朋友之義缺絶久矣。且高之失者什一，卑之溺者什九，是故足以驗世。然較其弊，亦辨優劣於五十百步之間耳。楊、墨在當時，乃學仁義者，非卑也，孟子辯之如此之嚴，是知吾人之學毫釐之間不厭於精細講求也。求得其要，則權度日明，然後可以自信而馴至於不惑；未得，則存之養之，積之已久，將不待於慕戀陳言而自有約之可操矣。光之戇愚，素乏良友。近玆數歲，雖竊留心是學，稍知點檢，然逐逐不專、茫茫無緒，少前即却，既浮復沉，七八年間，終無所就。乃者，斷隔塵緣，痛自鞭策，似亦粗窺其恍惚。然深見斯理之無際，益又增憂。非賴朋友相比相成、辯析而開大之，如之何其不孤寡哉？向者，虛辱謝札，懷愧多時，莫之能復，聊因餘論，輒露鄙悃。有得，望相告；有失，望相規，光不勝瞻仰。煩熱，加愛。光再拜。

復蔣子穎書

販香人還，得書，具悉新任情況，殊沃渴抱。尋常在百里内，動三五載相見無緣；在千里外，相期抑又難矣。感君遠念，不可以不答也。且承以有用之學相規，不可以不終其説也。學固不可以無用，將必謂在在其然乎、抑必謂達而施之乃爾乎？在在固當勉，懼其不達而無用，必又欲强進而有用之，是亦不可以不審也。夫翼朵而後知高飛之難，指血而後知代斲之拙。以光之疎淺卑陋，不揆而就，其能免乎？時不可以强先也，拙不可以强巧也。君其戚戚於我乎，亦誠可戚戚矣。其將使我如斯而已乎，其或不然也？雲有空也，水有淵也，如之何其敢不順也？默默久矣，千里相叩，聊復一言。光再拜。

奉陳石齋先生

前來文字，光率爾言之，愧悔愧悔。加以塵鞅牽制，不果前期，遂致群疑填臆。所當請者，又非特此一事也。歲晏無聊，秉之外，僅有空山白月、寒梅數支而已，可奈可奈！書一札，磁器爐鉼一副，付盞六隻，鄱陽朱珙托梧郡守轉付鄉人帶來，因便却寄。和胡先生詩，録在别紙求教。渠往潮、惠矣，未及寫酬。倘聲語不度，販香人還，萬乞飛示。牌五紙，再拜清閲。甲午十一月十七日。

奉陳石齋先生書

乙未十月二十日，光頓首書奉石齋先生侍下：光八月之晦，還自石門；九月九日因望羅浮，神爽飛去，遂作一詩招同遊者，其略云：「有山如此不能到，何處風波欲强投。」既戊午，與舍弟、老親暨群從弟姪、里閈人士數策復往羅浮。己未從大洞入，庚申至飛雲頂，宿見日亭基前分水凹，辛酉再登絶頂。既退，出自黄龍洞。壬戌轉五龍塘，窺錫杖潭，過朱明洞，宿沖虚觀。癸亥還至佛嶺。甲子抵家。登山之日，悉短衣嬴糧，箬笠草屨，左右雜佩。在行，人有執；將宿，人有役。興而往，倦而休，貪景忘勞。見新於目，聞新於耳，愧非長才巨能，不足以肖象其萬一也。雖然，必難涉如是，見乃如是。光於是益知天下之事，凡其沮喪於利害、畏難而憚勞者，皆不足以有成，其病在志之不立而氣之不從也。山水遊放之樂，雖人生難必之事，亦豈足以諜諜於先生之前？惟其可以言者，不可以不講也。峽山之餞，愧不在會，拙句蒙一點化，感謝感謝。來教謂復去某書云云，可付一笑。嗚呼！斯理也，凡信之未至者，孰能無疑？疑而降志以相明，此天下之公道之所以明也；信之未至而强爲黑白者，非不察即自誣也。此一人之私，季世之弊，道之所以不明也。信則有諸己矣。人固有得諸心而能形諸手、昭於外而即了於中者。故有感發者，付當自天完；默會者，機緘若神啟。千里之外，百世之後，毫毛不爽，若火鑽於木、戛於竹、擊於石，其發者固有，其見者奚惑？自不嘗見者言之，不以爲妄則怪也。是故鍾期死，伯牙爲之毁琴，非琴之罪也。矧難明而易惑者人心，出前人所未道以話於人人，奈之何其能入也？其嘵嘵於我，特細故耳。一傅千咻，直悲斯道之難明、斯人之不遇也，又奚較乎？光再拜。

奉陳石齋先生書

來教審慮精密，所以相時而處己者，可謂不苟矣。此幾微之間，君子之所獨見，生何人，足以語此？雖然，夬履而致危，衆允而亡悔，生得而言之。生嘗憂：至難識者，時也。時無刻而不變，事無刻而不新；非有天下之至恒，不足以禦天下之至變。不膠於恒者，天下之至恒也。時乎！時乎！君子之隨時，若形影之相隨也。彼而見春之爲春、見秋之爲秋，此人之常也。而達者見冬則知春矣，見夏則知秋矣。不能通天下之情者，必不能成天下之務；不能睹一心之幾者，又豈識一時之幾哉？是故善爲耕者，不臨春而備器；善禦寒者，不隆冬而制裘。且虞其敗者，則有敗中之成；專靠其成者，則有意外之敗。「知進而不知退，知存而不知亡，知得而不知喪」，大《易》之深戒，宜先生之研慮也。夫處既極之時，有難動之勢，不有以變而通之，奈之何其可也？然有説焉：顯者晦，晦者顯，不憂其晦而憂其顯。時方以此處我，而我幸然以爲安，此亦非所敢知也。若生也者，人微勢輕，將混混然與世相濁，晦其迹、膠其口，守吾之所不可息者，如斯而已矣。丙申首月晦日，光再拜。

與袁德純大尹

文江割别，耿耿八年。每欲遣一墨以通情素，往還無便，此念興而復寢者屢矣。偶或一便，卒然之間，心有之而口不能言；徘徊含默，又且悠然置之，以爲離合之情，彼此恒態，亦不屑屑也。去年在白沙，獲覩太平來札，恍如面會。既而治中二教諭先來，益道其詳，遂如旦夕親炙矣。光尋常思之，丈夫遭遇，自古所難，專城之任，其責不小，親民之職，德澤易敷，盤根錯節，足驗利器。執事小試鋒芒，輿人便爾騰聲到耳，人心果不死也。光天與素卑，還家數年，自棄空山，學無所進，如飄風落葉，無足齒道。淛中多景，尋山問水，何日來聽絃歌也。不盡不盡。光再拜。丙申四月二日。

奉陳石齋先生

蒸溽，貴體得無恙否？光近日應酬頗多，往迹考驗不前。歲月悠悠，懼終墮落，遂益以遠引爲念矣。向示寄所筮得「歸妹」之「師」，鬼神所告，亦甚明白。細玩兩爻，誠如所斷。丈夫去就，風俗隆替關焉。先生舒卷自有成算，光淺俚之見無足憑也。望徐而思之，須見洒然無毛髮之疑，則事正而身安矣。謬妄多言，可勝愧悚。秉之近家累，少在欖山，百涅千磨，光不免爲之過慮矣。丙申五月十七日。

與黎叔馨

烏頭味去，殊令人顔色不善。扶胥借眠許久，閑雲野水頗與魂夢相入，病骨雖漸蘇，終未見其悦懌也。碑文曾付去否？來諭喜得白沙不拒，但恐文拙書工，好似村漢衣錦，終不免羞澀耳。呵呵。手巾条帚，均感雅致。潦草不罪。

奉羅一峰先生

疊辱雅愛，耿耿在抱，頰舌不能謝也。光杖屨東徂，山川呈獻，種種在前，人棄我取，不費一錢。所惜者，對之如孤雲野鶴，漂泊任緣，安得如先生一二策相與歌吟、俾天秘地留者色色莫逃也？上清形勢果佳，但道士都滚俗了，所謂蔚然如神仙之府，所見煞不如所聞。天下事類此者多矣，途中不得備述。僕三月末如杭，寄寓虎跑寺，去城二十里許，沉晦之迹，如在玉笥，可笑可笑。便擬他往。坐此毒暑，不欲舉踵，須秋爽乃移策南畿也。丁酉。

答陳石齋先生

落寞空山，疊教辱臨，且喜且愧。來之未新，往方在念，受賜多矣。不得於言，必求於心。所謂平居瞭然見之、臨事忽然喪之者，皆非融於心、神於口、神於手者也。融則不相忘矣。不得於目，由不融於心；不融於心，故不能神於口與手也。是故需之未至而迎其來，睡之未足而强其起，亦何怪其遑遽顛倒也？夫寒暑相移，裘葛自易，而人不覺者，漸之極、和之至也。野有甘露，山有慶雲，豈偶然而致哉？積之而不厚、沃之而不融，吾尚誰咎也？泰宇定者天光發。凝默不分，又何疑乎？今己區區聲口之間，屢鳴而屢發之，借使真足以諧鸞鳳、調琴瑟、和金玉，猶恐其煩也，況下此者乎？精則不煩，稍煩則支。煩而能精者，抑又難矣。不精而能感人者，未之有也。是則默而成之，實愚生之所當勉；鏘然發之，乃先生之所以教也。

奉陳石齋先生

去德久遠，喫青山緑水，引得脚頭都輕。實地處，無毛髮長進。還家，百事曠廢，窮鬼制縛，展覲未遑。和半山諸什，一見洒然。兩宵客隙，妄繼餘音，録如别紙，先代面請。使鐵遇粒丹，當不作頑物也。草率甚矣，伏望海涵。戊戌四月七日。

與廖欽止

拜領手墨，具悉雅況。僕在外踰年，貪戀山水之勝，經書非獨無新得，雖舊有者亦多遺忘矣。人之所見，月異而歲不同，欲較往古之是非，豈一時便了，覷在我者權衡尺度之何如也。一峰貪善好義，忙迫要了，如何了得？僕雖常與之語，更待從容涵泳〔二〕，數年之後，具稿請益，又何遲乎？前日亦有一札到此責取，辭氣甚厲，并爲謝之，僕更〔不〕喋喋也〔三〕。戊戌九月廿八日。

〔二〕「從容」，原作「從客」，據文意改。羅邦柱先生亦曰，「『客』，『容』字之誤」。（林光《南川冰蘗全集》，羅邦柱點校本，第一三四頁，校記）

〔三〕「不」字原無，據文意補。

復朱都憲先生

承賜示詩稿二幅，今晨拜領，感感。鄙作一首，奉謝大德。顧地位尊嚴，無一人堪遣，生亦不敢煩瀆輕造，謹因使還奉謝，乞恕萬罪。

奉提學僉憲胡先生書 諱榮，廣東提學

憲府胡先生執事：光自涉病以來，廢處山中，囂擾之事，粗亦掃滅，非欲牢關固謝、有可如何也。仰賴貧親知光之心，不以尋俗之見有他驅逐，是以得從事斯學。然自年漸大以來，省知天稟不美，加以厄塞之事十常八九，挫逆之餘，歲月悠悠，殊無定力。執事垂照幽窮，取人所棄，往年示書，屢屢聲意。顧光山野之情，短於干謁，徒自棄絶，將謂得罪於門下矣。不意尚蒙不斥，復賜之書教、遺之廩餼也。拜命之餘，尋復教旨，所以責望於光者重矣，光之不肖何足當此？執事果欲大振鼓一方，將廣收而博納、俯就而曲引之耶？不然，光非其人也，無寧謂執事也。來書以求退未克爲念，執事名位風教權輿也，南之人日引領矣。而斯來也，若不得已焉。執事之用，信未可淺窺而近探也。嘗疑進退去就，人之大節也。斯學不講，則斯義不明。夫上之所好，人隨以化，人象於官也。執事仕且優矣，置斯念於胸中，不偉偉乎？雖然，爲斯計也，執

事之自愛固厚矣，其如嶺南之士何？今之士風，光未敢謂果於不振也。文旆斯來，端有以也，嶺嶠人士將潑潑矣。執事官大夫、典邦教，不任其責而誰何？況夫人微者言輕、位高者望重，天下之勢然也。審斯勢也，然後下無浚恒之失，而上有休否之美；反是，則驕諂之風生矣。且今之士，不患於不發，而恒患於不蓄；不患於不爲，而恒患於不擇。流於既溢之餘，發於持滿之後，光樂誦斯言久矣，安有不冬而能春、不夜而能晝者乎？是故古之君子深潛而遠伏，博求而約取；通之而超脱，沃之而融暢；錯綜而不亂，卷舒而不括；不先以强之，不後而離之；明之若神而若愚，舉之若毛而若怯。身外者，視之總若浮雲。是以身前無草草之業，身後有赫赫之光。執事風雲在身、機軸在手，卷舒研審必無遺策矣。光無足望也，無能爲也，納其拙久矣。牽强一道，不敢虚來教也。光再拜。

復朱都憲書

都憲誠菴朱先生執事：光記憶童子時，進講諸生中，立談間伏蒙賞以一語，於今踰二十年，而明公之名位益尊顯矣，光猶碌碌人世。昨一接德威，不覺愧生而顔變也。明公不斥其無取，反垂顧以獎賁之、振叩而發揚之、饋品物而勞問之、降書辭而批示之，諄諄盈紙，豈以光輩沉埋退惰，故欲相發以覩其愚、將警之俾速仕耶？不敢默默，嘗進其説矣，而未詳也。每欲作一書，盡布其所以。因思在「咸」之初，微者所感甚淺；在「恒」之初，浚恒致凶，是以含情凝思、舒紙停筆而不敢輕率者屢矣。然又思言及之矣，安可以不言？光敢忘其陋而言之，明公幸忘其勢而聽之。

天下可喜而忘寐者，莫若大臣之好善；可憂而終身者，亦爲己學之無成。夫士幼而習之於《小學》，必求所以事上；長而進之於《大學》，必求所以治下。近不足以潤身，遠不足以澤物，此皆異端，違世無用之學，君子弗學焉。嘗觀古者耒耜之夫、築畚之子，其平居皆無異於恒人，至叩之以當世之務，其施爲之序、久速之期、成敗之算皆瞭然於胸中，若身經而目擊者；及以其成算而稽之，不論目前，雖遠在千萬里之外、久在數千年之後，無不驗者。其道成德尊者，志動而氣應，形舉而影隨，至其同樂於人、兼善乎世，所以裕當時而風後世者，固不可一二數也。自堯舜三代以來，嘗因其人、求其心、考其迹，未有不本於學而能者也。其善學者，不汲汲於施爲成敗利鈍之際，而汲汲於吾心權衡尺度之間。其幽獨細微，其事業勳勞也；其飲食起居，其進退去就也。寧學成而不用者有矣，未有不成而苟用者也。由是，知士不患於不用，而患於無以致其用；不患於無時，患於有時而無器。且古之成材每見其易，今之成材每疑其難。不論他人，以生自揣，屈指自初見明公抵今，學之二十餘年矣。不幸抱不美之質、處窮空之家，徒知不敢自棄而自畫，然於斯學也進亦難矣。方其求之，亦非不甘心埋首也，每覺進焉若有以沮之、成焉若有以敗之。雖曰違心拂志之事，自古有志者之不免，其相沮，安知其不相進？其相敗，安知其不相成？然以難明易蔽之心、無定易摇之見，隨洪隨汨，則所得亦不足償所失，是以久而無成也。持此謬悠無成之學，而欲僥倖於多福之地，如之何其可能也？夫未能操刀而使割，雖子産不能不疑於尹何，而子皮終不能不爲子産首肯也。斯之未信，孔子亦豈强於門人哉？且光舊嘗舉子之習，爲利禄之計，顧求而不得耳。自識學來，頗知歲月之難得，雖坐空乏勢，若無以存活，而區區小志終不敢變，實以學之無成，非有高尚遠引之志以求異也。明公好善樂與，向承面諭，藹然仁恩不啻父兄之於弟子。光草茅，何敢自爲疏外、不盡其説以取罪於大君子乎？謹此上聞，兼致謝悃，伏望垂照。光恐懼再拜。己亥正月十二日。

復鍾美宣

久不得面，忽領來教〔二〕，足慰鄙抱。又聞京行在旦夕，不得來送，悵怏悵怏。一峰凶訃無疑矣，含此哀情，有口莫既，可奈可奈。伍郡侯呼喚，極當奔走俟候。但以賤體不寧，有方嚴命，伏乞叱名，少道鄙悃。幸甚。

〔二〕「來教」，原作「求教」，據文意改。羅邦柱先生亦曰：「『求』，似『來』字之誤」。（林光《南川冰蘗全集》，羅邦柱點校本，第一三四頁，校記）

復陳粹之僉憲

相親而離則思，此自然也。僕去春别南浦後，途中每念德容，有一札并書《行中雜稿》及南浦時留别左右一律，通七幅，過南雄托人遞上江太守處轉達，不審何故浮沉也？一峰棄世，兒童走卒之所共嘆，況在知愛者乎？天不可怨，一峰平生恢豁不局、軒壯不回、明白磊落，後世不能湮没，吾輩亦何憾也？拙輓五首録去見意。己亥四月二十八日。

奉陳石齋先生書

光稽顙泣血言：痛哉！光失怙倏一百日矣。旦朝悲號、暮夜飲泣不止，如鈍刀割腸，莫知所以自療也。嗚呼！光生四十一年矣，使善爲子，則所以立其身而報其親者，將不得其大，必得其細；不得乎尺，則得乎寸。孰謂四十年子尚俯仰若嬰兒乎？輾轉追惟，光之罪積不可言矣。蓋往者貪學之僻，以爲家事瑣瑣若牛毛，懼其妨奪也〔一〕，堅削勇謝，以覬分寸之進，日因月循，所以承事服勞實爲大欠。而吾父猶且百方調護優容，望其有成也。苟非慈愛深至，將日唇吻執鞭

〔一〕「妨奪」，原作「防奪」，據文意改。

捶撻之不暇，欲求閑以問學，其將能乎？薄福淺緣，有此遭際，故每於閑窗靜夜，有小會意處，輒謂窮餓死生以之。又私心喜幸，以吾父年雖向暮，而筋骨不甚異於壯年。人無完美，不得其富、不得其貴，意必得其壽，而杯飲豆羹，得以盡歡餘年。詎料止此乎？噫！不死不孝之子，而死至慈之父，亦何爲也？天不可怨矣，仰負於天；神不可欺矣，俯愧於神。蓋光無所容身於天地間，百悔千咎，其何及乎？餘息苟存，尚思古之良子，雖乞假行傭，期不失其身、不辱其親而已。無一瓦之覆、一壠之埴，而崇公之善膾炙人口，至今不滅者，亦以表於瀧岡者。有如是之子，有如是之子之文之足傳也。今有難遇之父，而無甚文之子，將使幽隱之善淪落無聞，亦仁人君子之所惜也。伏惟先生取人之善，不以細碎而遺，不以貧賤而忽，言足以信今而傳後。今亡父卜葬有期，謹拾行實一狀，顧憂苦荒迷，言語精神不足以顯揚表暴，含哀致懇，願乞一言以銘是墓。碑石已具，倘蒙哀矜許諾，仍得妙筆書丹，則隱微之善，將遺光流耀於無窮，而存亡均受莫大之賜矣。瀆冒嚴明，不勝哀愧。

奉陳石齋先生書

光叩頭再拜。伏承寄示墓銘，拜讀泫然，不勝哀感。亡父得掛名名筆以垂不朽，此豈尋常之賜。顧大事在身，方日勾當，未得走謝，想蒙矜察。葬地擇在邑之温塘銀瓶嶺，其向甲卯，入古鎮峽西去約三五里，離家可十里，皆鄙見裁處，極欲得道眼一照，惜無緣也。葬期定今臈九日庚申，其禮節愧不能一一如古也。來教下詢，拭泪凜然。夫可仕、可止、久速之際，光之愚陋，在平時且不足與議，況坐此哀迷乎？但追憶往時和陳圖南對御之作，雖若是乎果，終覺味長。自天祐之、吉無不利者，終日乾乾之人也。哀中不敢多言，望細自裁酌，須得盛水不漏。甚幸。己亥十月。

復倪聖祥揮使

光稽顙泣血言：光不幸喪父，孤苦不可言，轉念罪咎，轉增憂撓，顛倒龍鍾，殊無生理。承留意手疏，差人慰問，足見好義，知感知感。山豬、野狸、鷓鴣珍味各領惠，將以侑一奠於九原也。新碑燦然，悚醒哀目，何此奇迹萃於君家耶？大事在身，不能一一，聊此展謝。

與李掌教

光憂苦如昨。自正旦依舊還居荒山，杜門念罪。又承手墨慰問，足感至懷。貧士遭喪，稱家襄事，當道巨公，悼念寒微，致此厚恤，含愧受之，謹如來諭。庚子三月二十三日。

與李明府

光罪逆餘生，愁憂山中，日念不孝而已。承手札遣吏人來致厚賻，都憲之仁，賢侯之義也，敢不拜領？夫麥舟之惠，雖上下一心，但人非曼卿，不知何德致此，豈仁人君子矜喪恤貧、恩意交感，若雨露之不擇地耶？哀感哀感。先此布謝，萬乞垂照。庚子三月二十三日。

奉朱都憲先生

光不孝不仁，獲罪於天，果不爲天所祐，禍延其父，去年四月二十日也。日念咎罪，日增哀苦。尊嚴之地，不敢訃聞。去臈九日，始獲襄事。今承本邑李大尹來致厚賻，遣人特柬云「此禮出自台旨」，含愧祇受，不勝哀感。生何人，乃蒙仁恩憫念如此也？恨此凶斬，無由進謝。玆因邑簿公務至總府，托爲上此哀忱，乞明示端的，苟或不然，生猶可辭也。萬希台照。庚子三月廿三日，孤子光奉。

與容一之

向勞跋涉，遠抵憂廬，精誠所布，真足起在殯之靈。非特淚血遺孤感此恩情，雖市兒里嫗亦知慕此風義也。生芻一束，千古美談。今之所惜者，賓有孺子，但主非林宗耳。

與羅清極

光疏清極弟：自得訃狀，知一峰令府君果亡，西望慟哭，不能自已，非特爲知己鍾愛而已。悼念之餘，復自慰解。以爲一峰平生磊落之資、剛大之氣振於天下，天下之人識與不識，莫不感慕而興起，雖至後世亦不能磨滅，又何憾乎？既疏此意，久無的便可寄，繼而吾父亦亡，以光之哀苦，益知子之不能堪也。可奈可奈。挽詩三首，未遭憂時稿，不亡者存，應獲一鑒。

奉陳石齋先生

光負罪苟活，孤處荒山，愁憂如昨。昨得三山舟中茅根手墨一通，附謝彭方伯詩，乃知行藏端的。不必仕、不必不仕，丈夫置身固活若盤中珠也。都憲公蒙寄示〔一〕。賤造所值兩爻如此，細玩其辭，好似親炙聖人、面受判題、對病施藥也。光自受《易》而讀之，粗識枝葉〔二〕，輒自斷此。

〔一〕「都憲公」後，疑脱「詩」字。

〔二〕「粗」，原作「精」，據文意改。羅邦柱先生亦曰，「『精』，似『粗』字之誤」。（林光《南川冰蘖全集》，羅邦柱點校本，第一三四頁，校記）

生非敢謂能以義處命，然絶口不問者亦多年矣。今所值乃爾，理然時然而氣隨之，數斯定矣，敢不順乎？尋常着目，動千餘年難一際遇，况拘拘一人之身以求之乎？苟得静然以畢餘生，造物之所遺與，可勝言哉？而猶憾乎？憂中潰潰，有此警及，不覺言及。庚子八月廿八日，光再拜。

復陳石齋先生

雲之繼室，暘之納婦〔一〕，皆不知何時。今獲報連得兩孫男，此非常之慶，德果得福。孰謂造物者都不省記耶？新碑是專取刻誌，前碑刻詩並奠文。向所謂不稱者，謂前碑小，不堪刻誌耳。一峰誌，羅清極既知所托矣，先生又何辭乎？欲爲巨室，大匠袖手而付諸工人，未見其可也。温公平生何等氣焰，今亦須老蘇諸公文字，始有所考。輓詩得其大而未詳其細也。向在湖西山水之間，一峰動指曰：「某石，吾將磨崖刻某之詩。某巖，吾將摩崖刻某之文。」今冥冥之中，未必異其平素也。何時矩，向在李掌教處見其一札，稱「佛奴何某」，光頗疑之，他亦不聞也。此友莫是狂佯？不爾，何故又與人添一話柄耶？孤光叩首謹復。庚子九月。

〔一〕「暘」，原作「陽」，因陳獻章之次子名景暘，因改。

奉張内翰

光不幸喪父，倏踰練矣。屏居荒山，憂苦無聊。先生禮制將終，孝履何似？前有一疏奉慰，想必達也。鵝湖書院幸果修改，必聳來觀，當有善記其事者，便風無惜示寄也。一峰挽稿在陳僉［憲］處〔二〕，因其來索，更不别録也。憂中不盡。

與丁明府

吏人至，領手墨及諸貺，足感至懷。揮清風、飲異茗、讀新禮，光於執事雖未面，亦若面矣。盤根錯節，利器益明。晉有祁奚、叔向，夫復何慮？人還，少布謝悃。何日洗耳來聽絃歌？辛丑二月。

復陳石齋先生

開歲越望以來，浮謗波翻，莫知端倪。昨日得城中一札，今日吏人至，又得蒙毁諸什，此意

〔二〕「憲」字原缺，據文意補。陳僉憲，應指陳粹之。林光《復陳粹之僉憲》提及羅一峰挽詩事。（林光《南川冰蘖全集》，刻本，卷四，第二十一頁）羅邦柱先生亦曰，「脱『憲』字」。（林光《南川冰蘖全集》，羅邦柱點校本，第一三四頁，校記）

此情，不言可知。嗚呼！三家村裏難容大賈，蓋不待知者而知矣。與時推移者，聖人也，在魯不得不逢掖，在宋不得不章甫，亦饑渴之於飲食、形影之相隨也。處屯而屯、蹇而蹇、否而否，吉凶悔吝，權衡輕重，自爾低昂，顧在我者之何如，此愚生之所常憂也。處汙行而朋友見絶，自盲聾而妻子不知，又嘗疑古人之甚而不識其所見之何如也。光自遭憂多累，轉覺昏塵，不能深識遠照。但今事勢如此，恐從容扶病一出，聖朝清明，將不待返風而周公之心自白也。如何，如何？人還須報，燈下率爾書此。萬乞再示一墨。辛丑四月。

復陳石齋先生

頃者老母病幾危，積憂填臆，莫知所爲，今幸平復。而亡父再祥垂迫，索念冥冥，呑哀殞涕。欲往無從，荒惘荒惘。碑刻及今指準已完，謹具墰酒千錢，糲米一斛，少謝鐫勒氏屹屹之勞，乞致囑留納遠忱，幸幸。群吠喧聒〔二〕，向者率爾奉復，想亦達矣。方衆口紛然之際，而恬然鎮之，即灼焰灰冷而吾之行藏益審矣。決機一話，千乞示聞。辛丑四月十二日。

〔二〕　羅邦柱先生曰，「『群吠喧聒』四字似錯簡，宜置於『衆口紛然』之下，文章方順」。（林光《南川冰蘖全集》，羅邦柱點校本，第一三四頁，校記）

都憲公及彭方伯近日有何音問，乞令人録示，要知。打碑彼間必得法容易，今眷學打一兩張帶來，幸幸。梅文淵侍御前見囑，羅清極到，通一信，渠欲爲一峰措置石碑之費。恐知恐知。

答袁德純大尹

光獲罪於天，天降災不於其身而及其父，負罪苟活，且三年矣。去冬領手墨，得悉哀懷，知吾兄怙恃連失，生人之苦未有過於此者。光在憂愁，得此訃聞，如受痛之人聞人疾痛之訴，益知其難堪也。雖然，吾兄禄養榮及生前，非如光賤劣，無毫髮報補。李大尹久淹敝邑，南方細碎事必詳布，兹不一一。辛丑六月十日。

與方彦卿大尹

往年得詠劍諸什，具悉諷諭之意，惜僕非其人也。尋作得一簡，竟坐無便，不及發，懷媿至今。近聞遭憂還家，又不能躬走弔慰，雖疏懶廢禮，亦以往來道路之難也。幸諒其罪。

與梅侍郎

向者荷垂一盻，清韻在耳，每欲修謝，顧地位嚴隔，不敢容易也。今日領手墨，又蒙垂念，感愧深矣。承諭行期，僕當走送，況三洲巖舊有周子題名，必是山林勝處，又得執杖履趨陪君子之遊，此何幸也？但屈指行期可十日，實以舟僕之難，欲往無緣，可勝悵怏。貧士舉踵，動爾墻壁，觀此可悉其餘矣。不罪不罪。壬寅歷拜賜，感感。

奉胡憲副先生

自武林拜別，久望無便，不得遣一墨少致謝悃，抱愧殊深。己亥首夏，光不幸喪父，憂苦中又不能通訃。或時得白沙書，道及動履，少慰卑懷耳。昨適往古岡，在途中遇令弟，始知老夫人薨逝，可勝驚怛。緬維純孝之心，遽遭大變，何以堪處？但以先生早致達官顯宦，榮封禄養，自壯至老，夫復何憾？況當不毁之年，伏乞俯從禮制，少庇道軀，幸甚。昨在白沙，因誦挽老夫人詩語及嗣事，亦不能不相顧屢嘆也。光僻處窮山，未及奔弔，謹此奉慰，萬希垂照。辛丑十二月十七日。

與倪聖祥揮使

得札，具悉雅懷。石齋先生别後無一墨，或有之，沉浮亦不可知也。僕凡百如故。但近日步走祭亡考墓，途中冒熱，足涉冷水，還家兩脚稍覺麻木，曉夕床上擦湧泉以療之，亦未甚平復，豈天欲警限之，俾不輕動耶？然山水念頭掃除未去，遂思一肩輿於聖祥矣。但又不能得陶老健兒，恐亦終是長物。惡勞好逸，人情自爾慣便也。僕行藏不知得自繇否？聞聖祥近日有少逆意事，是否？犯而不較，固難。行有不得，只是反求諸己，雖蠻貊之邦行矣。至囑至囑。粗香二斤表意，乞納。

與安揮使

昨到城中，荷蒙留宿，且致厚款，暢然朋酒之歡。返而候潮，泊蘆渚雲水之中，一宵熟睡，春思頗濃，不及持奉，媿獨享也。呵呵。承命書拙稿，鉛紙徽墨已寄到，今日膏雨，頗慰耕農，乘興盡此數紙，但恐惡拙不足以供奇賞耳。壬寅清明前一日。

與張廷實

頃得兩札，何異面談。僕向傍仙城海珠累日，得接朋遊之樂，還家忽忽度日，殊無好思。前日，客有携酒至欖山。小酌值新晴，返照着林薄。酒酣，與秉之步屐上前岡，望羅浮飛雲頂，指認往年足跡所經處，以發一笑。客復哦僕往時招尋同遊之詩，詩忘之久矣。因客歌吟，恍如夢中事。因嗟嘆彼己筋力俱衰，無復可作少年調度。今望飛雲頂，若登天矣。「留情世事終何補，得意雲山亦易休」，不能不載歌三嘆也。昨宵了一文債，倦而晝枕。且醒，呼秉之及犬子嚼橄欖清酌。出，行竹逕、步長林、撫老松，過二三嶺，轉而小憩楊梅樹下。時復追念左右，莫亦曾一噴噎也。呵呵。何日握手一笑以忘吾憂乎？適飲少酒，潦草。不訝不訝。

與丁彦誠明府

承手簡問念，兼惠匹苧、春風扇和披製片雪，感惠深矣。辱示近作兩三絶，皆留意風俗。專城之任、文案之外，豈果無用力處耶？君侯其無庸謙退也。僕之行止未審終繇已否？朝覲起程已有準期，極欲得一面。但欖山荒落，不足煩車從也。

與馬默齋

石門别時，人衆不得細話。經春涉冬，恒爾道念。聞有意過欖山，思仰不得。適丁侯差人來，詢及左右，云「馬都老近有生男之慶」，喜慰甚矣。默齋萬事足，今復何所欠耶？默齋素能飲，家中又有酒，老曾善幹堪委，想得終日酩酊也。呵呵。

與張廷實

來諭荷蒙規益，感感。其間雖有合辨處，然亦未須辨也。顔子一個資稟，後世莫及，聖人只告以「克己復禮」;於《易》之「損」,曰「懲忿窒欲」;於「益」,曰「遷善改過」。凡此皆丁寧至切之語。吾儕須下其高而近其遠,看切己得力處何如,乃有益耳。不然,只是説也。壬寅十一月。

復丁大尹

吏人至,得札,蒙惠歷及諸味,奉領感感。殘臈將除,村醪滿引,對此興亦不淺。所惜者,不得面奉笑談山光海色,不能不興余之思也。古之賢令,愛遺當時、思興後日,歌之頌之不已,又從而祠之。民心報復如此,豈有他哉?亦惟其能子女其民,故民父母之也。事半古人,功必倍之,此其時也。翹仰翹仰。壬寅十二月二十六日。

與何時矩

光啟:光尋常每自測,平生没好幾會事。只如峽山此一餞集,便爾參差也。鄙作聞爲揮寫上卷,感怍感怍。光囊在白沙,兩拜佳什,無一字奉酬,非敢淹藏其拙,實懶惰之罪也。番禺舟中,繼聞劇論,風勵警發,惜光之昏塞,屢省而屢迷也。朋友相規,爲益最大。先生居多賢之地,朝夕講磨,所進何限?光困處窮鄉,寡陋甚矣,非相愛之深者,孰肯與光言之?以故悵悵然,恐終無所成也。此外亦不足多言矣。

復倪聖祥揮使

向者承問僕之行藏，雖不敢決然，鄙意大略見於《閱臺檄》四詩中矣。六月十九日往蒼梧，至七月二日入見，都憲非特不允所請，又特行文下布政司及縣府，差承差一人令本縣具夫馬船坐促起行。行期想在本月望後，迫速不得來看白沙壽母。乞致意頤菴及諸友，不審有何書問奉石齋先生否也。

與安廷用揮使

僕之愚懷淺識，不蒙當道允鑒，遂草率有此一行。臨別時，百凡荷蒙照點，愧感愧感。行邊無他，但日以老母失侍、穉子失教二事爲念耳。將軍仁孝存心，乞頻飛示一札，俾得「家中平安」四字足矣。至囑至囑。途中遲速，小表能口陳，更不喋喋也。

與龍時復主事

僕自處京師，酬應逐逐，不得從容聽教。及領職之後，經度趁早南歸，益無清暇時節。聞家嗣喪，不及走弔，媿負媿負。骨肉之愛，情所難割，況齒壯可仗者耶？但執事識度，必能解雪驅遺。舐犢踰愛非夫也。别時又拜清睨，感感。五月十日，光頓首。

奉莊定山

去冬自離南都，抵宿遷上路，途中諸驛頗能應付。臈二十六日到京師，寓後府，酬應逐逐。雖不及奉一墨，每與兼素諸公共話，未嘗不道念盛德也。僕才薄能劣，無足齒録，今已領浙江嘉興府平湖縣教諭，官小責重，恐不能堪。然其地稍僻，竊禄偷安，或可爲身計也。無限欲與先生言者，不知何時得一面，開懷抵掌連日，以洗塵抱。凡百勞攘，真個無味，惟朋遊之樂不可缺耳。今計度還家迎養老母，未審許來否？又念白沙先生，此後不知何時相見？以故不辭往返之勞，沿路與莆田宋禮曹同舟，取便過玉山、下江西。楊子江中此時風不便，慮有險阻，故不得親適定山請益也。憑限十月終，到任想在十一月也。彭公鳳儀陞南都巡撫，恐知恐知。

復周愉

余領職平湖且半載矣，學者未見致書問商量平生進學疑難處，憒憒乎余思，何麗澤之益，未聞也。得子書，喜慰來懷，將以子能發余之滯思、啟余所未講也。今書中未及問業，大率以道家貧不能送死養生，子之言誠可悲而可矜也。然前之所陳，要其歸亦欲違師友、營養於家，以兼就乎役役不可必之功名，如斯而已矣。嗚呼！志士不忘在溝壑，宗族稱孝、鄉黨稱弟，聖人猶以爲士之次。須求古人終身鑽仰者何事？立身行道，揚名於後世，以顯父母。子其思之。

奉徐郡守

光啟：光領卑職，獲在驅策之下。在京時，諸明公與光凡有一面之雅者，皆爲光喜。及到任，三數次趨走庭下，曲承誘誨，感愧不忘。嘗讀歐陽文忠公《與陳員外書》，見其汲引後進之意甚厚，故光亦欲於公文之外奉陳寸赤，而又恐獲罪門下，不敢輕率也。光抱疾不能治事已三月矣，正月該住俸，別有公文申達。遲日當遣一生員面陳卑懇，庶得詳悉教旨。林侍用自建言被責，蒙恩追取復職。昨因林居魯推府來訪，始知其便道還莆省祀。已而之任過檇李，正訝其不留一字，今日承差人擲下渠所寄手書，并內有莆中別友書及扇子，各已拜領。人還須報，謹此奉瀆。乙巳十二月二十四日。

與袁德純侍御

僕自去年十一月終纔到任，在徐太守處拜領手柬一封，并承寄墨二圭。感荷感荷。但爲別多年，柬中甚略，不知高識遠度近又何如也。久淹外邑，蒙恩起取，選試臺官，賢者漸用，他日補益朝廷豈少哉？僕竊禄於此已期月矣，未有毫毛之益及人，而膠守不移之愚或見嫌當道，不免有言，不知何時得汰去耳。會晤無期，乞爲國保愛。丙午正月。

奉莊定山

去春經南都，不及渡江一謁，於今猶以爲恨。當時舟中寫得奉和高韻惡詩六首，并石齋先生柬一紙，外又有寄石洞詩柬及香一瓣，托龍江驛丞差人奉送左右，不審到否？江北嶺南音問久絶，瞻想之私何時能忘？光匏繫於此，尋常過了日子。每早既退講堂，默坐而已。私衙後有池二口〔一〕，大者畜魚，小者植荷其上，風晨月夕吟哦其傍，或引觴小酌。日復一日，不知天設障魔何時脱活也。平湖稍僻，上官近亦罕至。至者，今幸通知光之頑鈍不堪驅策，凡百多將就。嘉興府尊乃金谿徐用濟先生，極能忘勢相與。諸生中敢謂無人？深望一二輩協力斯道，但其人多爲舉業所累，猶未專志求之也。夫人之所以貴於學者，爲聞道也；所謂聞道，在自得耳。讀盡天下書，説盡天下理，無自得入頭處，總是閒也。此事非忘年以求之，恐未易得。天壤間聰明才辨者何限，只是逐逐空過了，信得及者幾人哉？吾儕漸入老境，髮種種向白矣。緬思古人，既

〔一〕「有池二口」，據林光《静觀亭記》，應爲有池三口。（林光《南川冰蘗全集》，刻本，卷二，第五至六頁）

不得行其道於時，或優游下僚、資其禄養者，亦未嘗無所補也。今尸此官，未見有益於人，而久竊微禄以度日，是可愧也。時事日新，近侍薦剡流傳及目，定山之樂恐終不容久擅也。如何如何？包地曹有的便人還，幸盈紙滿卷盡書所懷，賜及卑蹇，使平湖增重，何感如之！

與梁叔厚編修

向在京師，蒙以故舊辱垂清盼，臨別又荷遠餞，感愧不忘。僕久放山林，猿鹿之性，習已成便，今被微官制縛，無復自由，此況可知。前指擬迎養，而老母畏涉風波，不肯遠來。白沙先生亦有書見示，云「爲貧而仕，賢者所不免。若必欲奉枕几而行，恐老人之憂不在水菽而在道路也」。遂不果此願。然子母異處，旦夕無寥，此況亦可知。僕居此，尋常過日，凡百皆無足言，不知何時獲南歸也？嶺南山水可游者無限，白沙與張廷實遂益厭飫，其樂無窮矣。叔厚能不置念於此乎？雖知玉堂金馬，人間天上，而寒林修竹、廊廟之上，别有餘韻，安可少也？呵呵。僕有一疏，令人抱奏，蓋非得已而言，想下該部。扶持士風，先生素志也，望少留意，得早聞聖斷，幸甚。丙午正月晦日。

與龍時復主事

向在京師，冗迫過日，不得從容奉教。别時，時復有喪子之悲，不及敘别。途中有一簡托莆田林郎中寄奉，不審能達否？僕居此，凡百皆無足言。兼素先生久無一墨，不知動履何如？但南畿有王司馬諸公依托，想當益進其識學矣。時復自兼素之謫，失一佳侶；而繼有德純侍御之來，又得一佳侶，是一憂而一慶也。朋友相規，爲益最大，況同里閈而親厚者耶？丙午二月十三日。

與楊景昌進士

前歲道路北上，跋踄勞苦，蒙知愛之深、照點之勤，往往在念。去冬出檇李，遇吴美中，得知清況，殊慰思渴。但念景昌老親在堂，遽留選用，想亦不能不少關念也。僕竊禄於此垂一年，凡景昌之所期望者，僕皆不足以塞責。可媿可媿。常夢與景昌遊處，既覺遂惘然，不知何時面晤也？

與陳明之進士

四月間在平湖，徐郡尊令人送到手墨一封及録示諸作，展玩數四，感慰感慰。向在京時，明之英妙之年，新得進士，正遨遊之時。僕迂劣之人，竟無可取，而明之一見，輒徘徊盼戀，若不欲别。别之時，僕酬應頗多，凡有欲言而未竟者亦且置之。今得來簡，欲報而茫然，若無一話，亦非有所愛，蓋言離索，問起居，亦往來恒態，故不屢屢也。僕官中事皆無［足］言〔一〕，但未知何時汰去耳。前有一疏論士，差人進奏，方得報聞，而闔中以選舉來聘。今啟行且至蘭溪，驛中換舟，因詢館吏，知明之尚未還中都，故特草率貢此，聊相報耳。會晤無期，秉筆惘惘。

與林待用員外

乙巳春，僕涖任未久，徐郡侯令人送到待用手札一封；續待用經檇李，又蒙寄示一簡，但柬中甚略，亦執事之少見疎外耶？又既經檇李，何忙不一呼喚，俾僕一面於舟次乎？後因林居魯過訪平湖，始悉待用動履之詳，是見居魯亦如見待用，甚慰渴懷。自待用盡言一翻，國家增氣，仰羨仰羨。繼而張後府、王司馬二公論繼至，非獨彰待用之賢，而二公至誠樂與，俾朝廷大公之道扶植，益明矣。僕自前歲迎養，老母畏涉風波，不肯遠來。僕處此碌碌度日而已。尋常未受此官時，意謂吾儕向老没用處，但與朋遊相與講明，庶幾有少裨益。今自測，其何能有益於人己乎？近因貴省諸伯長不知僕之舉業荒廢已久，以考試來聘，而李提學主令必往，即行矣。所幸者，繇此一觀八閩之山川耳。人便，兼及之。連日坐暑瀉，手倦，不忉忉。

〔一〕「足」字原無，據文意補。

與袁藏用、林子翼

僕來此，無日不想念，諸友念及我亦然。此中凡百事皆尋常。庠生儘有佳者，頗相信從，但愧力量小，不足以振風聲於東吴也。莆田有一士先在此候見，亦媿無以答其來意。僕朝夕思南歸，未知何日得遂耳。老杜云：「苦被微官縛，低頭媿野人。」信哉！薄晚眼昏，不一一。

與張兼素參軍

違隔又三年矣，雖盛德在心、令名在耳，其如思渴何？在嶺南，與德純御史會，始略知動履。沿途計度來拜，至淘金驛，借無轎子〔二〕，凌晨艤舟張家渡，問人説抵西團尚有三十餘里，遂不能步往，但悵然而已矣。天壤間，知心能幾人、相見能幾時？往年與羅一峰會聚時，睡則連牀，出則連馬，唫笑傾倒，閲三兩月如三兩日。今思湖西、金牛、婁岡、玉笥之會，遂如隔世事，捫涕增感而已。石齋先生此回瞻拜，亦差老矣，故贈光詩尾有云：「故鄉不似前回別，江閣青燈對老夫。」又別詩曰：「花前對酒語平湖，君到閩中憶此無？」莊木齋亦以久不奉書見訝，前贈光詩尾

〔二〕「借」，疑應作「惜」。

亦云：「酒杯何日平湖共，舞到梧桐月影深。」蓋知愛之深，雖以光之無取，亦不能忘情，況如公之可愛慕者耶？前在蘭溪舟中有一簡，令站夫送陳明之進士爲轉寄南都，不識到否？光之近況，皆無足談。適有和木齋見贈六律，録於别紙，庶知光之自處也。當道准病，歸期當在今冬矣。治痞，蜈蚣決不可服，諸公蓋未之思耳。南方人有病，或勸之服斷腸草，與此何異？慎之慎之。丁未七月。

與族弟秉之

秉之出山後，不知比在山時所進何如。前得札，見有悔意，看來事只要牢着脚跟，浮言不足恤也。犬子親事須一報。

與族姪子翼

承手札及詩稿見寄，已收閲，感感。但簡中子翼少自敘，不知今日生事及進趨何如也？子逢亦懶寫書，不知他别能得如願否、學有進否？某未遂南歸，前日家叔在姑蘇，與貼屋基，囊遂爲之一罄。口多食少，不免叨禄而贍。韓子云：「痛定之人，思當痛之時，不知何以堪處也？」

信哉！凡沮敗人佳處，未始不因貧窶〔一〕。子翼聞予言，其亦有合乎？想得默默首肯也。亡父墳傍盜葬人用計如此，因某兄弟皆在外，宜其相欺罔不顧也。大抵人小不見威不懲。使其當初從吾之言，約今冬而遷葬，既不失義，又不傷財，亦何不可？今已經官司御史主斷，設計如此，倘日後天理開明，遇有力者復申吾志，彼將今歲不安、來歲不靜，傷財失業，終又不能盜吾之地，則亦何益之有哉？譜序，冗懶相持，尚未秉筆，冀心亮之。丁未十月十七日，某復。

與張東白内翰

向在京師，領手墨，得悉雅愛。七月間經洪都，聞有微恙，不及奉省，愧怏愧怏。今晚，僕舟次南浦，倘不責其拘掇，或勞玉趾，期在某刻過石亭寺前一見而别，可否惟命。又提學馮公留語清源驛，亦囑僕舟到此須得一面，不審有便可通一言否？丁未十一月十九日。

與劉時雍大參

向在閩中聚會，既承教愛，别時又承遠送。至丹霞，接得寄來詩一首，感佩無已，恨無一字

〔一〕「窶」，原作「屢」，據文意改。

奉謝。前在白沙，先生見佳作，亦欲和寄，但無便耳。後至臨江，會沈元節太守，始知先生遭憂而去，諒惟至孝，何以堪處？但太夫人已享高壽，五福兼全，亦何憾乎？先生年亦向暮，宜自寬慰，稍加攝養，以爲國家柱石也。光還家，老母粗康。二月在家起程，今且至洪城，途中匆匆，不免有少酬應。屈指三月中旬可抵平湖也。倘蒙當道淮病汰去，歸期當續報也。丁未。

奉陳石齋先生

光自十一月十三日還自閩南，有傳大先生歸古，及抵家知果然。哀念哀念。頤菴得下壽，有弟如先生，且子孫俱在侍湯藥，夫復何憾？但以壽母年高而哭長嗣，先生在病而喪長兄，其悲痛可知。夫情深而哀切，哀過而傷生，理然也。望先生少自開慰，以爲壽母慰也。光在平湖，久不奉問，因懶慢之罪，然亦以事無可陳聽者，故忽忽至今。然傾戀之私則亦未嘗忘也。向在平湖病目，拙詩有曰「全録如此作」者，恐徒聒耳，皆不及録寄耳。家母九月間亦病，光到家，幸平復矣。母子之私，日夕憂戀，未及來拜。

與蔣世欽中書

向者，平湖省祭官還，承惠柬，殊慰渴仰。但其中稱許之語，則非僕所能堪也。奉别一年，近侍清職，别無塵累，涵養日深，想超然有進。僕竊禄於此，此中人才信從者雖有一二，但率野之性，不善趨時。莆田林居魯推府過訪平湖，頗悉愚衷，想能具道。僕疲病不堪事已三閲月，未知當道何日肯准許放歸也？

奉陳石齋先生

開歲在白沙，奉接教音，恍如夢寐。途中奉寄惡詩數首，想必達矣。沿途江湖跋踄，至三月末乃抵嘉興。因以病體不堪供事，且告府尊懷柏徐公，未蒙允行，遂來驛中垂訪，禮意優厚，但相慰勉，許以遲遲别作計畫。蓋中達勘驗公文，皆須經由府中也。既還任，忽忽竊禄到今。十月之初，徐郡尊以六年考滿報政赴闕，適大行皇帝新崩，遺詔初到，新帝即位，大赦亦至。憂虞在抱，想到來春庶知所以裁處停當也。浙中提學乃莆田鄭檢討廷綱先生，七月間到任。雖未面，頃者平湖考貢生員還，亦蒙見問賤名，不日亦按臨矣。光官中如常，二犬子托粗康，然無他好况。近承鄭公學條，日與諸生催督課本以度日而已。向因較諸生課本，偶成一絶云：「銖銖兩兩較高低，眼漸昏來意漸迷。弄月吟風程伯子，不知何以學濂溪。」大率今之教官，事業循例奉行，不過如此而已。嶺南聲耗久不得聞。或傳德純侍御作古，未知虛的，昨晚得子翼報，乃知果在四月二十六日殁于龍川。嗚呼痛哉！德純巡按嶺南，風聲振肅，奸回側目。光既爲之喜，亦爲之憂。至白沙，而先生之意與光允合。嗚呼痛哉！其果死於命耶？非命耶？光惟東向呑聲哭而已。吉安人物羅一峰、張兼素、袁德純相繼逝去，賢者不得其福、不得其壽，豈造物者真不省記、任其自生自死耶？抑别有以厚之也？朱侍御懋恭任嶺南，想得相接。德純之死，未知渠能得其詳否也？丁未十月。

南川冰蘗全集卷之五

書

與林待用憲副

違隔多年，自執事居京師及抗疏南遷之後，前後三辱手墨問念，愧不一一即時奉答。前年，僕往閩南，至蘭溪，在驛中有一束托陳明之奉寄左右，不審到否。尋過玉山，又得嘉善汪尹轉寄到詩稿一紙。是數年之間，執事往往留意與僕，而僕懶慢因循，且載之於抱而已。聞轉陞憲副，此朝廷追賞諫臣之美，然不用於內而遷於外，此僕之所未喻也。無限鄙懷，渴欲一相見傾倒議論。聞近過嘉興，乃不留一問，不知執事何嫌，豈真以僕久不答書遂謦絶之耶？僕竊禄於此，禄禄成庸流，誠無足齒。所賴天靈在目者，猶未死耳。去年過吉水，知兼素在家，方尋訪而兼素亡矣。嗚呼！天下英才非少，相知而不相忘者幾人哉？相去日遠，會晤無期，臨紙惘惘。輓兼素詩附在紙尾，一目。

奉陳石齋先生

久居平湖，不蒙一墨惠寄，豈以光之墮落塵途，不足爲教，遂疏絶之耶？去冬有一束及兼素、德純輓詩奉寄，不審到否。昨得子翼元宵日手帖，報先生及老夫人萬壽，殊慰思渴。光既不得去，處此不覺又一年。近日上司少來，來者或不到平湖；有一二到者，凡百亦蒙優恕，官中頗閑。聖殿西有一室，静如僧舍，與衙署正連，稍寬涼。廡牆環圍，人不易到，每日端默其中而已。今始知卑官無不可爲，但不善爲卑官耳。提學鄭先生去冬來，詢及先生動履，並囑一語云：「所托跋子賢卷，子宜從寫數句」；又云：「先生向者不曾答渠書，蓋以例不復京中書，今在浙中，非京中比，宜有一書相復」。先生有便，無愛一言，省得作惡也。新帝即位，朝野仰治。彭侍郎鳳儀先生奉命來浙中巡撫。近有一林下士上書於光，有云：「群龍夭矯而上行，一豕潛藏而下伏，雖能斂其蹢躅之勢，不能革其蹢躅之心。」亦深感其言之有味也。戊申七月七日。

與安廷用揮使

屈指五年不相見，形雖異處而神未嘗不交，雖曰音問疏闊，而此心亦非音問所能盡也。去歲，承寄書及西洋布，遠遺珍貺，何以克堪？但感怍而已。光自九月中離湖廣，承巡撫鄭都憲處置得一馬船，道南京順流東下，十月尾始至平湖。人事至今未了，逐逐歲殘，蓋不知其墮落也。人便，燒燭少致卑懷，豈勝馳慕？光再拜。

復林居魯主事書

昨於遞中得手書，反復數四。執事之所以愛僕者，情曲藹然，僕尚何言哉！尚何言哉！及竊觀奏稿，見憂時愛國之意，其中列名薦揚，亦掛及賤名姓，讀之不覺愧生而顏變。僕之迂拙，人所不取，執事不知何所見，復參諸薦剡之中而論於朝，豈偶失於稽察歟？抑將擲千金於駿骨而不之較耶？執事之所好，誠未易詰其所謂也。僕少之時讀書，以爲天下豪傑皆由於科目，竊喜其業而習之。既而得舉，年漸加長，又知豪傑之業不止於舉子之習，將以求其可大而可久者。然又知乎久大之業，非可以速探而近取，於是乎潛深伏遠，泝其流而窮其源，培其根而需其實，如是者幾二十年。雖未能探其英而嘗其實，然亦竊私慶幸獲偷數年之閒寂，得以專力於本源之地，然後天下之事驗之已然、酌之在我，庶幾不爲群咻之所亂也。近以家貧母老，必須禄食，有此一出。所領者雖曰薄禄卑官，然幸居東吴多士之邦，旦夕亦覬一二同志之士，相與共明斯道以博其傳。但彼之舊習已深，而此之熏陶力淺，其相孚相感豈謂無人，然所謂脱然如沉疴之去體、大寐之方醒，則偶未之見也。況乎不覩其利而勤其業，能幾人哉？然則僕之無功而尸禄，固無可取。且又不幸虚名早出，名之所在，人之所忌，謗之所歸，雖曰自古聖賢有所不免，然僕何人哉？青天白雲引領在目，固不能攢眉終日爲百草憂春雨也。謹此奉復，兼致謝忱。方伯吴先生六月間承寄書一册，已領賜。但地位尊嚴，無由進謝，便會間，乞叱名致卑懇，幸甚。戊申九月八日。

與林居魯主事

前承轉寄到林同官書，續於遞中又獲手報兼惠己酉、甲子書，俱已拜領。感感。僕之處此，無益於人，惟思奉身而退。幸遇從吾彭公巡撫此方，十月間，僕已具公文關本學乞致仕，未蒙明示。近日於蘆瀝進謁面請，彭公但以他辭見却而未允僕之休致。夫彭公以亞卿兼都憲，其位可謂尊矣；受璽書得便宜行事，其寵可謂專矣。居尊官、受專寵而經理一方，治下一小官乞致仕養親而去，於事體未爲不可，彭公特舉筆一批耳，何難之有哉？倘借公齒牙之力，使僕完璧而歸，不致楚人鉗我於市，則僕之受恩，將不止於母子團聚而已。今附去詩柬共一紙，并書白沙先生所作二首，託煩轉達於彭公，未審以爲何如。戊申十一月二十一日。

奉吴方伯

生識見卑淺，不堪委任。承執事先之以手書，繼之以公檄，以此纂修之事見託，生拜命，夙夜憂愧，未遑寧處。然思慕十餘年，不得一瞻德範；今獲在驅策之下，侍接餘論，則生爲益豈淺淺哉？嘗讀《春秋》，竊見聖人書法一二，未論其他。如有事則書事，無事則亦書月書時，只此一事，亦可以見聖人之不苟也。今各處所修不無遺漏，欲候查取，則限期迫急；欲將就苟完，則殊欠停當。今將其可者，連日編閱，略有條次，似堪謄正若干册。得善書者三十人，此一月之間大約可了三部。其餘若田糧、户口之數，三四府有缺者，須待户房查報，姑遲數日，不敢潦草也。但恐已成者尤有掣肘，屢屢變更，難於歸一，轉成遲誤。生在此日久，徒費供給，無補於事，望乞裁處。莫若容生給假先回，幸甚。己酉三月六日。

與許昌世僉憲

向承手翰，喻及葬期，兼惠帛，拜領感愧。先大人有子如執事，則凡附之棺者，其的當不言可知。生抱病拘掇，不能奔走執紼穴傍，可勝惶恐！謹此奉慰，伏惟矜恕。幸甚。己酉十二月六日。

奉彭侍郎從吾先生

向者，具申文乞休致歸養，方候報間，幸獲謁明公於蘆瀝，面請再三，未蒙首肯。退而欲上此詩，恐煩瀆，故不敢造次也。續承道及白沙先生不免於浮議，當時雖面辯而未悉所懷，今録去白沙平昔所作二首，明公可一覽而益知其自處矣。士固伸於知己也，《大學》「平天下」引《秦誓》而斷論之，真足以警悟千古。韓退之有見乎此，既作《原毁》矣，又於《伯夷頌》發之，明公偉然之見、休然之量，天下共知，豈待後生小子言哉？因浮議而及之耳。曩者，明公巡撫南畿時，白沙嘗致簡於光云：「聞緝熙平湖，正在彭公部下，凡學職所關，宜通問裁决，此公似不必避嫌也。」况今日獲接餘論，又何敢遽自疏外乎？謹布卑懇於原上詩後〔二〕，并録白沙先生之作於末云。治生光再拜。

奉劉方伯書 大夏

往在閩中，獲親誨益，别後又蒙佳章寵寄，轉盼五六年，猶昨日也。執事在嶺南時，老母在家，承遣人賜酒禮問慰，自得家信，載之於懷，無由奉謝。既而執事轉陞是邦，名藩巨省獲任賢明，非特兩浙生靈之福，亦可以見朝廷選用之公。甚賀甚賀！光居是邦，獲在驅策之下，仰事大夫之賢，何幸如之？去冬，光以試事往京，還任之初，便欲進謝，猶恐造次；後雖嘗承寄意，亦未敢輒通一問。日者又蒙遣人降賜手翰，俯露素情，兼道白沙先生之意，感愧益深。光本爲家貧，

〔二〕「懇」，原作「邈」，據文意改。

無以爲養，故受此官；及既迎養，老母畏涉風波，不肯遠來。事與心違，强顔竊禄以至於今。韓子云「道德日負於初心，不能爲君子而爲小人也」，昭昭矣。去冬，得白沙書，因張克修作堤横槎，先生念光無以爲養，爲干田若干畝爲還山之計，時光因有惡詩寄意云云。雖知所圖者遠，事難有濟，然光何人哉？乃蒙先生長者垂念至此，蓋欲拯之沉迷之中而進之高明之域，所謂不暇責我而悲我者，其如是夫！嘗思前儒或爲詞官、或請監務以便養親，不得則超然引去，想亦爲貧耳。光今年官且滿，老母有弟婦及舍姪在侍，幸賴粗康，久欲揭家歸養矣。謹此奉謝。伏惟臺慈爲國保愛，幸甚。

復吴方伯

生向者還自湖南，獲謁執事於門下，匆遽未能盡所欲言，擬再候見。其時鄭提學先生面言即日往嘉興，遂不得從容少展卑懷。雖執事至誠樂與無異疇昔，但尊嚴之地，卑官理勢自然疏隔也。歸途作得一柬奉達，并求印浙江鄉試録數本轉寄嶺南，柬既緘就，無人敢送，怏怏至今。前日在嘉興謁巡按侍御，退至府中，拜領曆二十本，今又承差人賜摺曆四本，尊意稠疊，何以克堪，益增惶懼。人還，謹此奉謝。新歲，乞若時爲國珍愛。

與林待用憲副

開歲，滇南使至，拜領手墨，雖甚略，宛然面話也，書問之不可無也如此。遠方之氓，得遇賢監司釐植蘇枯，想必頌聲載路矣。夫子欲居夷，亦以天下無不可化之人，豈以爲陋哉？惟慎眠食，以道自愛，至禱。

與袁君望妻兄

四月十六日接得來訃，知外母夫人棄世，哀痛不可言。去年九月，光時猶在湖廣，令妹在平湖，於九月初四日夜夢還家，見外母在家堂出金首飾散分女眷，而陟舅總收之。外母衣紅袍，遂戟手罵陟舅，闔門忽不見。既覺，命三蘭識之曰：「今日水南阿姨生日也。」至初九夜，又夢還家，至宅上撫棺而哭母。醒覺，枕邊俱有淚濕。明日乃光生日，三蘭與余同生，其母是日對女賓淚流不止，不省其故。又光自湖廣還，往往燈下見令妹夜中目自流淚，將以爲目病也。直至得訃音，乃知母女心神先已交通。又前一月，夢至宅邊，妗氏自邑中還，倩令妹引見外母，釋解其過。又一夕，夢至宅邊，聞外母哭女之聲。嗚呼！人之心神孚格感通，卓有明驗，況母女之至情乎？

復黄仲昭提學僉憲

久不聞問。重午後過嘉興，得手墨并途中諸作，乃知執事又有此出。繼而閲朝報，始知寵擢爲江西提學。江右乃文獻淵藪，如斯之地，如斯之職，簡任執事，可謂以千鈞而授烏獲也。甚賀甚賀。得其地，得其任，執事之道又何患不行乎？羅一峰爲人，執事所熟知，蓋不待言矣。廬陵鄉賢祠中，不識尚可置斯人否？望斟酌之。人便，謹此奉聞。餘不及一。

與陸文東進士

違隔懸念不忘。去歲冬初，歸舟抵安慶，聞發解兩淛；今春，又聞取捷禮闈，名標金榜，歷政天曹。文東年富而英聲茂實，燁燁在人口，非特爲鄉邦出色，雖寒氊落寞亦漸覺回春，感慰之情不言可知矣。然少年高科，文東豈肯自滿？當期遠到也。自聞乞歸，蒙恩見許，屈指日望，不審何遲遲也？侵晨忽介至，得書備悉雅愛，又承喻貴恙未寧，關念關念。此病須静室中少謝人事安養，待氣體完健乃可出耳。凡劫劑亦不宜多服也。佳貺一一留用，殊增愧感。犬子疊承寄意，恐勞聒，未遣來拜。

與姜仁夫秋官

前歲拜領手墨，獲知動履，殊慰思渴。穀亭清酌，今猶在耳。繼聞有刑曹之拜，忽然以病在告。仁夫年富，筮仕之初，遽超然遠引，果非滔滔者之所及矣。僕爲貧竊禄，虛閲歲時，於人己未有寸益，可愧可愧。近因柳郡侯以《嘉興府志》見委〔二〕，尚未了當。聞莊定山先生今春欲垂訪平湖，未審果然否？人便，潦草奉答。不一。

奉柳郡侯

生平日作文甚少，非敢謂自重其言而不苟，實以疎拙，故每每縮手而不爲耳。承手翰，以《與屠大理飲别聯咏》卷序見囑，元勳於生情分不淺，況有尊命，何敢辭乎？因具稿在别紙，專人持上，或有一二可取，望删改上卷，否則擲之。造次，萬罪。

〔二〕「府志」，原作「禾志」。章拯《南川林公墓誌銘》云「辛亥修《嘉興府志》」。（林光《南川冰蘗全集》，刻本，卷末，第七十四頁）據改。

與張廷祥内翰

林尹承寄手帖，領悉雅意。續得朝報，知先生遂得歸省，仰羡仰羡。但未知欽限何時還朝，先生行藏又何如處也。僕家貧竊禄於此，忽忽度日，遂不知墮落，恐終負所知耳。便風，乞不愛一言示及。

奉柳郡侯

前在郡中，屢蒙教愛，但恨才識疏淺，不堪驅策耳。光自還任，開歲初旬右腮忽染熱腫、微痛，既消復發，留連半月餘，今幸平復矣。舊志近得一部，不甚缺落，及取兩漢、宋、元諸史參考，始覺前志尚有未備處，但恐事益多而費益廣耳。然以光思之，執事欲備一郡千百年之文獻，此大事也，豈吝小費乎？前稿恐於雅意多未愜，必須更張。人所見不能以皆同，故所好不能以不異。俗謂「築室道傍三年不成」者，亦謂所見之不一也。光於學職久曠〔二〕，今復視篆矣。别時承

〔二〕「學職」，原作「學識」，據文意改。陳獻章《與林緝熙書》云「學職所關」，（林光《南川冰蘖全集》，刻本，卷末，第十九頁）亦可爲證。

命書聯句，今録爲一卷馳上。潦草，萬罪。

與張廷實地曹

湖廣還時，聞閣下起地曹之職。僕數年懶作書入京，音問遂益闊絶。今秋以試事到京，擬得一會。在内簾時，詢叔厚，始知閣下遭憂而去。以此觀之，僕居平湖，真如坐井矣。出場後，時與一二故舊敘談，略得居京時起居大概。不審邇來憂中孝履何似，今冬想已襄事，萬乞如禮自裁，少慰懸仰。僕居卑習懶，益成慣便，無足言者。人便，謹此奉慰。不具。

奉陳石齋先生

今歲擬南方藩省來聘，因得歸省，不意順天府坐名奏取，原來文云：「縱有他處預請，君命難奪。」遂無可辭者。既畢事，雖知勞攘無益，然於世味益備嘗之矣。十月還任，偶妻兄來，知老母粗安。及領手帖，又知先生之懷，慰感深至。光爲貧戀禄，事與心違，不能決去，固應疎斥于門下矣。今復蒙恩愛，始終曲成之。雖土木自應知感，而況於人乎？但柬中甚略，不知克修所作堤，亦如先生往時所作圍田否，又一二頃不知合費工銀若干。彼中一時恐難轉借，光明年官滿始歸，亦恐事久變更，未悉其詳。先生處之，必有其道也。莊定山今春來訪平湖。京闈録及碑並楊諭德先生所寄帕録，乞一一收點。壬子十一月。

奉陳石齋先生書

痛惟貞節夫人奄隔泉壤。一十年前辱在門牆〔二〕，夫人之賢，恩意波及，追念不忘。日者冒禮奠於墓下，少致哀忱。留連祠館，旬日之間，耳盈心醉，救過不暇，千萬之懷，未布一二。臨别，承以謗者之辭見扣。人之有言，何所不至，今幸事有證據，不辯而明矣。雖然，亦有由矣。始者，光之有志於斯學也，承先人之餘庇，無饑寒之所迫，甘心苦志以求之，晝焉而忘食，夜焉而忘寐。忘身忘世，懼其妨奪也；埋光剗彩，惟恐入山之不深。天下之事，視之總若浮埃，無復可以上人懷抱者。如是十餘年，雖不敢自謂有所見，然太極渾淪之本體豁然動於中者，無停機矣。由是隨動隨静，雖欲離之而不可得。然後反而驗諸六經，有不知其然而不得不然、不求其合而不得不合。浩乎沛然若江河之有源、湖海之有歸，濬之而益深、引之而益長；大可以包六合，細

〔二〕「一十年前辱在門牆」之「一十年」，應爲「三十年」之誤。此信作於弘治十年三、四月間。南川于成化六年拜白沙先生爲師，至弘治十年，將近三十年。三十年乃取其整數。弘治十年年底，白沙先生《與林緝熙書》中云「三十年游好之情，盡於是矣」，（陳獻章《陳獻章集》上册，第二一四頁）亦可爲證。

入於毫芒。謬見如此，私心自許，將以爲死可以無憾矣。不幸中年爲貧所困，乃歎曰：「吾學而親老無養，吾學而妻子饑寒，非夫也。乘田委吏不足以病孔子，吾何人哉？」於是遂求禄仕，卑官俛仰，不覺九年。人之非笑，亦不暇恤。夫以隱爲高，則其視仕者可知矣，豈惟人哉？久矣乎，師門之所不與也。諷哂之意，往往見於吟咏之間。而頑鈍之資〔一〕，未能超然脱化於塵俗之外，由是乘不與之心，而忌者之言日入矣。向非先生猶有不忘故舊之情，光之跡其不見掃於門下乎？是知勿疑勿貳，自古契合之難，豈獨君與臣哉！近者，師門故舊頗覺寥寥。一涉宦途，即爲棄物。門客子弟，倡和一辭，牢不可破。揆諸聖道，恐未深然。幸廣明照。

與袁君望

途中遇沈舉人，知來顧平湖，汲汲趕回而舟從已行矣，遂爲之悵然。尋常一别，屈指十年，人生能得幾個十年？何況十年又不相見耶？今專人奉邀再至平湖一敘，萬冀一來。連日因賓客來忙，故遣人來遲，不訝，幸甚。寄姪名應賜，今改名應韶，未審以爲何如。壬子十一月。

〔一〕「鈍」，原作「純」，據文意改。羅邦柱先生亦曰：「『純』，似『鈍』字之誤」。（林光《南川冰蘗全集》，羅邦柱點校本，第一六九頁，校記）

與過憲副

僕每蒙垂顧，官未滿時，爲法制所繩；官滿，又爲人事所迫〔二〕，竟不得一拜，負罪多矣。犬子往松，囑令進拜，口陳卑抱，承留款。及還，拜領手翰兼賜紫花松布，仁者之贈，何以克堪？但懷感愧而已。的在本月十八日起程，未知何日猶得奉教。

奉莊定山

僕官滿南歸省母，十月十八日離平湖，二十一日至姑蘇，發舟十日至毘陵〔三〕，贛船由孟瀆河出河。僕携賤累借得一官船，在鎮江候至廿二日，乃得過贛州。是夕至儀真，又阻風雪二日，昨夜至石頭城且三鼓矣。商人歸心既急，兼之大雪苦寒，不能渡江。千萬之懷，咫尺莫遂，但增感悵而已。明年夏間或經此，未可預卜也。松布一疋奉寄，聊表微忱，叱納幸甚。

〔二〕「官未滿時，爲法制所繩；官滿，又爲人事所迫」，原作「官未滿時，滿爲法制所繩，官又爲人事所迫」，據文意改。

〔三〕「毘陵」，原作「昆陵」。毘陵，即常州武進。因改。

與梧州張克修太守

十年之别，雖不通問，而執事治郡賢聲日聞於耳，仰德之懷，如恒獲親炙矣。僕爲貧貪禄，久而忘返，執事非獨悲我而不暇責，又許營田以相濟，雖事未及成，而僕領受恩意，如在匕筯間矣。今因官滿省母，南歸且半年矣，每以不得趨謝爲念。兹又給繇赴部，擬請近任便親，未審能遂所懷否。人便，專此奉聞，兼致謝悃。萬乞心照。

與伍司訓

昨領手翰，足見雅愛，惜僕非其人，不足以堪吾弟推許也。僕爲禄而來，無益於世，尚思與天下之賢講明斯學，庶幾少酧素願。今於人人之中又遇吾弟，幸甚幸甚。但轉盼之間，除書既領，宦轍不無彼此懸隔，爲之奈何？土物三事拜領，知感知感。

與陳子文

僕不善爲生，一出遂爲卑官所縻，今既考滿南歸省母。以有限之禄入，禦無窮之家費，其囊槖可知矣。親老不可以無養，不免謁選，擬求便養，未審能如願否。向在白沙，備聞張太守與子文爲僕營田，已收税入户，雖薦福之碑偶爾轟雷，而范公之意千載未泯也。謹此奉謝。

與吴獻臣大尹

向在白沙，聞閣下有意與僕一會。莫尹差人走報，日久不見回音，遂揚帆東歸。既抵家，得手翰，始茫然知人生會晤之不偶也。閣下清明，善政播及鄰封。惜僕又爲禄仕所驅，不得洗耳一快於左右也。暑熱，舟中厭親筆硯，不多及。甲寅。

與柯同府

癸丑除夕前三日，將度庾關，辱蒙雅愛款留，至夜轉深、情轉濃。過關，又承撥人夫助送，感荷非淺。去秋，經南安抵府治，值執事出巡，不得奉謝，每以爲念。僕陞山東兖州府教授，擬乘便到任。僕有次子頗聰明，隨侍來京，不幸喪亡。父子至情，不忍舍棄，扶柩隨任，又非便當。止有二僕，無人護送還家。今在潞河遇贛船便，帶至南安。仰惟執事大德素孚於人，南安又在治下，僕有此難苦之事，謹露寸赤，倘蒙不鄙，亡兒柩至，乞分付皂隸爲擇方便寺中停寄；仍假執事之寵，呼寺中僧人面命，早晚照察，日後人便帶回。執事陰推之德，生者死者各受其賜矣。太守余公乞爲叱名致意。乙卯四月望，武城舟中書。

奉劉東山都憲

前年，執事新拜都憲之命，過嘉興，生不得望拜下風，每以爲愧。去年官滿，正月抵家省母；五月在白沙聚談，聞知執事垂念之意，益增愧感。張別駕克修所作横槎堤田，承蒙念生之貧，爲處置二十畝；白沙請益，又許每歲推己俸助穀百斛。諸公盛意，生之感會，言莫能盡矣。後田因水衝堤壞，克修又陞梧守，無可指擬者。前年，得白沙寄來平湖東道此事，生謝以詩，末二句云：「謝得端溪賢別駕，雷轟薦福敢多疑？」自今觀之，亦詩讖也。生考滿赴京，去冬十月過此，值執事在黄陵岡，不得瞻拜，又不敢容易奉書，但聞道路歌頌德音而已。生爲貧，又有此行，次子隨侍，不幸喪於京城，生以憂鬱成病。既選，得兗州府教授。母老任遠，因奏乞改除鄰府便養，旨下吏部，不蒙允准。法不可違，衆謂且赴任，後別作處置。擬今廿六日上任，未知當道者何日肯汰去耳。經此，所以屢屢瀆聞者，亦恃執事之賢，不敢自爲嫌外也。地位隔越，相見無期，萬乞爲國自重。四月十八日，荊門舟中書

與李元善郎中

生在迷途，屢蒙開指，感愧深矣。臨別，冗迫不得再辭。今日蒙遣皂兵遠來，兼領手翰，益

悉雅愛，多言不足謝也。劉侍御書謹當奉達。乙卯。

奉莊定山先生

生聞母憂，原籍公文未至，兗州不肯放回；申山東布政司，仰府即便放回守制。七月十三日遂離魯城，至濟寧，偶得太倉衛粮座船；至揚州，買小舟，廿八日至儀真，贛船浮江西下，由上新河過淮陰，會姜仁夫。值仁夫有喪子之戚。仁夫云：「新會陳經綸過，云石翁二月果丁母憂。章德懋先生去年十二月亦丁母憂。」遭憂雖同，然二公家食侍終，夫復何憾？惟生爲貧所驅，不得見母屬纊，罪逆深重，哀恨無窮也。先生初還定山，酧應必多，但除書限滿，恐不能久留。出處大致當自有斟酌，如文定公所云也。石翁大故，先生必有書慰問，天下知心能幾人，相聚能幾時也？前拙稿有黄稽勳良貴乃翁挽詩一紙，爲託轉寄孫市。會間不及言，有便乞轉達。幸幸。

奉陳石齋先生 戊午

在羊城拜領手翰，聞悽黯之言，不能爲心甚矣。過新年正月初二日至南京，十四日過江，定山先生病已失音，扶護猶能陪坐。及讀先生「安知非永訣」之言，遂潸然流涕。次日光請紙筆煩書所欲言者，書云：「此時有許多話，只説得一二句而已。」既别後，不知又何如也。大抵定山出處取決於東白，及還南部〔二〕，在任五日，遂一向病且劇。其子莫知所以善處先生，是以致此悔，爲之奈何？

與吴縣鄺廷瑞明府

壬子，北京鄉闈中閲卷，已識閣下非凡材；及見黄甲連登，亦竊以自慶。今又試此大邑，政聲赫然，甚賀甚賀。僕起復補任，得嚴州府，道經治下，先命此楮通意。戊午八月六日。

答周朝美掌教

僕遭外艱時，承寄潮苧布一端，數年餘不得一便，久稽奉謝，然未嘗不往來於懷也。適王貳教至，又蒙手翰并書墨，益增愧感。僕齒髮向暮，學業退惰，叨主一郡之教，而朝美猶以栖栖卑職見惜，何耶？去歲三月往白沙，見先生體貌清康，後學之幸也。所惜者匏繫一方，天下之士夢想而不得一見者多矣。嘗思造化必停蓄數百年乃生偉人，而醉生夢死者不知其何限，使非言

〔二〕「南部」，疑應作「南都」。南都，指南京。莊昶（字孔昜，號木齋、定山）復出，任南京吏部驗封司郎中。

傳，後世亦將何從而别白哉？白不白，於賢者何損？程子曰：「中正之道，無終廢之理。不行於今，必行於異時。」何其見之的也！偶客至，致飲少酒，潦草不罪。

與陸克潛大尹

僕補任得嚴州府，八月九日到杭矣。去秋在家時，承寄扇帕，匆匆批數字於片稿之末，想必達左右。到京，令嗣淞常往還，談間謂克潛有意欲刻僕拙稿，僕之言何足傳世？但克潛樂與之心，惟恐人之善不聞耳。鄙作平湖諸生編録雖略有次第，其間字多訛謬，須看過。待有便人來嚴州，或克潛考績道經官寓，當奉塵清日用答佳致也。向在家，見順德吴尹刻白沙、定山詩；到京，又見剡城刻《石齋净稿》四本，京師争傳。但其中字不無差訛。二先生刻本，僕亦略加考正，令修改，然多未詳細耳。今因徐尹過程鄉，奉此潦草。萬乞順時加愛。

與陳明之秋官

客邊，承惠問，感感。六圖并雅象幸獲一觀，然諸作既多，辭亦費矣。光雖欲牽强一言，但覺贅而無益也。天下之寳當爲天下惜之，如何？僕恃愛至深，不敢不盡。

奉吳憲長

承寄手翰、帕帖及庚申曆，拜領，知感知感。光自正月得家書後，一向不聞聲耗，心極憂撓。向者以一信干瀆，乃蒙台慈轉差人送至敝廬，且又并付犬子謝帖，知其平安，所謂一札千金也。光於此有以知執事克勤細事如此，宜乎居大位、提一方臬司之紀綱也。廣西之民久被狠毒之苦者，今必可以聊生矣。人還，謹此奉謝。

與淳安張鳳舉明府

使人過府，承惠墨、茗并會試霏雪二録，感感。閣下有清才，鳴琴之暇，必多述作，何惜一二示及耶？光處此忽忽度日，舊學殊無長進。或登高望遠，小暢幽懷，亦不能不形諸紙墨，所恨者知己爲難得耳。少事塵聽，敝庠編充人役如門庫、斗級、齋膳夫在淳安治下名數爲多。往年，多恃頑不早着役，或被無藉者包滯在身，該納柴薪者，或用計在房延緩，不免累申府拘提，官司之事轉繁矣。見今，新編人役乞名名拘發正身，及時徑發本學着役，責取收官，庶幾敝庠人役不缺，受賜多矣。府中催事人在邑留滯或多，亦能損人令望。事之未完者，更乞濟之以嚴而又每稽諸日曆，則欺蔽者將無所容其奸矣。恃愛摇舌，乞恕萬罪。己未九月二十二日。

又答張鳳舉明府

適登思范亭回，拜領手翰，足感雅愛。及讀《秋興》諸作，清氣迫人，熟復數四，不覺塵慮爲之一洗也。然可疑者，憂愁之意居多。閣下以妙齡宰百里，非嘆老嗟卑之時也，而所謂「悲非於秋之時，而悲乎吾所遇之時」，何耶？丈夫隨所遇而行其志，固自有其樂。不然將有所感鬱於中而宣於外，有非尋常之所及耶？録去拙作若干首。前《秋興》蓋壬子作，時因在京闈選士，故有「傳食」、「持衡」等語，餘皆近作也。己未十月初四。

與仲與立僉憲

君子之處事，隨時而已。時無刻而不變，故事無刻而不新，不可以預定也。閣下今日榮陞，祖母高年，歸省宜也。若置家於此，可暫而不可久。前日面見，累言之矣。今之議人者，多於無事中生有，閣下不早見之乎？若夫道路，廣之東西多山處所，不免皆有嵐氣，但慎起居，節飲食，亦何往而不可？不必區區在懷也。庚申二月二十三日。

奉徐司空

向在京時，既辱枉駕，且蒙厚惠。别後又承三寄賢書，不及致一辭奉謝，蓋處卑位所以事卿相，君子不敢不謹也。光竊禄於此，庸碌之聲想已徹於左右，無足言矣。兹録近作名宦拙什數首在别紙，上塵台覽，表異先賢。明公所以感今慨古，旌之於既往，振之於方來，能不留念乎？春和，緬惟台候萬福。光再拜。庚申三月望日。

奉屠元勳亞卿

向在京時，辱蒙雅愛，且念光之湮汩日久，思有以振拔之。光非土木，豈不知感乎？臨别又承以詩見贈，行忙，不及少致謝懇，於今爲愧。老夫人，光嘗登堂一拜，去歲聞奄棄榮養，可勝悼念？執事遭憂而歸，不及見老夫人瞑目。執事雖萬無不足，而於此一事，想不能不痛心遺恨也。伏乞順變，凡百如禮自裁，爲國保愛。

與鄧貢甫地曹

數年濶别。光憂制在家時，既不得面；及北行在臨清，又不及一會。至梁叔厚侍講暨王文哲黄門過富春，始知閣下在楊收鈔。嘗與吴道夫侍御談及，今日各關收鈔不無太嚴。道夫嘗云渠嘗論奏，當時略誦數句，極好，大率要饒與百姓。康節云「寬得一分，即有一分之澤及民」。閣下今任其事，必嘗留意，蓋不待光贅矣。若夫離索起居，又何用瑣瑣也？仲僉憲過關，布此潦草。乞恕萬罪。

與陳仲彩

光竊禄於嚴，不覺二年。亡友梁瑞卿二子扶柩過富春，得老先生寄來詩，次光韻也。是日，又用此韻奉答，并寄嚴絹一匹，想必達矣。是後絶不聞耗。昨四月晦日，犬子差家人來，聞老先生凶訃，屬纊在二月六日；又聞去年八月六日，奉時先亡，不勝哀感。翌日五月朔，遂爲位南向而哭。平生之意，備諸奠文，特差人祭告，少露哀忱。諒惟仲彩去年喪弟、今年喪父，罹此凶毒，何以堪處？卑職羈絆，奔慰無緣。未知遺囑定葬何處、曾葬與否？萬乞輟哀示報。鄉里在門諸友，各叱名致意。人還，茆根筆便寄數枝。庚申五月七日。

與從弟永錫

違别多年，不知脚氣之疾近又何如？時顯娶婦，期而得孫，可賀可賀。時遠之事，既立典刑，九原之恨釋矣。乃翁二府君誌宜及時刻之，此等事他日後生恐不能幹辦也。我暮年禄仕，幸遇山水清佳處，飲食如壯年，料得去死尚遠。但恐虚名在外，人將以其所可憂者而易吾之可樂耳。犬子懶惰，吾弟朝夕宜有以勸相之。古人易子而教，爲傷恩也，爲之奈何？不盡不盡。庚申五月七日。

與周仲鳴進士

別後，思仰未已。昨承手翰并便面題寄，讀之洒然，不知伏暑之迫人也。此中山水清佳，頗乏勝侶。去冬得閣下、今春得仲別駕而往來，其間又有張淳安。今與立陞去、鳳舉遭憂，此懷可知。碑石果不失信，足見君子唯諾之不苟也。亭子，郡伯云須渠經目乃可興工；而北高峰，至今未蒙舉踵。天下事類此多矣。筆箋各已領惠。拙作近日頗多，暑汗不及録次。寄題便面韻一首，香一斤、葵扇一握，皆南物也，奉表微情。

與方純吉進士

別後，承惠寄《律髓》并彩箋，久稽裁謝。續又疊拜佳什，清韻非凡，惜未及奉和也。昨令族姪過嚴，值醉卧，失不及接。向承委作號詩，未能如命，頑慢廢禮，知罪知罪。光誤爲當道薦揚，已濫陞矣。北行擬在開歲正月初旬，元宵後當至姑蘇，前已託徽郡伯彭公道意，未審曾會否？石翁先生二月六日作古，訃聞，已差人弔祭，今且還矣。奠文曾爲彭郡伯出，恐知恐知。偶賣緞人過，奉此潦草，不盡不盡。

奉答唐王書

國子監博士臣嶺南林光寓金臺頓首書復唐府賢王殿下：臣備員國子監，凡天下之才儁英傑，幸獲與之游處。往往風聞殿下之賢，而竊喜我朝金枝玉葉之盛，固將共享太平之福，億萬斯年未艾也。向者，常參政因公務至京，承以《忠孝堂詩》命題。臣以忠於君、孝於親，人之行莫先於此，善亦莫大於此，遂不敢辭。然自揆聲律凡近，不足以發揚盛德、傳播人口、教孝勸忠也。適賀冬至人來，拜展雲章，焕然照目，至誠樂與，情辭兼至，遂使寒毡落莫、旅寓生春。臣固知殿下心胸恢豁，識見高明；體道撝謙，有如未見；與人之善，若己有之。臣今而後不獨羡河間獻王於史册矣。氉縑佳貺，即日領賜，不勝愧感，謹此上謝。臣拙藁頗多，但以隆冬盛寒，硯凍筆膠，兼有微恙，畏涉書役，因檢舊日録下三幅，旋進上塵睿覽。待天和暖，倘有便使，尚别書進，伏乞電照。臣光頓首再拜。弘治十五年十一月長至日。

奉祭酒謝先生書

亞卿方石大司成老大人先生執事：光聞「任賢勿貳，去邪勿疑」。聖孰有過於舜者，而益之戒舜乃如此。光嘗思之，疑貳之間，非特君臣，凡師友、長貳、父子、兄弟之間，莫不由之而隙。是以古人事師，無犯無隱，亦謂所當言者不言，則或生於離間矣。聞本監西廳舊無門子，廳事之地塵埃填積，或至累月無人糞除。自執事到監，量以囚夫撥充本廳及六堂門子各二人，諸屬感執事之賢，不收私贖，不廢公役，處置有條，足爲後法。本廳門子二名，博士五員，升監之餘，或酬應人事，責令跟隨；或瑣細諸務，須其幹辦，非彼即此。嘗笑其以一身而供五人之役，所謂一國三公、十羊九牧，每惜其不得專且一也。往者，蒙念屋烏，恩意波及，不令更又擡轎，是執事已體察爲下之難矣。昨門子傳說，堂上皂隸又要令西廳門子擡轎。光不信，豈有出自執事，乃不令一人面來分付乎？且李銘病一月矣，前日典簿拘來，次日李博士呼而用之，今日宋博士用之；安康，前日宋博士用之，昨日光用之。今日執事怒其昨日不服役，呼而痛責之。責之宜矣，但昨日不蒙一人呼光面諭；或令皂隸來，彼不肯對光言，故欲令方命發執事之怒，亦未可知也。彼只疑僞言，故不及供役耳。嗚呼！城狐社鼠，又孰敢深言其罪乎？所惜者，長貳之恩或被其離間，而盛名之下亦不覺其少損也。西廳門子乞仍舊矜其重役、免令擡轎，庶不爲此輩賣美也。

暑汗恐勞擾，謹此布露寸赤。干冒尊嚴，死罪死罪。博士光再拜。弘治十六年六月二日。

與張廷實主事書

廷實地曹先生閣下：别後不聞問，僕亦懶，不及奉書。後在京見别駕今堂〔一〕，知有得子之慶，甚賀甚賀！僕爲貧竊禄，所學老而無進，何足齒録？然而天靈在中，不可須臾離者，亦未嘗敢忘也。白沙先生棄世，吾輩遂倀然莫仗，悼念悼念。其年四月，犬子時表遠差人來嚴報訃，僕設位南望哭。職事羈絆，不能赴葬，遂爲文差人致奠，時猶未葬。人還，仲彩遂以閣下所爲《表》及民澤《行狀》諸文見寄到京〔二〕，周文都又以世卿《誌銘》見示，閲之，中間多有鄙意未滿處，默默藏之而已。及祭酒先生借閣下《墓表》觀之，明日云：「爲此文，虧了公甫。」僕懷愧不能答。又見諸公多以爲笑，云「某尊白沙爲孔子，則某自爲曾子矣」。其時欲作一書告閣下，恐傷閣下往邁英鋭之氣。適行人楊子山奉使南歸，乃托子山致意爲言；及文都别，益以此意託文都備陳於左右。今逾年，將謂閣下思而改之矣。昨因瓊州胡主事初到京，往拜之，見閣下詩軸。渠又云，

〔一〕「今堂」，原作「令堂」，據文意改。
〔二〕「民澤」，原誤作「文澤」，湛若水原名湛雨，字民澤，因改。

閣下别時以《白沙行狀》、《墓表》送行。及借而閲之，不滿意者猶在，重作《行狀》及《贊》亦多可議。僕欲已於言。反覆思之，此文字所係甚大，非泛泛他文字可苟且放過。要判斷白沙一生，則在門者非止一人，其學術皆係焉，其可苟乎？昔朱子答陳同甫書，以爲「竊恐後生傳聞，輕相染習，眩流俗之聽觀[一]，壞學者之心術，不惟「老兄」爲有識者所議[二]，而朋友亦且陷於收司連坐之法，且使卞莊子之徒得以竊笑於旁而陰行其計也」[三]。今僕之所慮，亦何異於此？幸閣下之開納而舍己從善也。《墓表》云「繼孔氏絶學，開萬世道學之傳」，則自孟子以下諸賢，皆不免見遺矣。論學，則云「數年未之有得。於是迅掃夙習，或浩歌長林，或孤嘯絶島，或弄艇投竿於溪涯海曲，忘形骸、捐耳目、去心智，久之然後有得焉」。此一段論學之所得，非獨不知先生，而且壞了後生者，此也。如此，則似狂惑失心之人，雖釋老之卑者，亦不如是而得；而謂先生學孔子之道，如是而後得乎？不意閣下從先生多年，所見乃如是。謝公所謂「虧了某」，正謂此也。閣下表先生墓、言先生學，將以爲天下後世法，使天下後世皆如是而學以求所得，可乎？不可也。

[一]「聽觀」，朱熹《答陳同甫》書作「觀聽」。（朱熹《晦庵先生朱文公文集》，《朱子全書》第二十一册，第一五九〇頁）

[二]「老兄」二字原缺，據朱熹《答陳同甫》補。（朱熹《晦庵先生朱文公文集》，《朱子全書》第二十一册，第一五九〇頁）

[三]「卞莊子」之「卞」，原誤作「下」，據朱熹《答陳同甫》改。（朱熹《晦庵先生朱文公文集》，《朱子全書》第二十一册，第一五九〇頁）

清談盛而晉室衰，其可懼乎！其可懼乎！《贊》中云「大道堂堂，其易也，鏡中鼻見；其難也，海底針藏」，亦非儒者之言也。《行狀》中，「右臉有七黑子如斗」，此朱子相也，若云白沙亦有，何吾輩之未見也？己丑禮闈下第，「自夢黄龍没於井」及「群公往慰大笑云」、「莊某進［曰］」云云〔一〕。時孔昜調官已在南京，安得在此而有是言乎？且此下第亦命耳，何足爲先生輕重而屑屑言之？前兩科亦嘗下第，將歸咎於誰哉？「夢南斗下大書八字」云云等夢，魂與魄交而爲夢，非有驗者，皆妄也。但氣有清濁，故夢有清濁耳，清亦不如無也，故曰「至人無夢」。何言夢之多耶？「某執弟子拜跪禮，至躬爲捧硯研墨」，此亦不必書也。羅一峰改修譔時，在南京已謝病告求去，疏上久矣，而謂先生云「子未可以去乎」，則一峰之去非自主矣。又云「卓卓乎孔氏道脈之正傳，而伊洛之學蓋不足道也」。嗚呼！斯言之過甚矣。伊洛，如明道先生一個，天資去聖人不遠，其金聲玉質，似不屑於世務；至爲小官，所至風動，其論學處，有益於學者，與孔孟同功。後之賢者，多過高而遺落世事，有似於釋老而不自覺，明道豈易及乎？周濂溪襟韻洒落，如光風霽月，沉晦於小官，所至皆有惠澤。康節内聖外王，風流人豪，如《皇極經世》之數，雖非聖學所關，然至今未有能得其門户，論其當時，動人氣焰亦不小，如明道贈之詩云「客求妙墨多携卷，天爲

〔一〕「曰」字原缺，張詡《白沙先生行狀》有「曰」字，據補。

詩豪盛借春」，可見矣。閣下以爲伊洛之學蓋不足道，僕恐白沙先生地下亦未以爲然也。此啟争端、添談柄之大者，不可不思也。且道統之傳之説，孔子之前未有，但曰「文王既没，文不在兹乎」。至孟子，始序「見而知之」、「聞而知之」，終之曰「然而無有乎爾，則亦無有乎爾」，始有自任之意，此孟子所以不及孔子與顔子，氣象亦不同也。朱子每言道統之傳，序《大學》、《中庸》，益明某傳某。明道、濂溪不言也。二程受學於濂溪，濂溪之終也，不聞二程序述。及伊川表明道墓，乃曰「先生生乎千四百年之後，得不傳之緒於遺經」，前儒之意未可測識也；其狀明道之行，有「病世之學者舍近而趨遠、處下而窺高，所以輕自大而卒無得也」，則當時之慮深矣。朱子答許順之書云「舊來多以佛老之似亂孔孟之真，故有過高之弊；近年方覺其非而未能盡革」；又與劉子澄書云「近覺向來爲學，實有向外浮泛之弊，不惟自悞，而悞人亦不少」。此若非朱子之自言，孰得而知乎？因此亦可以見朱子之不可及矣。人情皆樂高喜勝，孰肯追究訟已然之過而布告於朋友乎？僕之多言，豈好辯哉？亦以明道耳。閣下幸不以爲逆於心而求諸道，幸甚！光再拜。弘治十六年七月廿一日。

與王綰秀才書[一]

僕居太學餘三年矣，天下士夫頗接其餘論，其間雖有面而不心、相慕而不相悉者，然相知相信不復置疑者居多，故嘗自喜處京師足以盡友天下之賢、兼取天下之善。昨足下枉顧，年方英妙，執謙隅坐，議論亹亹，鋒鋭迫人，反覆不離繩墨，其於道若射之向的。僕迂拙之人，宜足下之所不取。翌日乃蒙投書致謝，敘疇昔傾慕之懷。僕何人，可以堪足下之景仰乎？且僕之所欲言，足下皆先得之矣，尚何贅乎？然足下之高志不可以虛辱，僕試言之，足下其試聽之。夫學莫貴於能疑，能疑必生於能思。今學者所以不如古者，蓋由理之易見而思之不深也。思之不深，則所以無疑也，未能造於疑也。不知未能有疑而自以爲無疑，此今世學者之通患也。且所謂疑者，非比較不同、互相難詰之謂，心之所造耳。夫道可朝聞而夕死，若以爲熟復註説、解無不明即爲聞道而可以夕死，則世之聞道者不勝其多。死生亦大矣，夫子所謂聞者，後學所當深思也。感足下向道之勤，又旦夕爲别，後會無期，故一言之。若詩若文，又當别論，未暇及也。

[一] 「王綰」，疑應作「黄綰」。《南川冰蘗全集》卷末附録有黄綰《奉林南川先生書》。（林光《南川冰蘗全集》，刻本，卷末，第三十至三十一頁）詳情有待進一步考證。

與常汝仁大參

數年違別，昨在京師僅得一面。人生聚會，何其難也？唐殿下處王公富貴，能雅好斯文，固可覘其賢。況執事久在南陽，瞷之必熟，於其舅甥之間，交爲之請，益知其可羡慕矣。光雖微陋拙訥，敢不一答其佳致耶？大梁重地，執事任兵備之寄，恩威兼濟，軍民受賜，不言可知。何日更獲接清論慰此思渴乎？天寒筆凍，不多及。弘治壬戌十二月望日。

與曾世亨侍御

王生來，拜領手翰，謙慎雅懷，溢於言表。且又承寄進履之之圖畫〔二〕，愧感愧感。子房之才足以撥亂封侯，黄石翁非不預知，但欲其低心下氣，庶嫺於小學之教矣。後世未嘗爲弟子之事者，至爲宰相，不能下天下之賢，其害始甚焉。乃知此翁垂足納履，其待子房不淺矣。子房他日視富貴爲何物，韓彭輩不克終，特欠此耳。閣下才性超脱凡近，又自牧如此，雖蠻貊之邦

〔二〕「進履之之圖畫」，後「之」字疑爲衍文。

行矣〔二〕，況爲朝廷耳目之臣。推此以往，何時之不克濟乎？聞鹾政赫然，仰羡仰羡。

奉相國李西涯先生

生掇拾白沙先生平生事，昨蒙教，已改碑爲碣矣。漢郭林宗，蔡邕樹碑表墓，稱「郭有道」。碑文計此時或未制。本朝辨上下，禮有等級，何可僭踰乎？感謝感謝。拙譔中如此類者恐尚多，不自覺也。先生愛人，欲完其美，豈以存没間乎？頃嘗面請，今具稿專人遞上，伏乞删改擲下，遲日遣人領回。外又録近稿數首，并奉上塵台覽，容日後奔走門下，一一奉聆清誨，千萬之幸。率爾干冒，不勝悚懼。光再拜。癸亥八月廿一日。

與陳仲彩

違别多年，官於太學，幸獲與天下豪傑遊處耳，他亦無足道也。令府君石翁棄世，光官絆在外，殮不憑棺、葬不及穴，可愧可愧。其年致奠人還，以抵於今，了不聞耗，不知仲彩免喪之後，

〔二〕「蠻貊」，原作「蠻陌」，據文意改。羅邦柱先生亦曰，「『陌』，『貊』字之誤」。（林光《南川冰蘖全集》，羅邦柱點校本，第一六九頁，校記）

舉家安否何如？光聞自古賢人君子之殁也，善之不傳，傳之或過其實、或得彼而失此、或事雖實而文不工，不足以表彰，皆門生故吏及子姪之責也。此中士論，《與張廷實書》稿中詳具，更不諜諜也。昔明道先生終時，伊川令門友各敘述所見。光自揣言不足傳，袖手遲遲不敢下筆，以至於今，非敢忘先生也。近日士夫相知者，多以不秉筆見責，牽强成得墓碣一首，録在別本。此稿已經相國西涯先生一目〔二〕，見許堪刻。得一石，高三尺餘、闊二尺餘，光溥書丹亦無不可也。人子送終，事莫大於此，仲彩所宜留意。石傍不須刻雲及花草，恐其俗也。《與張主事書》不得已録去，宜轉與一之、文都諸友一閱。丹書如寄去本子中字様庶可了。若《蘭亭記》中字，妙亦不在大也。碑鐫完，乞多打數幅寄來，幸甚。癸亥重九日。

奉劉尚書東山先生

「人之有技，若己有之」，《大學》以此心可平天下。光嘗以此仰觀天下之賢。今日領手翰，

〔二〕「一目」，原作「一日」，據文意改。羅邦柱先生亦曰，「『日』，『目』字之誤」。（林光《南川冰蘗全集》，羅邦柱點校本，第一六九頁，校記）

非特益知執事有容之心，又知不忘故舊之德。企仰之深，遂忘有官卑而言拙也〔一〕。白沙子孫力弱，非假寵於執事，拙碣恐終不能上石，望執事終成之。廣東提學副使潘府字孔修，浙之上虞人，托渠主張書丹，必蒙見允。貴體不知感何恙？尊嚴之地，不敢數來問候也。癸亥十月望日。

與張克修憲副

不瞻德容二十年矣。光在平湖官滿還家時，曾有一書寄梧州奉謝，不審得達否。執事超擢憲臺，又握兵權，恩威所被，窮方之氓受賜必多矣。寄跡賢關，雖與天下之士游處，然才德不稱、衰年竊禄，徒增愧恧而已。石翁棄世，近方成得墓碣一首，奉寄一目。此碣司馬劉東山先生慮白沙子姪不能具石，欲作柬托肇慶太守爲具碑，仍托提學憲副潘孔修先生主張書丹，未審何如。然而東山樂與之心，可謂無間於存歿矣。平生知舊念無以報，惟文字庶可盡心耳。定山墓誌并奉上教覽。壬子歲得石翁柬，當時作一詩奉答，自今思之，亦詩讖也。舊詩付録一笑。

〔一〕「有」，疑爲「其」字之訛。

與聶巡按侍御

昨承論書白沙先生事，某退而思之，高識遠見自然非凡俗所及。書稿不及再録。拙碣近日方成，纔寄嶺南，并奉上求教。外又寄陳秉衡憲副、提學蘇先生各一册，煩命下吏轉付四川按察司。幸甚。癸亥十月十八日。

慰林待用都憲

久闕奉問，翹仰不忘。巡撫大邦，衆方矚目。冀久於其道以妥斯人，忽聞老夫人凶問，遂使一方不得終受仁明之賜，爲之奈何？或者以奔爲赴之期，正當於行不食之際，明夷之機蓋暗合也。天意固未可知，惟慎變節哀，俯從禮制，幸甚。癸亥十一月十三日。

與賀克恭黄門

自執事抗疏退處，光懷仰二十餘年，神交而不面。前年令嗣來會試，幸獲一接，備詢家食動履之詳，少慰傾慕。且見令嗣執禮恭謹、庭訓素閑，又喜執事之有子矣。白沙先生棄世，善類嗟痛。今記憶廿年前，光往白沙，值一畫工在彼與先生寫神，剛畢而光至。此影傳寫神氣極爲完滿，先生笑曰：「此影吾擬寄緝熙，今幸來見，吾轉寄克恭矣。」今思嶺南往時傳者，皆不能及此，亦執事精誠所感也。乞倩一畫工模傳一幅寄來，幸甚。若工人難得，倘遼東巡按侍御宗周余公或見過，轉託令治屬訪尋善工，必有堪者，至囑至囑。余公，好善君子也。癸亥十一月十七日。

與莊國華國賓

承手翰，足感雅愛。僕衰年竊禄在此，已爲可愧。明年仲春方三年考滿，候秋犬子鄉闈消息何如，遂圖歸計，此外皆無所願慕也。告乞千萬勿爲此舉。汶上之辭、閔子之情可矜矣。人還立報，奉此潦草。癸亥十一月晦日。

與吴懋貞亞參

僕筆力疏拙，不足表暴先夫人幽潛之德，辱蒙謝札，益深愧赧而已。事狀中書其可書者，如割股事非特褻近，僕舊常有文論及，其説頗長，故不書也。又古誌銘多書「男某」，婦即略而不書，今連添入四婦氏，稍覺冗滯，尚欲減去。未知高識以爲何如。「無聊」聊字偶誤，隸人去方覺，追之不及矣，乞改正，古碑雖刻本亦有塗改也。行期擬二月十一日，倘未辭朝，乞淹至廿九日，庶服滿而日亦吉也。望更裁酌。前付書倘或不至洪城，乞付遞至南浦驛，彼必能分送也。

與張叔亨少廷尉先生

余居欖山時，嘗夢與陶淵明先生對談。昨夜弘治甲子七月初四日，又夢與蘇東坡先生共談，索余作詩，有二題，既覺而忘之。因思往年嘗和陶矣，今春郊齋時，偶見東坡在黄州有石刻中吕滿庭芳詞，一碑不完，其一完者，喜而和之，精神所通其無間於死生今古歟？和陶舊作頗多，不及録。録和蘇詞二首，聊發一笑。甲子七月五日。

與林束龍泉大尹

承來訪後，兩造城南下處，皆不得面。聞新拜龍泉令，甚賀甚賀。夫令有人民社稷，德澤易及於民。士之欲行其志、展其才者，非此職，誠不可。況今事半古人而功必倍。足下爲教官多年，其於有司袖手旁觀熟矣，豈待余言哉？所以喋喋者，慮足下或少忽耳。到任後，於辭受之間寧過乎介，蓋彼設餌以啗我、吏人側目以窺我、百姓拭目以覘我，一言一動，朝發於公庭，暮過於閭里矣。老夫奉囑，惟此而已。三年考滿，旌異起取，可不卜而知也。匆匆，不覺多瀆。甲子七月十二日。

奉答大理寺少卿張叔亨先生

前日人還立報，當時不敢有逆尊意，故遜辭以答。今熟思之，恐執事或未深察卑懷，故敢再瀆。蓋此職爲禄非不可就，但恐日後事有不繇己時，不無難處。所謂「量而後入，不入而後量」也，申生、白公之事可鑒矣。故此職下問，光皆辭之，萬乞垂照。

與王文哲都給事

僕之去就，今係於吏部。然屋已賣矣，惟馬尚存。此馬乃林員外馬，公差時轉與南提學陳御史乘坐，楊給諫子山主張賣與僕，其價頗廉，僕乘之三年矣，性亦馴習。今特命人送去一閱，若可則留乘，否則日後從容宜從處置别换也。僕不敢比於東坡，閣下賢過於李方叔，又何辭乎？甲子中秋日。

答王文哲都給事

吏人至，拜領手翰勉留，足感雅愛。前日張大理既囑，東白先生亦囑，繼而倫内翰伯疇、楊司諫子山各面囑，未可決去。諸公大抵皆愛光之深，故欲去得其宜耳。嘗讀《易》至「晉」之初六，曰：「罔孚，裕，无咎。」傳者謂：「裕者安中自守，雍容寬裕者處於求上之信也。若欲信之心切，非汲汲以失其守，則悻悻以傷於義矣，二者皆有咎。故裕者，處進退之道也。」〔二〕光豈敢決然去乎？但今屋已賣，别尋屋或在監前，亦不須馬也。故敢奉瀆。人還須報，潦草欠恭，不罪。甲子八月廿二日。

與錢世榮副郎

别後，拙作勉成，久無的便，不及寄奉。適皂兵來，備詢起居清康，殊慰思渴。光本應去之人，銓曹不欲遺棄，昨單本題，遂拜襄府左長吏之命。襄陽乃湖廣之上游，若從江中行，恐風濤不便。衆議謂還從潞河至臨清，泝黄河抵衛輝，彼想有人來迓，然後舍舟陸往，九程可到。今因便恃愛，干執事爲處置一舟，或衛輝有官船在此，煩令善幹者一人爲尋問。通收鈔屠文奎、收粮黄時準皆能相愛，但不如執事管河，得柄主其地也。此中收拾，開年凍開擬行，望千萬留意。有

〔二〕 此段文字，出自《周易程氏傳》第三卷。其原文云：「罔孚者，在下而始進，豈遽能深見信於上？苟上未見信，則當安中自守，雍容寬裕，无急於求上之信也。苟欲信之心切，非汲汲以失其守，則悻悻以傷於義矣，皆有咎也。故裕則无咎，君子處進退之道也。」（程顥、程頤《二程集》，北京：中華書局，一九八四年，第三册，第八七五頁）林光所引述，與《周易程氏傳》有出入。

便，乞先示報。幸甚。

奉朱方伯

昨承許官舟携帶，生獲侍行，所謂事其大夫之賢者，豈獨行途幸哉？聞河開復合、合且復開，不知盛舟來，安泊何處？或在河西務？或在張家灣？執事領敕後出城，車從尚稍停否？行期的在何日？乞分付家童，令生當在何處俟候登舟，預示一音。干冒萬罪。

與張東白學士

光衰年不能去，又拜此官，遠涉風波，至四月二十日方至襄之習家池，去城十餘里，明日侵晨上任。出灣後，承朱方伯以座舟贈，沿途諸公錯愛，亦皆應付夫隸。長途粗安，不足念也。既到任，值先王薨逝之餘，光化王暫理府事。奈王先年感患心風病症，今自行具奏請醫。此十餘年應舉之事未舉，今光到任之初，幸此具奏，但未知朝廷肯命醫來否。府中綱紀久廢、積弊萬緒，光日在風波中，其能久處乎？前在京，既承寵賀，臨別又拜厚貺，冗迫不能面別一敘，於今怏怏。因齎本人便，謹布謝忱，萬希臺照。

奉劉司馬東山先生

光奉别時，承清誨眷送，步及部門，雖知永别，何以克堪？光離京後，承朱方伯寵贈副舟，徑送襄陽，上任四月二十一日也。既上任，適府中多事。先襄王薨逝乏嗣，光化王係庶弟，欽定暫理府事。奈王舊有心風病症，舉廢不時，今幸來請醫，未知朝廷允信否。府中綱紀不振久矣，光以庸劣之才，豈能善其後乎？向者蒙教，清韻在耳，退而思之，其味無窮。夫以執事之賢，當兵曹重寄，朝廷勵精求治，眷顧益隆，亦千載一時也。願執事愛養精力，在位一日則有一日之裨益，豈待光多言乎？向暑，乞爲國加愛。

奉孫都憲先生書 先生名需

光嘗讀歐陽永叔《與陳員外書》，以爲狀牒乃世之浮道外陽相尊者之爲，故不敢自爲嫌碍輒貢尺牘於門下，誠以執事之賢，獎拔樂與之心即歐公之心也，光之鄙懷又何避嫌而不盡乎？光曩在嚴庠，爲貧竊禄，碌碌浮沉，救過不暇。其時執事尊居憲長，但聞刑清政肅，贜污者膽寒，兇邪者迸跡。及膺方伯之任，仁漸義制，凡郡邑人士、閭里氓庶，莫不仰賴。于時光爲屬官，於門下未嘗有寸楮之通、一面之識，執事知大臣之體，莫先於收拾人材，旁搜博訪，光之賤姓名亦辱污薦剡。人之所忌，執事容之；人之所棄，執事取之，豈擲千金於駿骨將以收千里之神蹄耶？不然，執事有高世之見、有休休之量，是欲振士風而進之於道也。當時，朝廷納執事之言，吏部行執事之舉，光遂有國子博士之選；無何，又遷今職。夫左史，雖有志行道者之所不屑，然官在大夫之列、職爲王者之傅、食有五品之禄，受恩豈不知所自乎？往年，執事入覲，拘於法，不敢時時問候。及執事超擢都臺，若豫、若雍、若荆、若禹，服九州之大域，天下樞要重地，莫有過此者。朝廷降璽書，以撫治大權、生殺威柄授執事，得便宜從事，簡任之意重矣。光本凡下之材，竟無可取。自受知門下，恒自愧怍、恒自驚惕〔一〕，恐有玷執事之明。今又幸鞭策之下，敢不益加修進以副期待之萬一乎？光今年四月到任矣，遇本府懷王薨逝之餘，綱紀久矣廢弛，刁横之風日扇，光以綿力短才，驟當斯任，何以能濟？今因王差人奉賀，生不敢默默，自爲疏外，因率爾修謝。干冒尊嚴，不勝悚懼。光再拜。

奉答遼府湘陰王一中殿下簡

湘陰賢王殿下：承遠差人賜書，謂往來士夫有託臣翰墨過府展玩弗能釋手，遂蒙過譽云「有沉着痛快之妙」，又云「真理窟中流出之英華，自有一種天趣」，臣捧書愧悚無已，此所謂善善

〔一〕「驚」，疑應作「警」。

從長，將鼓舞獎勵以勉其所未至也耶？臣平生於吟弄字畫之間，亦嘗留情，頗知古人好處，然得之於心，不能形諸口與手也。今不揆鄙拙，輒滿卷盈册書之，所以答命酬佳致也。嘉貺一一如數拜賜矣。使旋，并此謝上。丙寅冬十月晦也。

與彭主事

僕竊禄幸在襄府，閣下鄉邦毓秀，雖未面而神已交矣。向時，拙疏論武侯祠廟，蒙貴部覆奏贊成其事，武侯隆中英靈當少慰矣[一]。俛想貴部諸明公皆武侯輩人物也，多言豈足謝乎？侯廟成，即當具奏請廟額及春秋祀典，然祭祀須行有司乃可永久，僕率爾預告也。敝府事[二]，里閈中人往來，想知之詳矣，僕今不得已又具拙奏上請，事備在奏中，豈敢避發棠馮婦之誚而不盡言以告乎？胡朝重新拜黄門，未及奉賀，乞先爲致意。聞陸文東出差，未知是否？若還，并希道意。

〔一〕「武侯」，原作「武陵」。武侯乃諸葛亮之謚；武陵爲郡縣之名，屬湖南常德。據書信内容，所言與武陵無涉，因改。羅邦柱先生曰：「『陵』，當爲『侯』字」。（林光《南川冰蘗全集》，羅邦柱點校本，第一六九頁，校記）

〔二〕「敝府」，原作「弊府」，據文意改。

與孫吉夫侍御

天下至美之官惟御史，至難稱職亦惟御史。吉夫今拜此官〔一〕，正所謂以千鈞而授烏獲者也。平生所學所積，有職可以言之，有位可以行之，其不負平素可占矣。未及賀，先蒙致書，負愧負愧。僕在此百凡無足言者，蓋以王在病，已有疏別請一王監國，但未知朝廷簡命何如也。任中，老妻以下，托庇粗康，犬子來省。向承惠書物，感感。開歲後正月欲遣回應試，想蒙留念，故及之。

與屠元勳都憲

曩在燕都，累蒙厚愛。臨別，又承仁者之贈，山林鍾鼎、麟角驪珠之句膾炙人口，和者甚衆，遂使襄藩尸素之人託此將垂不朽，其榮幸豈淺淺哉？僕至襄陽，得覩中原形勝、窺古人陳迹，泄發卑懷，時亦有可樂處，恨不能持獻左右耳。執事榮登都臺，不及奉書致賀，雖懶慢之罪，亦以尊嚴隔越，不敢輕率也。累得報朝廷春秋之鼎盛，正諸老竭力匡輔之時，僕日惟擊壤以游、咏太

〔一〕「吉夫」，原作「吉天」，據此書信題目改。

平之化，復何爲哉？齎奏人便，謹附區區，聊致謝忱〔一〕。

與楊子山黄門

僕别京時，辱蒙顧贈，不及致謝，負愧負愧。聞元溥憂去、文哲出使嶺南，在司諫之任者惟閣下耳。夫天下之得失、生民之利害、社稷之大計，獨宰相可行之、諫官可言之。故學古懷道者任於時，不得爲宰相，必爲諫官，非賢且才不能也，其責任之重者如此。昔歐公責望於范公，今日僕又敢不以歐公之所以望范公者望閣下乎？僕來襄國，每思憲王之賢，恨不同時。其國有一護衛者，英宗特賜之恩也。今言者欲間此恩，王别有奏疏，望以大義扶持之，幸甚。

與孫志同少卿

前年四月十三日過安陸，特造貴宅及納所寄物，其時看家止一老漢。詢之，云：「爲府中訟田事，合家稍迴避，故不得安處耳。」出而嗟嘆久之。及還，大風忽起，是夕江中舟覆何限，僕舟因此停泊，偶得無虞，是亦陰受餘庇也。僕衰年竊禄，徒爾疲神，竟亦何補？每懷盛德，不及奉

〔一〕「聊」，原作「聯」，據文意改。

書，疏懶之罪也。前時齎奏人回，承寄新刻一册，且蒙面諭，是執事不終棄絶也。聞累有都憲之議，皆先辭謝。賢者位漸高，其澤漸廣，諒可行志，幸及時就之。得時得位以行其志，自古所難，觀聖人贊「遯」之「與時行，小利貞」之教，可知矣。府中事，來人能面陳，更不諜諜。

與夏景熙正郎

聞羅道原祭省去後，此缺朝廷又簡閣下補之。夫職方一司，天下兵政所關，邊報宜急宜緩、將帥孰賢孰否、地方孰險孰夷、倉廪孰盈孰虧、兵卒孰壯孰老，其運籌應變，有鬼神莫測之機。如善奕者置棋子落着處，敵者得不束手帖服也？居是任，協相司馬，有撥亂反正之權，其責不亦重乎？道原暫去而閣下繼之，豈執事爲鄉曲賀哉？僕衰年處此藩國，費心疲神，誠亦可笑。今有小事，奏疏中備矣，必下於貴部，萬望裁處，俾朝廷不失親親之義，幸甚。正郎彝教先生及黄明甫先生、王演之先生，俱乞斥名爲致卑悃。

與胡大參

賫曆使至，備詢動履納福，慰感慰感。往歲執事入覲而歸，僕舟由漕渠入江赴楚途中，時幸追次仙舫之後，然以匆匆忙迫，參差不能盡所欲言。揚州宵會，驛館人衆，既各還舟，侵曉趁伴至儀真，遂不及辭别，於今懷愧。春間，都憲孫先生涖襄，因奉談左右，始知榮遷湖廣大參，深浣遐想。嚴郡專城，雖德澤易及於下，然不免酬應之勞。今履大亨之衢，轉當有不次之擢，位益尊而澤益廣，豈直富貴已哉！僕處此，凡百皆無足言。况殿下病未痊，近有拙疏奏請相應王位監國，尚未見報。襄陽舊多古蹟，昨於隆中勾當改建武侯廟，漸次成矣，恐知恐知。

南川冰蘗全集卷之六

行狀

竹齋家君行狀

先君林姓，諱彦愈，字抑夫。庭之前有挺竹數十個，因號竹齋。初祖諱喬，閩之莆田人，宋紹定間爲廣州路别駕，終于官。二世祖諱日新，初居羊城進士里，後扶二親柩葬東莞茶園金釵腦，因居茶園，遂世爲茶園人。三世祖諱慕昇，四世祖諱可久，曾大考諱茂賢，大考諱信本，大母黄氏。自初祖至公，凡七世。公性剛决、通朗而謹約，見一事一物，必究其所以。才幹有餘而兼之勤敏，雖小事必首尾周詳，不滅裂。卒然有所違忤，聲色初若不可犯，須臾即冷然休置。遇大不得已之事，暇豫則茹忍而終容之。家貧，恒年以老稚身口計，數客于外。往返間，大都細邑，人物交會凡百，可不可者日益覷破，惟以教子爲念。光童子時，公手書范仲淹微時事一紙與光，云：「謹識。男兒自樹必如此。」無何，又得其全集授光，云：「吾爲汝得師，毋忽。」光久在諸生，伏臈資給，百須無所累；經史百子，置買不論錢。於外，及見時之人筆作有譽於人人者，必手録不舍。人問故，曰：「此恐吾兒所未見也。」又嘗戒曰：「吾聞亥子之交，血行經心，起毋雞先。吾見瘅手戰眠腐肺强誦以役役于其所不可必，精采凋落，抵死而不顧者，於己何有？汝弗荒于其所不可違，吾弗懟汝心于其所不可必。速而鋭，非所以致遠就大也。」乙酉，光既領省舉，以不才，兩試皆不偶於春官。己丑，拜石齋陳先生論學。公日喜曰：「吾聞先生有道，兒獲所依歸，足商酌其生平矣。」欃山誅茅築屋時，公笠屐日至，指視工築而規畫之。及落成，光竊喟曰：「父師覆育，有此一日如得一月，有此一月如得一年。不培不暢，不晦不光，將日從事於斯。」因間以請，公頷曰：「汝其然，吾亦何所不然。」既兀兀歲徂月邁，親舊長老以光落莫，咸阻曰：「若教兒得舉，官禄可指拾。不催促，若父子莫迷懵。」公徐應曰：「吾非不欲吾兒富且貴也，顧彼學纔知味，吾豈忍劫之？吾尚恨吾老，無能扶持之耳。」因復勵光曰：「汝受庇宗先，或聞道，死且不朽，尚可何求乎？」既而咻者不置，公澹若不聞。遇歲俗節或壽旦，當光率婦孫前列拜跪稱觴致祝時，公輒顧謂母游曰：「脱或兒居官，安得團欒若此？兒倘有立，吾雖啜菽飲水，死可暝目矣。」常日上燈時，光在侍，必進酒數杯，公談坐往往忘寐，或至夜分。光有所開陳，必蒙首肯；雖遇戚戚可怒事，亦漸消釋。且光不肖如此，然自幼至今，未嘗面蒙一叱。嗚呼！爲人父止於慈，慈而復教，若此其至，光尚忍言哉？《朱子語類》初得時未有板本，公閲，云：「是足開老眼。」遂手録至四十二卷，後得新板本乃止。因觀程子書，一日誦曰：「『好功者害義，爲名者賊心』，真格言也。」公事死益虔。爲四龕以奉先世，屆二分日，必沐浴嚴敬承事。遇宗族姻婭及閭里過逢有可喜可戚事，必疊踵省顧，無間己事。接人無尊卑貴賤，惟恐小失人意。居家，及星而起，挈持駕御，百須條舉，不漏細碎。庭潔廁修、斧利刀快，下至筐筥、籃籮、畚箒之屬，必手自爲之。無事即焚香掛畫，哦吟古詩而已。每云：「人家落魄，多緣子弟羞貧賤事。」往來園圃樹植之間，菜畦豆隴，鉏治芟培，必與童僕分功。或以勞諫，曰：「生人須有以爲生。」勿聽。身之服用，補破修綻，非極弊不忍棄毀。至承祭祀、接賓客，則儼然明盛也。乙未九月，携二子一壻暨後生可意者，數策往遊羅浮。庚申，迤邐至飛雲頂，坐磐石，令二子引葫蘆酌酒。四百亂峰，孫羅兒立，因和月宿分水凹。明日，下七星壇，出黄龍洞；又明日，過五龍塘，窺錫杖潭，磨崖諸刻；傍活流，閣鍋燒粥煨脯，徜徉盡日，宿沖虚觀。語羽人曰：「吾老矣，婚嫁已畢，幸筋力未衰，與諸少年爲山水之樂，吾囊中竹葉符、蜆子殼，皆飛雲頂畔見日亭舊基異物也。吾採拾歸以貽好事者一笑耳。」歲縣學行鄉飲酒之禮，每正月十五日、十月朔旦，遣弟子員持書致請。公每辭謝曰：「吾無德以堪此。」竟不往。配史氏，原姓游氏。尋常一飯之設，母氏未至，不輕舉筯〔二〕。子二人：長

〔二〕「筯」，原作「筋」，形近而誤，徑改。筯，同「箸」，即筷子。

即光，次曰明。女四人：長適胡琚，琚早喪，一門寡孤，百須悉公經畫；次適劉環，俱早喪，而遺一孤；次適陳璞；次適湯能。孫男一人，曰仲孺，尚幼。孫女四人。公生於永樂乙未六月十二日，終成化己亥四月二十日，春秋六十五。卒前一日，植菊數本，植石竹一本，復與姪婿袁瑋行酒數杯，笑樂終日。凌晨，談話間，將起既衣欲就盥，不覺逝去。終是日，面如生，四體皆軟。弔哭之賓相屬于門，多歎息而飄泪者。計生平嗜好，手録之書得三十二本。將以其年十二月初九日葬邑之温塘銀瓶嶺甲卯向之原。成化十五年歲次己亥七月十三日，孤光泣血謹狀。

碑文

襄懷王碑

襄懷王諱祐材，襄憲王之曾孫也。憲王，仁宗昭皇帝第五子，母誠孝昭皇后，宣宗章皇帝及憲王皆昭皇后出也。初，憲王既封襄王，洪熙乙巳，宣宗時爲皇太子，往南京居守。未幾，仁宗崩，憲王奉昭皇后命監國，即遣人馳馹迎皇太子登極。宣德丙午，宣宗時有征討之事，命鄭王偕憲王居守。兵既平定，己酉乃之長沙。正統丙辰，英宗睿皇帝念其地卑濕，詔遷襄。己巳之變，憲王上疏聖烈慈壽皇太后，乞命皇太子居攝天位，仍乞訓郕王盡心輔政。章上時，景泰即位已八日矣。天順丁丑，英宗搜覽章疏，感歎不已，敕取入朝，褒諭甚至。庚辰，復入朝。既歸，又遣中使存問，製《峴山漢水賦》、《襄陽四景歌》賜贈，屢稱叔父之賢。金聲玉韻，天下共聞。憲王終，子定王立；定王終，子簡王立。簡王，即懷王之父，嫡母杜太妃無出，庶母張氏生王，陸氏生光化王。王生而資性英發，聰敏不凡，年十八册襲封爲襄王。襄漢舊多文賢，末習囂而健訟，戎伍比比。王初治國，欲馴其悍、變其習，猛以治之，焰未息而益熾。王年富好尚，稍踰度。後因言者詿誤，蒙詔責，諭有「正以律己，仁以存心」之訓。王遂金書二句于屏，晨夕警戒，目接而心不忘，益恭慎儉約，委心于學，日從事乎書史，卷不釋手，或至夜分。習肆既久，尋常揮翰數行，文從理達，尤好吟詠，遇事感物，輒能成詩。和詠梅二百餘首，題曰《一水漫稿》，聲語皆可觀。自號臞齋慧仙，又號頤菴。有像自贊，有集自序。嘗疏免護衛摘撥戍守，人陰受賜；疏廟祀禮樂，請期請祝；又疏乞頒御製書籍，立閣請名，蒙賜曰「寶文」，然土木勞費功大，於今莫完。嗚呼！使王儉以守富、謙以持貴、嚴以齊内、禮以肅外，皆如憲王，則何古賢王之不可及乎？王妃井氏有子，夭不育。王以弘治十七年六月初一日薨，享年三十有一。訃聞，皇帝輟朝一日。王未薨前二日，有遺諭臨危口授執筆者，録以告府中内外臣庶，侃侃不亂。卜以弘治十八年九月甲申葬王于襄西豐樂山之原，賜謚曰懷。朝廷預差工部主事儲秀營辦葬事，又差行人阮章、張賢以典諸禮祭，親愛藩王之恩備矣。

銘曰：天潢旁派，分及于襄。襄之肇迹，自我憲王。卓哉憲王，仁宗之子，宣宗之弟。至貴至親，金苗玉裔。惟親惟賢，見險思濟。偉哉憲王，忠徹于帝。天寵屢承，賦歌兼製。炳然焕然，天青日霽。懷王嗣爵，及今四世。王之資性，聰慧明鋭。志儒之經，博士之藝。欲嚼其英，而摘其蔕。恥同齊景，富而徒斃。晝卷宵燈，潛模古制。王懼無傳，斯亦善繼。弘治十八年乙丑中秋日書。

永順宣慰使司彭氏祠堂碑

太祖高皇帝以神武定天下，列聖紹位以文教鼓萬方，百有餘年，華夏蠻貊，罔不風動；山川險阻，土著紹爵。有懷忠向義者，其誠益至，其應益捷。永順宣慰使彭君世麒，達而尚禮，建祠于第之東，環以週垣，連宇異室。門各樹楔揭扁，左以祀曾大父敬齋，右以祀皇考正齋。既復念先世累功委祉，石無名刻，非所以發潛昭後，遂發使幣走襄陽，託御史曹公致告光曰：「彭宣慰世尚忠義，累有武功，建祠祀先，孝思之發也。遠慕道義，遣使在門，欲丐先生文以傳。」余媿不文，獨念其崇禮慕義，侍御公又爲之請，因考厥世。先湖南溪州人，彭籛鏗之裔也。自漢唐以來，世有部落。有諱士然者，爲溪州静邊都刺史；諱師裕者，安國慶元間有功，陞武得將軍；至諱勝祖者，以平亂賊萬填功，元之延祐七年陞宣撫使。我太祖高皇帝登極，宣撫使諱萬潛者，遣子天寶入貢，并籍户口土田内附。時諸種落未有至者，特見嘉賞，授宣武將軍、永順等處軍民宣撫司同知；洪武六年給印章，陞爲宣慰使。天寶卒，子源嗣。自五季以來，父子相授受，自源始。源卒，子公仲嗣。累世奉職聽命至今世麒，若干世。曾大父諱世雄，字人望，號敬齋，公仲公之長子，貌魁梧，性沉毅，有機略，善騎射。宣德七年，荷蓬、標金苗賊猖獗，公仲公欲俟勅始治行，公進曰：「荷蓬、標金，朝廷壤地，今事在倒懸，其可緩乎？且各邊之役，吾未嘗不與，惟治裝選兵可也。」未幾，總兵蕭公檄果至。公仲公遂率之往，至則合謀夾攻，生擒賊首向擺婁等，斬首七級。事聞，獎賜銀綵。是歲，草子坪復亂，仍率公往，擒賊首龍者、竹者四十六名，斬首十四級。宣德九年，公仲公卒。公即赴闕奏襲，天子嘉之，賜宴賞。正統壬午，值改元，還任，新政治、振頹靡、安部落，聲勢生長，群夷皆願和親，得配者二十，公均以賓客禮之。己巳，從靖遠伯王公征清浪。時部下蠻酋有從征違令者，公繩以軍法，懷忿，謀需班師中途襲之，聞者爲公危，公若不聞。至明溪，中夜取道趣天門，遲明抵治，酋計沮，公隨奏聞，遣兵擊其黨，盡平之。景泰乙亥，從南和伯方公征五開、銅鼓、黎平，瀕行，賜勅慰勞，賜白金五十兩、綵緞四表裏。天順戊寅，又從方公征東苗。庚辰，從總兵李公征絞峒、城步，會途中得疾，乃令孫顯英代行。天順辛巳五月十六日卒。公在任，境土之侵軼者既復，益開拓之。文物制度，寔肇於公。長子諱瑄。瑄之子即顯英，字朝傑，號正齋，生而器貌非常，最爲公所愛，嘗曰：「是兒將來可承吾業。」瑄亦尋卒。壬午，開山桂嶺，苗猖獗，當道具奏，奉旨彭顯英准襲。是歲三月，即軍中授職。癸未，從都御史王公征天柱、滷洞。乙酉，從總兵趙公征廣西大藤峽，首先破敵。丙戌，從尚書白公討襄陽流賊。丁亥，從兵部尚書程公征貴州山都掌并四川大壩。己丑，奉誥贈瑄爲懷遠將軍，君封如之。乙未，從總兵李公征白崖、九甫、兩塘。丁酉，進階昭勇將軍。戊戌，從總兵吴公征西堡，賊據險慓悍，君率部兵先入，勢如破竹，賊大潰，斬獲無算。老幼不能逃避者，叩營請降，君喻以禍福，請於吴公，還其巢，所活千人。成化丙午，具奏解職，令男世麒嗣。君倏然世外，猛洞別墅有鉅竹喬林、迴溪怪石，因擇其勝爲亭館，日與可意者遊樂其中以自老，號溪亭散人。卒於弘治庚戌正月十五日。君與敬齋祖孫授受咸恭咸順，累從征伐，聞勑即行，畢力盡勇，所向必克。天子累賜勑諭旌獎，賚與銀帛甚厚。於今孫曾孝嗣追思不忘，念古者記功宗猶以功作元祀，況家之廟通乎上下，其可不建乎？因繫之詩，俾鑱諸石。

其辭曰：遥遥彭系，籛鏗可按[一]。始介五溪，荒阻崖岸。銅柱接封，跳鬬豼豻。讎功譬擊，亦罔顧憚。至于師裕，始鋤獷犴。高帝肇興，日麗雲漢。陰崖幽谷，如夜初旦。時維天寶，歸附侃侃。續給印章，帖馴里閈。曰源曰仲，一脉共幹。抵今天祥，克承畫贊。洗磨舊習，遐邇嘉

[一]「按」，原作「接」，據文意及相關用韻改。

歎。革夷用夏，匪直强幹。乃念前人，佐平外難。狐鼠竊發，必殄必捍〔二〕。險無不摧，聚無不殲。祀未有祠，能忘譏嚬？乃搆乃完，翼翼鋽鋽。左祖右孫，俎豆於粲。胉胳肩臑，羞薦馨散。春秋報事，其樂衎衎。肅肅望門，過者稱讚。正德元年歲在丙寅秋八月丙辰，奉政大夫修正庶尹襄府長史司前國子監五經博士林光緝熙撰。

墓碣

明故翰林院檢討白沙陳先生墓碣銘

天之生人，得氣之精一者，其生必有所自。宋有天下，積累三百餘年，文物可謂盛矣。元將迫逐，滅之於東廣新會之厓門。于時忠臣義士十萬生靈，悉沉殞于海，英魂義氣，鬱墜於此。蓋百有餘年，然後我太祖高皇帝龍興淮甸，掃滌寰宇，變夷爲華，功格于天。新會乃天地極南、中氣之盡處，碩果不食，海嶽孕靈。向之鬱墜于兹者，停蓄既久，意其必篤生偉人，以爲國家之寶。而陳獻章公甫先生實以宣德三年戊申十月二十有一日生于新會之都會村。狀貌魁奇，身

〔二〕「捍」，原作「悍」，據文意改。

長七尺有奇，面方而玉潤，耳長而貼垂，兩目星懸，語音球亮，見者皆知其非常人矣。族系遠者無所考。高祖判鄉；曾祖東源；祖永盛，號渭川，始徙居白沙。白沙去縣治東北二十里。父琮，年二十七卒，卒之後一月，母太夫人林氏始生先生，時太夫人年方二十有四，先生蓋遺腹子也。自幼穎悟絶倫。弱冠充邑庠生，明年丁卯中鄉試。戊辰、辛未，兩赴禮闈，俱下第。歸而力學，歎曰：「學止於舉業而已乎？天下必有知道者。」聞江右吴聘君康齋講學，遂往從之游，時年二十有七。康齋性嚴毅，雅重先生。教人多舉伊洛成語，經史百子，無所不講，然未有得也。居半載即歸，遂絶意舉子業。兄諱獻文，性極友愛，先生託以家務細碎，力支不相聒撓。築一臺，名之曰陽春，日端默其中，以涵養本源，人罕見面。初志勇鋭，用功或過，幾致心病。後悟其非，所謂「戒謹與恐懼，斯言未云偏。後儒不省事，差失毫釐間」，蓋驗其弊而發也。如是又累年，始有所見，嘗云：「吾自此以後，此心乃如馬之有銜勒，隨動隨静，應事接物，參前倚衡，照檢而無不在矣。」讀書一見輒了。如《皇極内篇》，數世罕有知者，先生稍注思，則一吉九凶、三祥七災、八休二咎、四吝六悔之占，遂輪於掌中矣。其讀諸書皆以驗吾之所有，所謂以我觀書，不以書博我也。其論治道，必曰：「天下非誠不動，非才不治；必才與誠合，而後治化可興。」嘗讀明道先生論學數語極精要，前儒謂太廣難入，先生歎曰：「誰家繡出鴛鴦譜，不把金針度與人。」初號石齋，晚號石翁。常戴玉臺巾，平頂四直，蓋自製也。居白沙村，天下皆稱爲白沙先生。

成化丙戌，鄉謗流煽，時翰林院侍讀學士錢溥謫知順德縣，敬慕先生，移書曰：「亟起，毋重貽太夫人憂。」遂復起遊太學。祭酒邢公令作《太學小試賦》并律詩一首。次日，因遊山還，又令和楊龜山《此日不再得》韻，大驚曰：「龜山不如也。」遂颺言於朝，以爲真儒復出，由是名震京師。一時名士如殿元羅倫、檢討莊昶、給事賀欽輩，皆樂與之遊。既出太學，吏部留文選司歷事，先生日捧案牘與群吏雜立廳事下，朝往夕返，不少怠。郎中等官皆勉令休退，對曰：「分當然也。」侍郎尹旻益賢之，遣子某從學，先生力辭，凡六七往，竟不納。給事〔賀〕欽日聞先生議論〔一〕，即抗疏解官，又令畫工肖先生像而歸。先生賢之，反覆題詩以贈。後致書云：「間嘗自謂，欽之此出，不喜得是官，所幸者遇先生。非先生之教，欽幾爲患得失之鄙夫矣。」居神樂觀，士夫來而去，去而復來，往返無虛日，皆情濃心醉，京師風動矣。

己丑，禮闈下第，説者以爲某故。先生詩曰：「窮通各有分，非是薄公卿。」遂南歸。抵家，日以講學啟迪爲事，時嶺南後進有感激棄廩膳相從者。翰林學士梁儲、布政使李祥輩，其時尚爲生員，皆能相觀自樹。廣之士風翕然可觀矣。辛卯二月二十八日，光居青湖山中，奉書質疑，

〔一〕「賀」字原無，據文意補。

先生答書略云[一]：「終日乾乾，只是收拾此而已。此理干涉至大，無有內外，無有先後，無一處不到，無一息不運。得此霸柄入手，更有何事？往古來今，四方上下，都一齊穿紐、一齊收拾。隨時隨處，無不是這個充塞。舞雩三三兩兩，正在勿忘勿助之間。曾點些兒活計，被孟子一口打併出來，便都是鳶飛魚躍。若無孟子工夫，驟而語之以曾點見趣，一似說夢。自茲以往，更有分殊處，合要理會。」戊戌，來訪欖山，又有「江山雨裏同歌笑，今古人間幾屈伸」之句。

庚子，江西布政使陳煒輩修復白鹿洞書院[二]，致幣來聘爲山長，教江右之士，報謝不往[三]。壬寅，廣東左布政使彭韶上疏略曰：「國以仁賢爲寶，臣才德不及獻章萬萬，猶叨厚祿，顧於獻章醇儒，乃未見收用，誠恐國家坐失爲善之寶。」疏聞，憲宗可其奏。部書下，有司以禮勸駕。先生以母老及病，未能起程。復筮之，得䷵「歸妹」之「師」，自釋告光，略云：「初爲娣，象娣之微，豈能自主於行？必依正配而行，如跛者依人而履，故曰：『跛能履，吉，相承也。』其旨明矣，筮者

[一]「云」，原作「云云」，衍一「云」字，徑刪。羅邦柱先生亦曰，「疑衍一『云』字」。（林光《南川冰蘖全集》，羅邦柱點校本，第二〇六頁，校記）

[二]「陳煒」，原作「陳瑋」。陳煒，字文曜，號恥菴，閩縣人。歷任江西按察使、右布政使。因改。

[三]林光將陳煒等聘陳獻章爲白鹿洞書院山長事，繫於成化十六年庚子。然據陳獻章《贈劉李二生還江右詩序》、《復江右藩憲書》（陳獻章《陳獻章集》，上册，第一八至一九、一三八至一三九頁），其事在成化十七年辛丑秋。

之進退決矣。」時巡撫右都御史朱英慮先生終不起，具題末云：「臣已趣某就道矣。」且告之故，曰：「先生萬一遲遲其行，則予爲誑君矣。」遂行。至京師，朝廷用故事敕吏部考試，會疾不果赴，上疏略曰：「臣母以貧賤早寡，俯仰無聊，殷憂成疾，老而彌劇，使臣遠客異鄉，臣母之憂臣日甚，愈憂愈病，愈病愈憂，憂病相仍，理難長久。臣又以病軀憂老母，年未暮而氣則衰，心欲爲而力不逮。夫内無攻心之疾，則外不見從事之難；上有至仁之君，則下必多曲成之士。願乞養病終養。」疏上，憲宗皇帝親閱再三，明日，授翰林院檢討，俾親終疾愈，仍來供職。先生上表謝，不辭。學士李東陽贈别詩云：「猶有報恩心未老，更無辭表意全真。」可謂知心矣。歸經南安，知府某以康齋不受職難先生所以受，對曰：「康齋以布衣爲石亨所薦，其不受，義也；某自幼爲舉業，爲聽選監生，所願得官，今被薦，疏中備陳始終願仕，故不敢僞辭以釣虚名。」某悔伏。

暨歸，歲有薦辟，皆援詔不行。先生居家涵養日深，天下傾慕者日衆，東西兩藩部使者，以及藩王島夷宣慰，無不致禮於先生之廬。中貴某過詣見，望門而却肩輿。至於浮屠羽士、商農僕賤來謁者，先生悉推誠接之，叩無不應，感而化者甚衆。先生所至風動。初赴京時，至羊城，觀者如堵，擁馬不前。至京，士夫填門，疲不能拜。

弘治庚申，給事中吴世忠以先生及尚書王恕等八人同薦與二三儒臣内閣柄用，上方勅吏部查勘，命將及門，而先生歿矣，庚申二月十日也，享年七十有三。歿之前數日，具朝冠服，命子弟扶掖，焚香北望五拜，叩首者三，曰：「吾辭吾君。」作一詩曰：「託仙終被謗，託佛乃多修。弄艇滄溟月，聞歌碧玉樓。」曰：「吾以此辭世。」先配張氏，生二子：曰景雲，曰景暘，充邑庠生，[先]先生卒〔一〕。女二人，壻黄彦民，指揮倪麟，後改譚某。孫男三：曰田，曰畹，皆庠生；曰豸，尚幼。繼室羅氏無出。是年七月二十有一日，葬于圭峰之左麓，遠近會者幾千人。左布政使周孟中賻白金供葬事，且誄之。三府暨藩臬諸公，門人親友，賻奠沓至。御史費鎧疏乞不拘常例贈官諭祭，不報。當道請入鄉賢祠。

先生至孝，事貞節太夫人甚謹。母愛子慕，惟日不足。太夫人頗信浮屠法，及病，命以佛事禱，先生從之。太夫人歿，以七十年之孤[子]〔二〕，居九十年之母喪，哭擗食素，一如先王之禮。初年窶甚，常貸粟於人。僉事陶魯知之，以其所擬築堤堪爲田蓢地若干頃遺先生，先生自出費，與一二有力者築成之，晚年頗有所給。先生樂成人之善，存歿皆有恩意。丁積之知新會也，謙恭取善，數年禮教大興，民愛之如父母。後卒于官，先生恤其後事。後民立祠于白沙，先生記

〔一〕「先先生卒」，前「先」字原缺。陳白沙之次子景暘，卒於弘治十二年八月。因補。
〔二〕「子」字原缺，據文意補。

之。築臺破資以鼓舞遠來從學之士。母姨之子少貧無依，樹以田宅，教誨成就之。其於故舊知愛之深者，若右都御史朱英，柩歸桂陽，遣子不遠千里設奠。尚書彭韶亦然。其聞修撰羅倫、經歷張黻、御史袁道之訃，皆設位哭，爲之服緦三月。崖山大忠祠、慈元殿成於副使陶魯、右布政使劉大夏、僉事徐紘，然啟議讚助者，先生也。

先生與善寬和而辭受惟義。使夷行人某還，贈白金三十兩，力却之。藩臬一二公欲新其宅，不聽；搆小廬山書屋以待來遊之士，從之。按察使李士實破數百金買園及屋于羊城，封券不受，往返再四。御史熊達既疏薦於朝，又欲建道德坊于白沙以風士類，力止不可，乃議創樓於江滸，榜曰嘉會，以待四方往來之嘉賓，先生曰：「斯可矣。」都御史鄧廷瓚倣林逋故事，檄有司月致米一石，人夫二名，先生却之以詩云：「孤山鶴啄孤山月，不要諸司費俸錢。」

先生教人，其初必令静坐，以養其善端。嘗曰：「人所以學者，欲聞道也，求之書籍而弗得，則求之吾心可也，惡累於外哉？此事定要覷破，若覷不破，雖日從事于學，亦爲人耳。斯理，識時，爲己者信之。詩、文章、末習、著述等路頭〔二〕，一齊塞斷，一齊掃去，毋令半點芥蒂於胸中，然

〔二〕「文章」，原作「文輩」。此所引述，見陳獻章《與林緝熙書》，其文云「詩、文章、末習、著述等路頭一齊塞斷、一齊掃去」。（林光《南川冰蘗全集》刻本，卷末，第十三頁）據改。

後善端可養、静可能也。終始一意，勿助勿忘，氣象將日佳，造詣將日深，所謂至近而神、百姓日用而不知者，始自此迸出面目來也。」先生所以教人，即先生所以自得。既不用於時，斂吾之所得，假唐人之聲口，興之所動，事之所感，若大若小，若遠若近，若喜若憂，若哀若樂，山水花木，禽鳥蟲魚，每每發之於詩，而其妙處，有唐人所不及者。先生字畫，時出新意，脱去凡近。晚年束茆爲筆，益掃入奇妙〔二〕，好事者嗜之若物外奇寶。然詩、字雖工，而非先生之所急。嘗言：「吾舍此，遂與世無交涉。」其初蓋不得已而爲之，其終遂各造其妙，識者亦因此而知其天稟之非常矣。

丁巳，光服除謁選，時先生茆書迓于廣州，云：「念緝熙有萬里之行，無以爲贈，徒深悽黯而已。七十病翁，來日無多，又安知今日之言非永訣也耶？三十年遊好之情，盡於是矣。」己未，《寄嚴州》又有「千里相思頻作夢」之句。明年庚申，訃聞矣。

嗚呼！先生晦養終身，曾不一試。藴積深醇，歷數前儒，如先生可謂盛矣。孚成中立，光輝外著。凡獲交接，貴者忘勢，富者忘驕，貧者忘憂，善者增氣，潛消默奪，夙習剥落，蓋有不知其

〔二〕「掃入」，疑應作「歸入」。

然而然者矣。及門在侍者各循循矩度[二]，無敢高聲疾步者。閭里饒沃，長老子弟尋常獲一蔬果時鮮，或山海奇味，無不來獻，情親若骨肉。香茗醇醪，欵客厨烟，日未嘗息也。

先生生當文弊末勝之時，胸中卓然自信自樂，未嘗徇逐影響，少拈著述之筆，蓋確乎知水濟水、火濟火之無益也。故每發諸詩曰：「他時得遂投閑計，只對青山不著書。」又曰：「一入商量便作疑，可堪重老更求知。」又曰：「莫笑老慵無著述，真儒不是鄭康成。」今遺稿，粵、閩、山東雖各梓傳天下，然皆未備，尚有待也。

銘曰：光連百粵中星照，中氣遥遥窮海徼。蜿蟺磅礴旋蟠繞，停蓄千年當者少。先生間得氣之妙，頎然異質生嶺嶠。潛龍在淵光不耀，上契孔顔下周邵。德輝莫掩徹廊廟，大臣催赴天子召。叩天抗疏憂悄悄，八十慈親病莫療。聖明推恩降温詔，歸來海闊山峻峭。萬里滄溟一竿釣，浩歌雲水諧音調。鏗然韶濩聞噭噭[三]，筆鋒揮掃海若趭。海門蕩蕩魚龍跳，縱横萬變相劫勦。屹然山立操吾要，迢迢蓋棺無可誚，烜赫聲名齊兩曜。

[二]　羅邦柱先生曰，「衍一『循』字」。（林光《南川冰蘗全集》，羅邦柱點校本，第二〇六頁，校記）

[三]　「韶濩」，原作「詔獲」，據文意改。韶濩，亦作「韶護」、「韶頀」，湯樂名。

敕贈孺人吴母王氏墓表

孺人姓王氏，諱滿，江西臨川西岡名族。父公雅，母湧湖梁氏，生孺人。柔静敏慧，讀《孝經》、《小學》諸書，頗通大義。父選所宜歸，以適於金谿吴君。孺人自爲吴門婦，翁姑在堂，嫡姑徐無子，庶姑劉氏寔生二伯氏，夫君仲也。徐柔善不撓，家務悉推於劉。孺人曲意承奉，各得其歡心。夫君未輟學時，他房各殖私產，闔室閧然。或謂孺人：「盍言諸夫君，及父母無恙，少營資財？」對曰：「人各有志，汩於利則廢於學。學成，何患不足？」惟相夫君業學，不屑屑於私殖，而用所當費者悉身任之，不與他房較寡多。然綜理有條，施用有節，故事多辦。暇則紡績織紝，恒夜分不寐，以佐家給。歲戊寅，夫君與里人訟，訟家患疫甚熾，一日聽鄉人唆，携其病者孕者纍纍而至，欲相誣染不祥。時夫君聽于官，舉家驚撓，謂：「盍閉門避諸？」孺人曰：「彼以計定而來，若拒之，適長其毒。」乃洞開諸門，命其遍閲，與之酒食。好[言]謂之曰〔二〕：「人生有定

〔二〕「言」字原缺，據文意補。

命，豈能誣染，吾有廊有室，任若卧若産。先孺人蓄養若同男女，何忍一旦聽人言至此？」其男婦感謝相挾而去，人服其曉事善處。庶姑劉氏既卒，嫡姑徐年垂九十，無病沐浴，殁於盤中，孺人驚走撫抱大哭，躬自收斂，不假人手。伯氏嘗被人誣以死罪，時已析爨異居，夫君捐身罄産以赴之。孺人承意，輟食投釵無所吝。伯氏脱死獄歸，夫君病危急，家窶子幼，孺人極誠調治，形諸夢兆，病果獲痊。夫君性嚴厲，妻子微有不合，即月不懌，孺人惟積誠掩泣，終無反目態。伯媪桂氏老而無聊，事之如姑，有美食物必相饋遺。姪婦陳早寡，守志不移，孺人恒察其有無，賙慰獎勵之。生男四：長世和，陰陽訓術；次世用，義官；次世重；其季即世忠。孫男：蒙、蕙、蘭。蕙、蘭皆邑庠生。孺人卒於成化壬寅九月某日，享年五十有二，葬態坊亭子前。以世忠貴，敕贈爲孺人。平生教子，織紡之細，半爲師資。嘗語世忠曰：「吾妊汝十三月而生，後必有立，善自愛。」既而世忠入邑庠，僅見廩食而已。至領鄉薦、登進士、爲給事中、陞左右給事，及今遷湖廣布政司左參議，皆不及見，諸子懷憾。嗚呼！古之賢母，尚有伏劍勉其子以大義，世忠爲孺人子，居諫垣數年，於天下之大事、國家之大計，知無不言，言無不盡。所以報其君者，即所以報其親，又何必煦煦膝下，浮沉豢養，然後爲孝乎？予故表是墓，俾後之人知有是子者有是母也。

明豐城楊宜人劉氏墓表

郡守南昌豐城復菴楊公崇其配劉氏，累贈宜人，乃南京光禄少卿廉方震之母。曲江處士尚寧娶徐氏，生宜人。甫笄擇配，以楊氏門地相埒，遂歸焉。宜人天資敬慎寡默，言笑不聞於廳。奉事祖姑徐，得其歡心，殁嘗誦法其語。舅翁肅菴府君性嚴厲，客至往往具酒饌，宜人隨呼輒辦，小不如意則惴恐終日。事姑李孝謹。李孺人病風木，日在床褥，宜人時其飲食、節宣起倒〔一〕，躬自抱持，遇疾唾輒盛以手，如是者歷十餘年如一日。復菴仕，初倅桂林，擢守柳州，請歸養。連遭内外艱，服除補永州。凡歷任，宜人皆隨行。在官下，聞外庭榜笞聲，輒語家人曰：「得無有誤乎？」退竟不問知其事。復菴少從康齋門人胡九韶游，居家居官務盡其當然，常恐其不然，宜人將順調護之功多矣。宜人於諸子愛而不溺，見仲男廉發解江西，登進士第，擢給事中，拳拳以不經事爲戒，不浪喜也。生男〔二〕，長曰方大，援例授迪功郎；次即廉，由給事遷今職。女二，適熊兆、夏卿。庶生康，邑庠生；次庥；次席。孫男八：敦，辛酉科舉人，授巢縣教諭；孜，邑庠生；敷、畋、敀、赦。宜人生永樂辛丑十月二十一日，卒弘治癸丑十月十一日，享壽

〔一〕「宣」，據文意，疑爲「其」字之訛。

七十有三，葬豐城塘頭洲。嗚呼！易忽之地可以觀人。婦人在中饋，處恒非，旦夕食物，細碎𧂐逼，脣吻易生，豆羹見色、破釜失聲者皆是也。觸之辛然，應之恬然，微言細行不忽於造次，雖問學君子不能無愧，況婦人女子？百中不能一二，而人不覺焉。是故遇反脣相稽者，然後知爲人婦孝敬者之難得；遇舐犢敗子者，然後知爲人母慈而知教者之難得。若少卿楊方震先生之母劉宜人，爲婦而孝敬，爲妻而恭順，爲母慈而知教，如此不亦可尚乎？況有子位通顯、聲聞于時，是固宜表。

墓誌

伍光宇墓誌銘

君諱雲，字光宇。癯而爽，軒然凌厲，不諱過以自赦，不形怯以自絶。凡意賢而心賞者，類强人以同己，或抑逆之，若惱激之。初年，任意氣，直一里閈恒男子，多不擇而爲之。垂四十年，聞石齋陳先生論學，遂約己俯躬悉委以聽，雪解舊習，若擲落髮、脱敝屣。從先生戀戀不能舍，常激昂厲聲語云：「雲不自樹立爲人，不如死。」曉夕至。垂絶時，有聲如絲髮大，尤時呼先生，屢屢呻愧負意。先生惜之，將屬纊，語之曰：「萬一不諱，吾狀而行，托東莞林光銘而藏。」君頷謝，卒如訣。

君系出汴梁伍氏，先世仕宋，爲嶺南第十三將。泯之子始來新會，至君爲若干世，世爲士夫家。曾祖曰某，父曰某，母馬氏。君所居近水，有艇號曰光風艇，每歲當河豚上時，適天無雲而海有月，君即乘艇獨釣，或設茗迎先生共啜，陶然天水間。臨屋之山有昂石挺竹插其中，爲巖亭，喟曰：「疾且衰矣，幸吾告也。日逐斯日，梏矣遂弛。」凡百謝人人，入處于亭，焚香整襟，端默竟日。庚寅冬，别築屋白沙，號曰「尋樂齋」，戒家人毋關以家冗，益振削，殊曩昨。由是，踵君有相次築屋于白沙者。學主力行，所聞雖不便了，而任載直前屹乎不移。凡一奇染目，若詩文、字畫之屬，舉願卒學而必得。擇前人所論，關荄而肯可之，亦往往造而究。惜其歲時已邁，疲神吃吃，什九無成焉。君篤於事死之禮，初約所居第爲祠，復告於季父絢暨伯兄裕〔二〕，割田若干畝以供祠事。有事必敬必戒。朔望，君悉以夜半起，衣冠，端拱立祠下以俟，尊幼男女咸來，無或敢不虔。辛卯秋，始大營材爲祠，時君疾日劇矣，猶牽疲力、負喘息，僕僕茲役。有憫而止之者，且曦且對，痰湧絶不得語，頃之乃云：「不妥先靈，死不瞑目。」不踰月而卒。卒之時年四十七，實成化辛卯十月十八日也。君娶黄氏，無子，裕以次子秉中爲君後云。

銘曰：少咸矢學，學或非師。老而得師，孰罪而遲。亦或有初，終顧背之。不乖其逢，不跌

〔二〕「季父」，原作「季文」。林光此文，乃據陳白沙《伍光宇行狀》而撰，《伍光宇行狀》作「季父」，（陳獻章《陳獻章集》，上册，第一〇四頁）因改。

其時。不劫其持，艱哉疇伊。

細蘭壙瓦

東莞林光仲女名細蘭，生而伶俐，九歲而殤。死坐骨蒸熱，起倒周一年。其母袁，貧無僕，女一歲之内，一日之中負而在背者恒三之二；黑夜取喫水、飲糶粥，或前後水火，動三五起，其母未嘗作惡出一逆罵語。其父有意於學，恒察其母而問之，曰：「苦哉若此而無惡聲，何也？」曰：「吾不忍也。」予於是知此女之可愛，亦得其母之爲人矣。將死，與母訣，諄諄若生别，語多可念。遍視堂房，抖衣理髮，扯一鷄而啖之，剥耳金環于母，乃死。父曰：「汝死，吾葬汝欖山曾祖墓後。」遂果葬之。其生甲申年□月□日，其死壬辰年十一月□日也。

其父銘其壙曰：吾言胡足久？汝骨當速朽。吾言或可久，汝夭亦如壽。

鄧童子墓誌銘

鄧祚，東莞莊屋村一童子，生而良且閒。平居寡言笑，忤逆之色不見於面，喝罵之聲不出於口，群伍俗子有出惡語者，輒去而不辨。天性孝友，稱愛通一家。初，仲父瑜無子，愛其良，擬鞠爲己子。仲兄禧未死時，寢病既劇，延而成瘵，俗傳瘵症能相染，祚獨不顧，蚤夜躬事之，時其起居，屢負之出入。一日，偶見禧蝨集于髮，與之捫捉至嚙以口。祚素好潔也，家僕且庶也。方祚在病之初，累累坎坷，聞母姨子羅珣暴病將絶，奮曰：「三哥稔戚也，且彼重而我輕。」乃冒病乘馬馳三十里往視之。體疲乏，三休卧於路。至則珣沉昏，乃按抱珣起而食之粥，侃侃用慰。珣之稱感，于今猶屢屢不釋口。歲戊子，往從予三十三弟林琰秉之學；明年，予還，始拜予。又明年，築屋居予兄弟于邑之陽臺山清湖洞。又明年而祚死矣，死之時年十七，實成化辛卯十月十九日也。直予兄弟藏拙清湖〔二〕，若與世背馳者，不以爲左，又獨甘心焉。晨夕齊父事，若終身焉。嗚呼偉哉！此子其年雖小，其行若此，不亦可尚乎？其少之時且爾，使永年相從，至壯而老，未必無大可觀者，惜其夭也。番禺黎檣叔馨嘆曰：「祚事兄弟類庾衮，奈何不獲衮之報也？」祚之父諱瑞，母翟氏，伯氏曰祥，弟曰禶、曰禔，以其年十二月十八日葬祚於其祖塋之後，其殤弟阿七均一穴。

予哀而銘之曰：孰不永年，艱乎其賢。既賢而夭，難乎其全。賢否在人，壽夭惟天。孰重孰輕，有識能言。

〔二〕「予」，原作「子」，據文意改。

李幕賓墓誌銘

茶園李幕賓，年八十有七，成化庚子正月二十三日卒，厥孤允持幣走欖山，跪而告曰：「允先子托知先生，願假寵一銘覆賁幽壤。」光謝曰：「劣不足以發微垂後。」孤請堅，諾而誌之。公諱端，字彦豫，號蒼巒，先世南雄人。元諱大卿者，任增城縣簿。子仕誠，因娶石頭姚氏，始遷茶園。四世祖可信，大父公祐，父安仁。年十四而孤，事母黄氏，竝竝自樹。垂四十，以刀筆辟省藩揔科吏，遷司馬都掾，九載不挂過於官，擢賀縣典史。丁内艱，服闋聽補。天官亞卿俞公丁選言於大天官王曰：「吾秀水缺一典史，望細擇之。」天官曰：「知面易，知心難。」乃於衆中拔任公，故侍講吕公原贈公有「披沙揀金」之喻。及贊邑，小心檢飭，不縱不弛。既而縣長、佐簿俱事故，公柄其事。適中常侍經治有所指索，公繫所役，辭免。當役以他事被鞭，忿誣訟公。副觀察羅詰之以科斂，公順罪，羅疑未決。已而里正長老者集衆衝羅案，卒直公枉。八載，漕運上京，時年六十有五，遂致老，載其孥以歸。喟曰：「吾寧甘澹薄，不能以筋力終世爲人伸縮。秀邑治，若詢前典幕，不以罪垢去者幾人？若阿婆茶盎、麻欖，可免漏落矣。」因買書數千卷，歸謀裕其孫子，光嘗竊假觀焉。公詠諧噶采，不見有戚戚之容。與先君竹齋最稔，光自丱亦爲公所器重。己丑，南省試期將迫，以行費不便滯留。一日，適先君過公宅，公偶問故，遂入取銀三十兩置桌上，曰：「願以相貸。」略無疑思意，光得赴試。公自歸老，念諸子元、充、光、翹俱康强蚤世，益厭人事，遂佯騃絶交十餘年，足罕及他門，惟一造光廬。語鑿鑿可聽，公果懵乎哉？余每嘆人自浮沉牽惹，問學無成，而公謝世乃爾斷割了了。故嘗贈公詩曰：「十年掩耳還緘口，輸却蒼巒一味騃。」公娶黄氏，繼室岑氏。子男六人：元，黄出；充、光并今乞銘孤及翹，皆岑出；曰覺者，君之庶子也。女五人。孫：昇、昂、暕、昊、暘、春、昆。曾孫：迪、述。以公卒之十二月庚午，旋葬公于兩頭塘之原，終穿大嶺黄氏墓而合焉。公平生好堪輿家術，其藏亦公預卜也。

銘曰：進而冒之，不擇不辭。退而逃之，不顧不疑。嗚呼李翁，知己者誰？

明故南京吏部郎中莊定山先生墓誌銘

先生姓莊，名昶，字孔昜，號木齋，又號定山，世爲應天江浦人。自少穎異，長益不群，貌古而心夷，學博而志大。就之退遜若不勝衣，而胸中多奇；探之索之其出無窮，使人怳然若失。而温醇和易，又能使人戀戀從之遊而不忍去。或有善，必傾倒獎與，惟恐不聞。其爲詩，以爲近代之詩俚俗可厭，握唐人機軸，變换自出，往往追踵風雅。而其妙處，讀之如入名山，仰見層峰疊嶂、懸崖滴乳，可望而不可到；又如賓宴，撤去常羞，時出野味，風韻自别。其字畫亦然。詩一脱稿，即傳誦四方。詩之初變，自先生始也。景泰丙子領鄉薦，成化丙戌成進士，選庶吉士，授翰林檢討。時吉安羅倫應魁爲狀元，議論氣節，驚服一時。南海陳獻章公甫先生初至太學，亦隱然風動京師。先生於二公，慕其義，醉其道，情深若骨肉，顒然知有善而不知有己。以己之未然而信其當然，於是善類潑潑，若各欲洗磨之不暇矣。居檢討未兩月，以元宵燈火事，同編修章懋、黄仲昭上《培養聖德疏》，言過切直，調湖廣桂陽州判，用給事中毛弘言，尋調南京行人司左司副。三年丁母憂，適父質菴公感風疾，倒卧五年。先生在憂苦中延醫選藥，扶侍不少離。父終，哀毁踰禮。既免喪，以疾不起，移居浦子口。後江流吞迫，遷入定山，據直珠、達磨二泉交流之内居焉。諸峰環抱，依高爲亭，鑿卑爲池，遶山營田，引流種樹。閣曰天峰，亭曰活水、曰溪雲。竹林花卉，瞻顧滿前，賦詩尋樂，爲日不足。世之名公奇士，過者未嘗不造其廬，逍遥徜徉，各滿其願而後去。公甫先生雖在嶺南，而門人弟子常數往還。及就徵時，過定山，遊處越月乃别。相觀之益，多形諸聲詩。先時，東莞林光亦嘗過浦口，觴詠泉石之間，而先生之亭適成，遂以「卧林」名焉。居定山二十年，每厭俗學膚淺，不足以濟時通治；而經濟之志，識者多於文字間知之。先生迹雖晦而名益重，當道者累薦，以疾不起。甲寅，因修省以回天意事，朝廷用薦者之言，下吏部促起之。先生幡然曰：「吾初應舉，本欲得官，頃以病故不起。滅跡烟霞，非我志也。今疾少愈，敢不趨赴供職以盡臣子犬馬之私？」遂行。仍以舊職供事。無何，陞南京吏部驗封司郎中。既之任，病風不能起轉，或迷懵失語。在告日久，士夫猶不知其實病也。時值考京官，當道者遂以老疾退之，坐是毀者至今呶呶。先生系出宋丞相郇國文簡公德象後，宋南渡，子孫漫處閩越，自浦城徙居松江。曾祖諱孟文，有才名。祖智甫，洪武初不樂仕進，變名遊淮泗間，至江浦，家焉。智甫生五子，其行三者諱詡，即先生父質菴也，以先生貴，封南京行人司左司副；母任氏，封孺人；配李氏亦如母封。子男六：會、仝，俱庠生；介、全、俞、企，尚幼。女三：長適邑人張織；次適致仕四川提學按察副使石淮之子柱；次適六合王弘，癸丑進士，任行人。孫男三：綱、紹、繼，孫女一，俱幼。先生生正統丁巳，卒弘治己未，享年六十三，葬定山之陽。所著有《定山集》若干卷，詩集板刻傳矣。會持門人石淮狀，奔走嶺南，將乞銘于白沙。至嚴聞訃而止，捫淚拜且跪曰：「石翁無及矣，銘非先生不可。」光尚忍辭哉？

銘曰：造物所祕，莫過於名。名之所在，魔之必争〔一〕。能龍能虎，風動雲生。何如空谷，剗彩埋英。深藏高築，毋淺毋平。千秋萬歲，尚拜公塋。

倪聖祥妻魯氏墓誌銘

新會守禦千户所指揮同知倪麟妻名妙賢，字淑誠，今陝西左布政使魯公能季女。夫人羅

〔一〕「魔之必争」，原作「魔必争之」，據銘文用韻改。

氏。祖直封户部員外郎。魯氏先世，直隸之荆縣人，自贈員外郎之曾祖通來成新會，居縣南金紫街。魯氏生而淑順，曉了異凡女，自少能可父母意。魯公官户部員外時，丁内艱居家，麟母與羅夫人有故，因與往來，一見而奇之。因歸謀於主君曰：「非是女無以配吾兒。」遂定婚焉。魯公累遷陜西參政。成化乙未，麟以襲蔭入京，既受職，其年冬由汴入秦親迎。時魯氏年十九，歸爲倪家婦。人疑魯氏父作大官，生長富貴，今又食夫禄，不無驕蹇。魯氏入門，恭執婦道，奉公姑謹細，視食飲烹飪恭執爨，紡績帖帖不懈。鄰兒里媪，便輒拯濟。於是内外知者咸賢魯氏矣。其夫麟柄所事，魯氏昏曉出好語勸相。歲丁酉，生一子，踰晬死。己亥，又生一子，亦死。飲恨成疾，語其夫曰：「妾病不脱體，恐終無子嗣，負君也。君可立妾。」其夫以年齒方壯，未汲汲也。魯氏乃自出奩貲，訪得周氏女焉，視之如子，衣以己衣，食以己食，撫之云：「幸而有子，即我子也。」君子謂魯氏有小星之行焉。魯氏生天順丙子二月二十九日，卒成化辛丑四月十八日，葬新會城北西山。白沙先生嘗記歲月而埋之。其夫念其賢，買墳旁田二十畝供祀，尚惜其無傳，狀來乞銘。

銘曰：吾稽女德，班班傳史。赴淵投崖，非其得已。人之喜異，談誦哆哆。常德孔修，亦惜魯氏。揮使之妻，方伯之子。處富如貧，視妾如己。胡愚而生，胡賢而死。天地鬼神，堪一彈指。

平湖縣沈元載墓誌銘

君諱槃，字元載，號雨蓬，世居平湖清水墓。嶺南林光來教諭平湖之初，君率諸弟姪挈榼執雉造拜官次，諸弟姪儼侍供事，容服皆可觀。起居外，不問不舉。既退别未逾時，光復過君廬，弟姪供侍益嚴，且撾鼓開宴，吹洞簫侑飲。廬北舊列怪石爲山三數處，種蒔花木，備諸奇品。紆逕閣軒，穴池設洞，皆極遊觀之美，而君日頹乎其間。家且饒沃，無求於世。光自至湖，無名山可遊，無清泉可飲，因坐君廬，稍契輒賦詩飲酒，越宿而後返。尋聞君病且死，未即弔，已而君之弟國子生穩持狀求乞銘，楷、煉二子皆在門交請，辭不獲。據狀：君曾大父諱璽；大父諱昇，以子貴封兵部主事；父可儉翁諱涇，豁然裕有家，里閈稱長者。君生而敦慤，不喜浮浪語，不作崖岸事。有衝突之者，不輒爲辨，受之恬然。季父廣州守琮、侍御史瑋有孝行，以禮律家。君日在磨礱中振削，不敢怠弛入驕縱。少業舉子習，已而厭棄之。見再從弟今臨江守棨得舉自樹，日有聲，私喟曰：「是足紹吾先，吾何爲哉？」母徐氏罹病逾年，君侍湯藥飪膳，曉夕不怠。事可儉翁及二季父悉妥帖稱意，無忤逆事。御卑幼臧獲，咸有恩意。君娶陸氏，無出。男三：曰爌、曰炌、曰熯，皆幼，女一，尚在室，皆側出。君生宣德乙卯正月七日，卒成化乙巳五月二十四日，享年五十有一。卒之歲十二月七日，穩將奉君柩葬于祖塋之左。

銘曰：嗟嗟生人，孰完其淳。不累于官，或累于貧。官之爲累，羈羈厥身[一]；貧之累也，饑寒逼人。君無二累，而任一真。嗚呼！又孰謂其非葛天之民？

林處士樸翁二府君墓誌銘

公諱彦麟，以名行稱，廣之東莞茶園人也。初祖諱喬，系出莆田林氏，宋紹定間爲廣州路别駕。其子遷茶園，世爲茶園人。自别駕至公，凡七世。父諱道本，母袁氏，生二子，伯氏彦麒，公其仲也。公性通明儉約，年十二而孤。父早在戎伍，家困窶不支[二]，相其兄以奉母，克勤克儉，屹然有立，家漸以饒。雖不得專業于學，然見事明決，酌量可否，卒諳于時而不悖於理[三]。且曰後當然，已而果然，雖老師宿儒出入經史，莫能過也。以故宗黨故舊，事有不可處者，多就公以決，無不聽信。户内，歲時里正有勾差、戎伍、徭役，凡百瑣細，公必以身先之，事妥未嘗有誶語。

〔一〕「羈」，原作「覊」，形近而誤。據文意改。羅邦柱先生亦曰，「『覊』，『羈』字之誤」。（林光《南川冰蘖全集》，羅邦柱點校本，第二〇六頁，校記）

〔二〕「窶」，原作「屢」，據文意改。羅邦柱先生亦曰，「『屢』，『窶』字之誤」。（林光《南川冰蘖全集》，羅邦柱點校本，第二〇六頁，校記）

〔三〕「卒」，疑應作「率」。羅邦柱先生亦曰，「『卒』，『率』字之誤」。（林光《南川冰蘖全集》，羅邦柱點校本，第二〇六頁，校記）

孝友慈愛出於天性，事兄如父，自少至老未嘗少拂其意；愛姪如子，凡可以盡力者，無不助之。宅居人稠而地最難得，公與兄肇創基址，界四巷之間，既老，以三之二讓其兄，而自取其一焉。廣益恒產，上足以供祭祀，下足以贍子孫。至於軍旅之需、徭役之費，咸仗以支持。而其自奉，食取充腹，衣取蔽體，居取障風，紛華靡麗，一無所好。非祭祀奉賓客，不浪費一錢。嗚呼！吾自識事以來，吾宗諸老侃侃有古人之風，以今後生方之，誠未易得，吾安可舍公而不銘哉？公先配黎氏，無子；繼配翟氏，子男一人，曰祚。女三人：長黎出，適岡頭何□；次俱翟出，適同里黎濂、李益啟。孫男四人，曰時遠、時顯、時放、時楚。曾孫二，曰□□、□□。公生於永樂甲申二月二十九日，終成化丙申九月二十四日，卒年七十三，以次年十二月十三日葬於平嶺父墓之左，翟氏同一穴。祚以公平生敦朴，追號樸翁，又以公所遺田，割四十畝永供蒸嘗。公葬既久，墓未有銘，無以詔後，且謂銘非光不可。

銘曰：夸毗之子，飾己爲人。究厥躬行，孰有于身？樸哉我公，少孤且貧。惟勤惟儉，秉義依仁。不雕不琢，率其天真。艱危以裕，困抑以伸。恩和宗黨，義洽比鄰。嗚呼我公，三代遺民。

顧母徐氏墓誌銘

弘治五年，南京瀋陽衛經歷顧君廉母夫人徐氏，享年八十有六而終，將以明年癸丑正月壬申，敂其父松翁義叔宜之墓而合葬焉。廉之弟能與予游，爲最稔，以伯氏之命，被衰踵門乞銘於予曰：「吾母諱妙圓，垣菴公英之女也，配先君。坦菴無子，所出惟吾母，仗先君爲婿，相依而立，互爲支倚。適家多故，吾母内主中饋，爲女以事母，爲妻以相夫，爲婦以事舅姑，舉克順而有濟。吾祖介菴文茂分產於諸子，亦與先君所應得之數。吾母勸吾父曰：『此間頗自給，伯叔人多而業少，何不讓之？』吾父從之。介菴卒，祖母倪氏孀居三十年，吾母奉養不怠。祖母辭曰：『汝不得我產業，奉我若此，我心不安。』吾母徐應曰：『婦事舅姑，職分當然，豈在產之有無耶？』祖母終，悉自出所有供衣斂棺椁。吾兄弟自知讀書、親師、取友，吾母勸相資助，務抵于有立。御婢女，咸有恩意。嘗因一媪竊吾母金簪，值一媪旁窺見，詰之，吾母遽令隱之曰：『若果推求，則彼終身愧恥，爲人所棄惡矣。』遂不問。先君一身支撑門户，立有基業，以遺我後人。吾母贊助之功爲多。吾無以報，今合葬有期，願惟先生賜之銘，庶其有永。」按：夫人生永樂丁亥三月十一日，卒於弘治壬子四月十八日。子男二，伯即廉，仲即能；女二，長適御史馬曨，次適士人石璠。孫男二，元泰、元豫。豫，邑庠生。孫女一，許配陸模。曾孫居慶。

銘曰：田每每兮，徐家之帶。水灣灣兮，前鍾後會。卜兹兆兮，爲吉之最。歸合其藏兮，永安無害。德考斯銘兮，千秋不昧。

母夫人游氏墓誌銘

夫人姓游氏，先世燕京人。元有諱確者，爲潮州路判官，其子仲和娶東莞史氏女，子孫家外氏，因籍爲史游氏。仲和生銘。銘生存，字秉恒，幼名勝養，配阮氏，夫人父母也。曰魯賓者，夫人兄也。夫人姊三人，於行居四，世居邑城西坊，歸配竹齋府君。府君諱彦愈，系出莆田林氏，世居邑之茶園。夫人性慈良，自歸配於府君，上奉舅姑、下處妯娌咸順適，無暴言、忿氣、乖忤以敗事。御妾侍坦坦，常不欲傷其意。光年少習舉子業，府君客於外，夫人曰：「是兒少有志，不可放曠。」不俟府君還，即遣入邑庠。光之在庠也，久未得舉，夫人伏臘視薪米食飲，時遣僕津送不懈缺。光之得舉也，久未入仕，方汲汲宦學，擔囊負笈，見其費不見其利，夫人油油然知兒之意嚮有在，未嘗嗔懟作難而沮敗之。夫人老，光不擇禄仕，歸而迎養，夫人曰：「吾聞官不厭卑，惟其職之稱也；禄不厭薄，惟其養之及也。懷與安，非所以忠上而率下也？若毋顧慕眷眷以自沮〔二〕。吾投寒送煖，尚一男而女三，吾遠涉風波，是重若累也。」卒不就任。夫人夙嬰熱疾，不喜

〔二〕「毋」，原作「母」，據文意改。羅邦柱先生亦曰，「『母』，『毋』字之誤」。（林光《南川冰蘖全集》，羅邦柱點校本，第二〇六頁，校記）

飲酒，性嗜諸果，遇時新迭出，必市而啖之，與諸孫厭飫而後已。尋常飲饌，非精緻未嘗飽也。用財不較，床頭惟無錢，有即輒用，不屑屑吝惜爲日後計。夫人生男二：長即光，山東兗州府儒學教授；次曰明，先夫人亡。女四人。孫男三：光之子曰時表，補邑庠弟子員；曰時褒，時年十一喪於北京。明之子曰時統。夫人生於永樂甲午九月二十二日，終於弘治八年乙卯正月十四日，享年八十有二。以次年正月六日，合府君葬於邑之温塘銀瓶嶺甲卯向之原。男光泣血誌。

時褒墓誌銘

三哥林時褒者，南川次子也。年十一，死於北京。褒之未生也，其母袁一夕夢黑脚將軍以盆盛一兒，衣緑衣，頭頂串珠，趺坐盆中〔二〕，捧進入宅，遂娠而生褒。稍長，穎異而温雅，言動舉止卓然如成人。在平湖時，有饋生牛肉至者，褒曰：「牛服耕而養人。既食其力矣，又食其肉乎？」遂終不食牛。自知學，遇有疑，必推究其所以，且問且思，通曉而後已。一夕，侍父露坐，

〔二〕「趺」，原作「跌」，據文意改。羅邦柱先生亦曰：「『跌』，似『趺』字之誤」。（林光《南川冰蘗全集》，羅邦柱點校本，第二〇六頁，校記）

仰而見星，因問曰：「星一也，而有紅白異者，何耶？」凡對偶聯句多可賞。嘗偶閲杜詩，因舉「緑肥風折笋」以難之，輒聯曰「紅滴雨滋花」。自是，遇古詩每舉而試之，其應聲下筆，敏捷出人意表，多類此。當世名人若莊定山、陳石翁皆嘗試而奇之。其父官滿，弘治甲寅秋謁選於京，褒曰：「父年五十餘，行且萬里，左右既無人，吾安可不隨侍乎？」舟行次彈子磯，因録詩，問曰：「使我不來，爹在蓬底得無寂寥乎？」既至京師，士夫往來，褒爲札記，與之交談者未嘗不奇愛之。既患痘疹，臨危聲如絲髮，多可念。夫以穎敏之資，本之温醇而形諸孝敬，若此直尋常童子哉？褒之生以成化甲辰四月二十九日，其死以弘治甲寅十一月二十三日。歸而葬也，以丙辰正月六日，袝於邑之温塘銀瓶嶺祖墓左前九步。

銘曰：少能侍父，死於孝也。葬袝於祖，歸永寧也。嗚呼時褒，銘動於千秋。

襄簡王三夫人張氏墓誌銘

夫人姓張氏，襄簡王爲世孫時，從媵歸世孫，侍巾櫛有寵。事嫡妃杜恭順，不敢踰分。生子一，曰德茂，早卒；女一，封武昌郡主，適儀賓吴貫，甫三載亦卒。初，郡主幼時，嫡妃無出，愛抱所生，夫人委心無所較。後選儀賓，得吴貫，夫人愛敬之，歲時接見，恩意不少替。國賓嘗歎曰：「是何異於所生，夫人子我，我即子也。」夫人生於景泰辛未，卒於弘治甲子，享年五十有四。

葬隆中山簡王墓西若干步。簡王嘗以子貴母，爲請封誥，未及行而王薨，事遂寢。

銘曰：嗚呼母以子貴，子既殤夭，幸而有壻。郡主武昌，三年亦逝。死有遺恨，孰紹［孰］繼？〔一〕主去賓存，何殊親蒂？葬傍隆中，惟妃乃娣。從王地下，祭享無替。

襄簡王夫人陸氏壙誌

夫人姓陸氏，父諱安，母金氏。少選入宫，性温淑，侍簡王有寵，生光化王。成化二十三年，誥封爲夫人。簡王乃襄定王之子、襄憲王之孫，當襄藩全盛之時，杜嫡妃無子早薨，張氏夫人生襄懷王，夫人生光化王，共享豐亨之福。光化王以義當繼襄王爵，子位既尊，母益加貴矣。夫人生於正統己巳十二月二十九日，卒於弘治癸亥十二月二十六日，以正德二年正月戊寅祔葬隆中簡王墓右。先事，光化王奏，蒙朝廷賜祭一壇。

左長史林光銘其壙曰：母之獲貴，必從其子。子復封王，可無憾矣。

〔一〕「孰繼」之「孰」字原缺，據文意補。

祭文

銀瓶嶺開壙祭土神文

曰：營建宅兆以托其親之體，人子之事莫大於此，豈敢容易？某也，自惟肉眼既不足以識山川之靈，而薄德又不足以來神之賜，彷徨踰時，可勝憂懼？今幸獲來依兹山，肇建亡父之兆，以今日開壙。深念名山靈勝，一岡一阜，神必司之。夫爲人子如某等不肖者，知之所能及、力之所能爲者，尚恐不盡其職，況於知之所不能知、力之所不能爲者乎？神之靈也，能知人所不能知，能爲人所不能爲，轉移變化，實操其機。是則仰賴神恩，以爲無窮之庇者，殆非言語所能盡也，亦非言語所敢瀆也。哀誠迫切，神幸一鑒。

祭伍光宇文

烏虖光宇！能尚聽吾之言乎？疇昔之時，余言之，光宇能辨而納之，擇而取之。于今之時，有言不聞光宇之别白，使予噎掩泣而無辭。雖然，光宇之靈其必有知也。嗚呼！日之在蜀，雪之在越，見者交疑，惟吾光宇，復于群迷，倒翻舊窟，殫心瘁力，窮年矻矻。譬之索珠于海，曾不顧風濤之蕩汩；覓玉於山，曾不避虎豹之出没。義風凜然，砭乎俗骨，奈何中道忽摧舟而斷檝，毁鑿而折柄，不亦重可傷乎？嗚呼！壘石烟雲，草亭風月，孰發予思，孰究予闕？空陳迹兮突兀，驚歲月兮飄忽，傷予心兮結悁，奠一杯兮醽醁，靈其鑒兮恍惚。

代浙江按察司祭雍方伯母文

嗚呼！有伏劍之母而後陵之功名克濟，有剪髮之母而後侃之勳業名世。自古及今，爲人子鮮不由母之訓而能奮勵者也。仰惟夫人，内德醇懿，無非無儀，在此中饋。撫教其子，遂成國器。正大剛方，有才有智。黄甲早登，克遂厥志。發軔牛刀，歷遷憲使。既參大藩，方伯是貳。二十餘年，享有禄位。鼇植蘇枯，厥聲遠被。謂非夫人之教，夫何能致？所以紫誥鸞章，受天之賜。三釜榮養，未嘗或離。偉哉夫人，五福全備。某等幸與賢郎，締交有義。式陳牲醴，薦兹芹意。

祭柳太守文

嗚呼！金之用也，久於鍊則精；鑑之照也，久於刮則明。況乎我公，天與既高，德器夙成。奮身黄甲，早及光榮。拜官地曹，日著厥聲。文淡而雅，詩婉而清。脱俗以新，易怪爲平。既登騷壇，載倡載賡。縷懷狀物，澤麗群英。奉職來淮，國計斯營。忤斥權貴，義氣崢嶸。南陽廣平，府判調更。遷佐吉郡，聖德嘉旌。堂堂檇李，遂獲專城。自公之來，百姓歡迎。如旱望雨，如陰望晴。錯節盤根，萬緒縱横。公握其樞，而會其亨。以勤濟事，以虚御盈。處貴而儉，挈重若輕。簿書之外，文獻推評。使一郡之中，數百年之陳迹燦然復得其情。有勸有戒，惟鑑惟衡。寸善片長，咸獲垂名。豈徒終日屹屹，惟案牘之羈縈？嗚呼我公，清慎之操，練達之才，宜在高位，而範後生。云胡一疾，遽然而薨？合郡之民，罔不歎驚。况乎我輩，分雖治屬，情如弟兄。念公之情，兩淚如傾。謹具牲醴，薦此微誠。公靈在天，恍惚見呈。

祭故男時褒文

嗚呼時褒！汝死殆今且三月矣。汝父飲恨含哀，傷痛之懷不忍言之於口、不能書之於紙，蓋以汝温醇静重之資、穎敏聰靈之見，性之於天，年雖幼小，卓如成人。吾之望汝，吾業可繼，而吾家可興。吾爲家貧，謁選來京。汝不忍舍，隨侍遠行。道路間關，憂病相仍。既至京師，曾未閲月，忽罹凶毒，遂成夭絶。嗚呼痛哉！悠悠蒼天，此恨何已？倉皇就斂，棺非槽梓。舍舊從新，今頗完美。汝無驚恐，惟父斯倚。吾今官遷，甫近闕里。道不稱官，徒愧懷恥。終携汝柩，歸傍祖禰。奠此一盃，血淚交背。汝其有知，尚悉吾意。

過庾嶺告奠時褒文

汝既喪亡，柩寓於京。遲吾赴任，携汝偕行。尋舟潞河，人所嫌輕。蹇蹇旅途，亂我衷情。潮候歸舟，篙師來盟。願載汝柩，庾嶺斯停。掃囊托贈，契券昭明。我祗二僕，隨任魯城。汝柩既行，誰護誰迎？萬里危途，風波杳冥。賦詩寓哀，送死如生。云胡祖母，凶訃來并。奔喪南歸，慟哭吞聲。既見汝柩，哀慰何勝？乙卯季秋，兔魄既盈。携汝過關，毋懼毋驚。魂其依我，如在生平。

弔祭嚴子陵先生文

東漢天民嚴子陵先生之神曰[一]：嗚呼！心可以應萬變而軌轍之難同，道可以揆百世而知己[之]難逢。世咸知高先生之節，而不知據禮爲適中；咸知大光武之器，而不知其所處爲不恭。天禄可食，天位可供，而況於三公？乃驅以侍從之職，亦何怪先生之去、不俯就而從容？觀於答君房之言，固足以知先生之曲衷；觀於星象之動，尤可以見先生之感通。非其氣焰之大，

[一] 祭文之體例，首句多作「維某年某月某日，某某謹以某某祭品祭於某某之神／之靈曰」，據此例，疑「東漢天民」前有脱文。此處恐應作「維□□年□□月□□日，林某謹以□□□□祭於東漢天民嚴子陵先生之神曰」。詳情有待進一步考證。

孰足以徹宸極而貫蒼穹？世之騰口肆議者，何啻乎撼大樹之蟣蠓。光來典邦教，省己撫躬，無尺寸之善可以發未發之蒙童。顧惟竊升斗之禄，而俛仰於黌宫。凡形諸歌詠者，每感激乎先生之餘風。以今歲新月，首瞻拜遺蹤。先生之靈，昭百代其無窮。

祭葛濬源司訓文

惟公天性坦夷，才猷朴茂。不設町畦，不事矯揉。秋月春風，大杯醇酒。歌呼啜醨，天地芻狗。人患屢貧〔一〕，我如富有。奉母於官，日介眉壽。是謂吉人，福作宜厚。胡在郡庠，科第不偶？及貴而官，司教未久。富貴窮通，孰好孰醜？蓋棺不瞑，公應爲母。事之不齊，無處歸咎。幸而有子，可以傳後。公應有靈，知我言否？

祭右都御史宋公文

嗚呼！丈夫積學，惟達可施。苟無其位，卷而懷之。雖有述業，遯以自肥。窮則爲顔，達則爲伊。惟公方伯之子，其器偉然，其量廓如。早在邑庠，頭角參差。既登黄甲，豹變鸞飛。歷官

〔一〕「屢」，疑應作「窶」。

廷尉，獄讞是司。爬梳抽繹，紛若治絲。有經有緯，有綱有維。又如庖刃，入纖徹微。技經肯綮，刃奏毫釐。虞廷獄清，惟皋惟夷。帝念公勤，左右疇咨。越河之南，民隱莫稽。政有未平，吏或非宜。遂簡公行，酌其是非。濁激清揚，吏肅民熙。繼選中丞，用鎮南陲。公領璽書，斧節星馳。東西二廣，狐鼠交跂。惟韓奮武，未裹瘡痍。惟朱鎮静，稍息癃疲。公繼朱後，蕭畫曹師。一爲赤子，恤其寒飢。一爲龍蛇，驅以貅貔。民之困窮，如病仰醫。公在三軍，惟日孜孜。曾未數載，偃厥歸旗。人自多言，安能我疵？婆娑丘園，以遊以嬉。享其天年，踰於古稀。公雖薨矣，五福均齊。生榮死哀，胡憾胡悲？今將就葬，式駕靈輀。奠以斯文，不諂不欺。庶幾公靈，鑒兹菲儀。

代嚴州府祈雨告神文

嗚呼！天以生物爲心，神以佑民爲職。某等所以奉天子之命，事神以治一郡之民也。今十日不雨，苗槁矣，嚴之民將無以爲生矣。官吏雖有罪，百姓何辜？伏冀神靈，時賜甘澤，及苗之未槁而蘇之，民之未病而救之，則神之惠斯普而守土者得以釋厥咎，民亦將報祀於無窮矣。

代嚴州府祈雨謝神文

乃者陽亢而驕，陰屈而不交，雨澤少降，苗之在壠而將實者，秋陽暴之，日以憔悴，民甚憂之。凡我官吏，不遑寧處，徧禱於神，積日洽旬，負罪省咎，日拜壇下。雖時或沾洒，未見沛然。日者微服步趨，負愆懇請，乃蒙風霆驅雨，昭答如響。烏龍之山，雲氣始生膚寸，轉眄之間，甘澤四注，禾稼爲之勃興，岡陵爲之漸潤，草木爲之蕃滋。憂者以解，病者以起。謂非神恩，何以致此？謹具牲醴，昭答神賜。

代嚴州府祈雪告烏龍神文

嚴之爲郡，地瘠山稠。若建瓶然〔一〕，水澤不留。況今冬寒，宜雪不雪，農不可以麥，商不可以舟。井泉枯涸，災疫旁流。吏覩民患，莫知所救，惟神之求。仰惟神靈，血食茲土，共恤民憂。願大降雨雪，俾重坤之後，一陽來復，萬姓歌謳。免吏之責，報神之休。

代嚴州府求雨告烏龍山神文

惟神據山之靈，廟食茲土。茲土之人，信向如父母。今天降災，陽愆陰伏。千里之境，田疇

〔一〕「建瓶」，疑爲「建瓴」之訛。羅邦柱先生亦曰，「『瓶』，疑『瓴』字之誤」。（林光《南川冰蘗全集》，羅邦柱點校本，第二〇六頁，校記）

涸枯，苗禾槁悴，甚者有若燔灼。自今不雨，則民無以爲生矣。某奔走仰告於神，伏望呼吸之間，轉移化機，大降霖雨，以救斯民迫切之災，則神之靈可謂無負斯民之信向矣。

代嚴州府謝雨告神文

嗚呼！憂民之憂，莫先於恤時之旱。今嚴之境内，十日不雨，仰告於神，自丙戌至庚寅，日蒙一雨，雖未霑足，然有求必應，神可謂不遺於民而默祐之矣。謹具牲醴，恭伸謝忱。伏惟神恩，沛然大賜甘澤，俾四野霑足，秋稼大登，庶官司不爲虚文塞責之事。

祭浙江李大參文

嗚呼！天下之才，生之難，成之難，必磨之以歲月，試之以劇繁；不厭勞而好逸，不喜簡而惡煩。萬務紛然，處之安閒而鎮之若山，斯可以濟天下之事而無所腆顔矣。公之生也，毓京華之秀氣，爲中丞之胤嗣。挺然梁棟之材，偉然瑚璉之器。甲第收功於少年，讞獄發軔於初試。求生於死〔一〕，既無可恨之形；釐植蘇枯，遂有專城之寄。憶公治嚴也，蒞事極其勤，而未嘗謝乎

〔一〕羅邦柱先生曰：「『求』，似爲『救』字」。（林光《南川冰蘖全集》，羅邦柱點校本，第二〇六頁，校記）

勞勩；事上極其恭，而未嘗涉乎輕肆。禮儒紳以崇奬斯文，謹交際以款御賓使。處貧州罄己橐，不察察以爲明，不悻悻以求異。徧覆包含，人各蒙庇。不畏煩而憚勞，不矜衆而揚己。載績九年，殫心撫字。忽朝命之超陞，參大藩之政治。衆方仰公位益高而益得以行其志。中有所懷，將大普厥施。云胡仙夢，奄然長逝？公之先公宦迹未磨，兄弟聯翩在仕。今公雖夢矣，而其恩愛餘波、謙恭遺德猶稱播於人士。況積累振揚，源流有自。敬因薄奠，聊布一二。感上之仁，盡下之義。公其不昧，庶幾臨賁。

祭陳白沙先生文

嗚呼！先生挺生，嶺海之隅；靈鍾秀聚，貌粹神腴。充養有道，静極而虚。閑若垂天之雲，活若走盤之珠。壁立萬仞，春陽和盱。學衰道廢，學者從事乎枝葉、訓詁之餘；入耳出口，不覺没溺而淪胥。先生掃其浮葉，直其迴紆；啟其關鑰，洞其室廬。天高海闊，飛鳶躍魚。萬變縱横，我握其樞。洪波洶湧，一柱江湖。身寄乎嶺海，心出乎皇虞。風雅之音，玩美[文]乎一世〔二〕；豪邁之氣，寄妙墨以發舒。天下之人，嗜之若膾炙，寶之若璠璵。風動乎寰宇，

〔二〕「文」字原缺，後文云「豪邁之氣，寄妙墨以發舒」。「美文」與「妙墨」相對，因補。

聲播乎樵漁。嗚呼！先生卓哉，一代名儒。光在少年，已熟芳譽，己丑燕臺，始獲摳趨[一]。同舟南歸，意洽情愉。蘭薰漆固[二]，日積月儲。聲利名場，斷隔馳驅。晦迹窮山，神明與居。十有五年，兀兀于于。披肝露膽，非簡即書。每承首肯，發其狂愚。將謂終身，業供掃除。先生被薦，表奏區區。詔許歸養，母子歡娛。我被臺檄，促上燕車。遂沾微禄，久墮迷迂。先生之心，念我劬劬。戊午之臘，手迹猶濡。嗚呼！沉晦以精，退處而需。先生道雖不及一試，而天下之有識者望風引領，恨不一造其廬。先生蓋棺，胡何憾歟？光職業羈縻，聞訃之日，南望而哭。直爲天下慟，不得躬執紼於靈轝。三千里外，哀寓一觶，先生之靈，尚其鑒諸。

祭嚴州府名宦鄉賢祝文

維神德政著於當時，行實孚於閭里。史傳有稽，鄉評未泯。宦途繼迹，恒興仰止之心；里閈後生，咸有思齊之願。

〔一〕「摳趨」，原作「樞趨」。「摳趨」，乃「摳衣趨隅」之節略，典出《禮記·曲禮上》「毋踐屨，毋踖席。摳衣趨隅，必慎唯諾」。（朱彬《禮記訓纂》，北京：中華書局，一九九六年，上册，第十四至十五頁）因改。

〔二〕「漆」，原作「膝」，形近而誤，據文意改。羅邦柱先生亦曰，「『膝』，疑爲『漆』字」。（林光《南川冰蘖全集》，羅邦柱點校本，第二〇六頁，校記）

祭少師吏部尚書馬公夫人史氏文

嗚呼！自古大丈夫立身行道，足以孚信人主、鎮服邊陲，爲人物之權衡、爲國家之蓍龜者，未有不由内相之助而家克齊也。恭聞夫人有幽閑之德，貞淑之姿，紀綱内政，卓有令儀。繼相君子，道行於時。任專冢宰，職兼保師。極其尊崇，恩寵莫與等夷。是宜共享榮禄，受兹多福，保厥孫子，壽登期頤。云胡仙化，一逝莫追？雖然，御醖香醪，恩降九重之奠；鸞章鳳誥，封承一品之推。爲人妻、爲人母，送終若此，可謂榮矣，復何憾何悲？

祭襄懷王文

臣聞賢王之生，天稟非常。身都藩輔，質美才良。如玉之瑩，如蘭之芳。披衮垂旒，封鎮漢襄。既富既貴，儒藝兼長。臣來嗟後，莫接輝光。伊誰設醴，甘自括囊？昨因内相，來索銘章。臣愧菲才，莫能敷揚。赤心圖報，揭碑道傍。竊宗麟筆，哀定加詳。期垂不朽，幽顯微彰。峴山蒼蒼，漢水洋洋。王靈不昧，昭鑒此觴。

代撫民張憲副祈雨告神文

國之本在民，民之本在食。食足而上有以供賦役、下有以存其生者，惟神默佑斯民也。襄陽乃中原樞要之地，土曠民貧，連歲不稔，民食惟艱。仰祈大有以濟荒歉，奈何麥將熟而值恒陰？所穫者十不能一二，民迫飢餒，惟望秋成。今又恒風不雨，苗將槁矣。某受朝廷委任，身居臺憲，職寄撫民。民瘼非一，屈抑或未伸，暴殄或未教，寃獄或未雪，强横或未禁，貪酷或未除，幽遠或未照。有一於此，皆能傷和致旱。究惟厥咎，責所難辭。神之保民，豈忍不救？伏望大賜甘霖，俾田野霑足，轉荒爲豐，則民受其惠，吏釋其責，以昭靈德。

代撫民張憲副祭郝亞卿文

嗚呼！丈夫生世，進身患無階以展其策，行道患無位以任其責。位漸尊，則其施漸廣。達之施，所以展其窮之積也。身進矣，位尊矣，得其君，任其責，其澤可以及天下，君子樂之而不能以必遂其願，於是乎隨其位之尊卑以盡其職，職之盡即道之行、願之所適也。仰惟明公，關西之英，早捷甲科，初試讞獄，聲猶未籍。既僉憲臺，亦暫垂翮。副憲觀察，左右方伯。有位有時，其聲赫赫。都臺亞卿，恩命并迫。方期入朝，大有裨益。云胡疾遘，遽然易簀？嗚呼！公之揚歷，三晉西蜀，曰兖曰楚，咸有惠澤。某舊按山東，素諳清白。候選于京，獲親晨夕。情之所契，痛哉永隔。江山間關，旌旐飛擲。敬奠一觴，靈其昭格。

代撫民張憲副祭孫主事父文

嗚呼！人之有壽，乃享多祉。公之遐齡，七十九祀。人之嗣續，咸願有子。公之冢胤，奮擢甲科，已試京任。況以淳篤之資，好賢禮士，而又澤以詩書，崇以廉恥。所樂者施與，所睦者鄰里。宜享榮封，優游桑梓。云胡仙化，一卧不起？今將歸窆，西峴之趾。聊奠此觴，靈其來止。

祭孫恩封文

嗚呼！人生得富非難，得貴爲難；得貴非難，得壽爲難。公家既豐裕，榮封以子官。烏紗白髮，逍遥盤桓。景入桑榆，既樂且安。年踰古稀，方始蓋棺，可謂享有全福而盡生人之歡矣。公之券堂，萬山峰巒。翌晨永歸，長夜漫漫。薄奠我觴，靈其娱驩。

代張憲副祭曾御史祖母孫氏文

恭惟孺人，本錦衣户侯之女，繼適奉祠之門。而主中饋，淑順恭温。叶相有家，克修蘋蘩。既撫諸子，復有賢孫。獲臻高壽，及見榮恩。一夜寒霜，遂殞庭萱。有肴在俎，有酒在罇。靈其不昧，幸鑒如存。

南川冰蘖全集卷之七

詩

漫興

長薄消晨烟，返照啼幽鳥。飄然過片雲，寒山青了了。

過同安，謁余忠宣公祠

同安君前舟不進，忠宣祠下首頻回。野雲冥冥天地改，孤城落落心肝摧。長江風聲自旦暮，青塚歲月老崔嵬。樹根久坐興長嘆，山禽百種將予哀。

登戲馬臺 次石齋先生韻

逍逍步山坡，野花發幽香。纍纍多荒墳，行矣心獨傷。偶逢道中人，語我西楚王。戲馬留遺蹤，遥遥指前岡。攬衣盡餘情，徘徊白雲鄉。群山招欲來，百感易中腸。如何豺虎心，一視空群羊。智術日相高，成敗休論量。誰能揭日月，徒爾假隙光。我悲千載人，落落空荒唐。

過鄱陽湖

滚滚浪頭白，飄飄舟子輕。江吞廬阜足，雲隔豫章城。風水行秋氣，乾坤老客聲。舊遊瞻白鹿，百種起幽情。

吉水别袁德純侍御

風葉鳴烏桕，秋雲起野烟。蹉跎别君意，迢遞上江船。何處無薇蕨，斑衣且歲年。斜陽忽相失，凝睇入螺川。

宿明月寺

杖藜投野寺，步月入山稜。方丈明孤燭，袈裟謁兩僧。廚烟分異茗，爐火燃香藤〔二〕。近識

〔二〕「藤」，原作「藜」。「藜」與「稜」、「僧」、「鵬」不成韻。陳獻章《次韻林緝熙遊羅浮（四首）》第一首乃次林光《宿明月寺》詩韻，該詩之用韻作「稜」、「僧」、「藤」、「鵬」。據改。（林光《南川冰蘖全集》，刻本，卷末，第四十頁；陳獻章《陳獻章集》，北京：中華書局，二〇〇八年，下册，第九八三頁）

羅浮面，摶空一老鵬。

宿羅浮沖虛觀

山靈久相候，今夜宿沖虛。三島天分處，雙樓月到初。已覺非人世，端堪卜此居。豫章曾住處，萬古一潸如。

沖虛觀遺羽士

鐵橋空在望，勝事幾能同。此地堪投足，吾生易轉蓬。劍光飛魍魎，雲氣隔崆峒。欲把長生術，從頭問葛洪。

紀萬梅書屋

蓬島知何處，終南異此區。林塘空悵怏，圜堵散摳趨。夜照辛山月，春歸誤燕雛。摩挲十年意，空看萬梅圖。

寄族弟秉之

城市風聲隔，林泉興味新。眼中端望汝，地下足寧親。黑髮終成雪，青山豈負人。升沉休更問，顏子一生貧。

登圭峰 二首

兩目何曾瞬，諸山總有緣。跏趺臨絶壑，獨自聽鳴泉。炎暑方初伏，安期共老禪。市塵無意緒，遥見上孤烟。

湖山萬里曾開眼，此地還招我一來。老寺稜稜棲古佛，洪泉隱隱作真雷。垂觀萬狀俱呈獻，却嘆浮生能幾回。何日會尋王子晉，乘槎東去問蓬萊。

悼潘復

西席頻年留老眼，北邙何日遂深期。平生未浪垂霙淚，惜汝還能賦此詩。一死合留終不死，他時料理及今時。野烟殘照離離在，誰把從前與論思。

南海浴日亭

蒼茫搗絶銅鼓聲，風烟兩袖雲凝凝〔二〕。海天吞吐終未了，今古滚蕩成陽精。寒山萬個揖光暈，殘星幾點將餘明。南州女兒慵于起，不問明朝陰復晴。

寓南海祠

祠廟星霜九百周，野人衰病久淹留。乾坤息息藏真念，雲水依依謝勝遊。布被夢恬南海月，綈袍坐老虎門秋。慇懃拾貯波羅子，怕有行人一艤舟。

別舍弟克明

不作宗元別，宗元別易悲。瘦軀猶怯病，殤女尚含思〔三〕。老眼看時態，殷憂入腑脾。百年

〔二〕羅邦柱先生曰：「『袖』，疑爲『岫』字」。（林光《南川冰蘗全集》，羅邦柱點校本，第二四七頁，校記）

〔三〕「殤女」，原作「殤汝」。當時，林光之弟克明尚在世，作「殤汝」，於義不合。明成化九年癸巳二月初七日，林光《奉陳石齋先生》云，「光酷病之餘，殤一仲女，薄德淺緣，災禍薦警，順之而已」。（林光《南川冰蘗全集》刻本，卷四，第六頁）此所謂「軀病」、「殤女」，當即信中所云「酷病」、「殤一仲女」，因改。

能骨肉，貧賤亦何辭？

苦病

二五有嘉惠，眇軀荷深仁。默默百年情，隆隆四體恩。璠璵思在匱，瓴甋嗟流塵。傷足在深想，垂堂屢逡巡。胡乃顛沛中，災禍興膂膑。飄忽變故素，沉困在昏晨。萬竅藏陰風，四肢成卧輪。焚蒸伏盲熱，旦夕如環循。纍纍莫支吾，生慮謝伊人。兩睫竟不交，八邪若相新。念攢水菽老，憂積糟糠貧。遺藥飲孰疑，殷意沃且頻。垢含思一濯，屈永作恒伸。三住秉軀要，百脈訝調馴。一點終不昧，耿然貫蒼旻。形骸端可外，陶鑄付大均。忽忽歲時易，一笑回陽春。

示諸生

張皇成廢弛，隱約見精英。魯叟高林放，齊侯内晏嬰。誰能留白日，吾甚厭虚名。花鳥嬌臨屋，春杯媿獨醒。

山行

白帽欹幪一敝裘，獨乘羸馬步山丘。春風面面天難老，溟海恢恢地亦浮。閲世不勞均置足，逃名也欲習科頭。紅塵斷隔清湖洞，雲鶴千峰任去留。

羅浮歸次石齋先生韻 二首

懸崖難置足，却顧幾淹留。草草凌晨發，依依入暝投。年華更物候，世味白人頭。昨夜霜天月，梅香尚暗浮。

看雲遭鹿過，弄水見龍留。寶聚光須掩，聲凡律豈投。毫毛即天宇，泰華亦針頭。道眼無遺照，吾言媿浪浮。

送戴志達舉人還莆田

長日鳥聲歇，山靜若神守。跫然聞足音，兩馬山之右。開關詢何客，拜此莆中友。款款致衷素，歷歷未釋口。間關山路遥，會晤殊未偶。呼童摘新豆，薦此欖山酒。村酒那醉人，空歌拍銅斗。浮生亦易了，白日好西走。丈夫貴自樹，窮通無好醜。乾坤有常業，可大還可久。千瘡百孔餘，彌縫魯中叟。賢曹抱素資，策鞭良未後。吾拙甘死窮，草木同枯朽。

贈飲者

爛熳花前醉未休，漆園襟度晉風流。芳菲已奪遊人魄，入耳鶯聲可自由。

答秉之

曾賀微陽一點回，夢中消息亦胚胎。千紅萬紫今何若，莫負春聲五夜雷。

提學僉憲胡希仁先生訪欖山，留詩爲識，依韻奉答 三首

野雲相逐慣披衣，夢斷丹青亦掩扉。忽枉烟霞一回首，令人空念十年非。

不薄柴桑駕不回，村醪滿引興悠哉。含情未盡東周話，雲合烏巾父老來。

赤手争看拯陸沉，鐸聲摇振海雲深。空山老我應無用，謾聽南風换楚音。

乙未九月十四日登羅浮飛雲頂

立立空青明返照，遥遥行邁了崔嵬。身輕欲逐雲飛去，機盡從知鳥不猜。四際莫遮天活脱，百年何幸此徘徊。褰衣細認經行處，知有遊人取次來。

贈別僉憲胡先生陞憲副之浙東，仍提學 三首

采采青蒲葉，采之南海邊。秋光不可象，吾意亦茫然。楚楚成梧檟，殷殷正誦絃。風聲又於越，垂老話何年。

我愛清秋水，相看更濯沿。中流坐天鏡，兩岸見人烟。泛泛日將暮，遲遲舟不前。高歌莫三疊，沙上有鷗眠。

一脉桐江水，西流是淛川。誰云富春老，不管弄潮船？祠廟今稀矣，登臨亦洒然。經過此停棹，留詠寄南天。

宿曹溪寺

過盡黄茅入翠微，溪流掬飲試臨磯。大千僧禮唐師祖，數百年留古鉢衣。寶鴨睡薰香裊裊，琉璃倒照夜輝輝。平生媿我耽幽賞，洗足投笻久未歸。

鞋山

五老峰前樣逼真，星霜遺棄幾千春。印穿湖上一輪月，不踏人間半點塵。流水有情終日

洗，野花如繡逐年新。未知一隻今何在，欲向鄱陽問水神。

題殿元羅一峰草亭

病來久謝乾坤勞，白板雙扉安所遭。千峰不管甲子老，萬竅一任天風號。麋鹿過門看個個，野翁遺藥來切切。還憐弟子甘寂寞，檢書入夜燒松膏。

贈莊孔昜先生

乾坤雙眼爲誰好，風雅百年回此翁。飯顆山前思感遇，石頭城下未從容。官貧果拙營妻子，才大還堪了化工。江舸促歸空忍淚，白頭能看幾相逢。

舟發白沙次蠕步口留别餞送諸友

翠濕菰蒲兩脚收，鯉魚風起浪花浮。山雲不障江門月，烟水何辜客子舟。萬里行藏人可與，一樽傾倒我能留。殷勤莫負今宵會，何處塵埃不白頭。

水心遺址水心，羅一峰遠祖開禮舊基，曾以兵廢。文山死節。

羽檄傳呼日，夫君獨此心。風波無定在，草莽幾消沉。卓落山依舊，清冷水到今。平生右忠義，斜日此登臨。

過秋江劉素彬宅

來尋一峰老，過此萬山層。嶺海千年意，秋江兩夜燈。桑麻留細話，蓑笠自堪憑。爲報忘機者，南溟有釣罾。

瀧江謁六一公

總謂文章真可恃，瀧江阡艸亦離離。閑來歲月看誰惜，老去青山是故知。霄漢有情終晰歷，塵埃何處不糠粃。今朝匹馬沙溪路，却怪荒塍枕斷獅。

雙松

寒入千林竟不知，雙青霄漢可勝奇。秦封不染山無恙，却憶羅浮獨看時。

題羅一峰同春書屋

何處峰巒不借春，短籬疎竹亦堪貧。從知宇宙無多事，不道清虚解絆人。老去衹扶青竹杖，醉來忘裏白綸巾。行囊亦有青精飯，知就何山更卜鄰。

毛氏西園

桑麻何地不宜春，潦倒誰拚一味貧。南國疏慵來我馬，東風消息付何人。泉通萬壑俱流玉，雲到千山總着巾。多少升沉眼前事，一樽休更謝比鄰。

題羅一峰正密堂

啼鳥緩催詩，先生杳默時。烟霞終此念，魍魎動相窺。忽忽千山合，垂垂兩鬢絲。摳衣二三子，莫厭北山薇。

題宣和殿臨韓幹馬

天閑十二鎖春陰，消得夷途萬里心。迢遞豈須煩伯樂，東風芳草自千林。

富田謁文丞相

雲水相看數百峰，富田蓑笠又從容。湖山何處非男子，宇宙常堪着此翁。祠廟星霜幾草莽，大家門户總春風。憑誰細話興亡事，烟雨霏微起暮鐘。

薌城書屋

買就風光野水濱，就衢塵裏斷知聞。殘編不盡千年意，蔀屋難消六合春。短髮絲絲觀物變，青山冉冉爲誰新。夫君欲了閑滋味，須就羅浮賣卜人。

雲庄

雲巒空山擁敝廬，不妨垂白在樵漁。塵埃滿眼成何事，舒卷看渠只自如。沙逕晚晴歸獨鶴，翠屏春老步輕踞。數家烟火村南路，不似長安多馬車。

瀧崖

索翠沿流老未休，青山面面水悠悠。諸孫不解争梨栗，贏得金牛一點頭。金牛洞，羅一峰讀書處。

東墅

門外青山自不群，杖藜消得幾回春。狀元一飯謀仍拙，若個諸郎有幾人。狀元指羅一峰。

遊玉笥山

群玉隱天城，山春萃客星。東風雙袖暖，晴日百花明。雲水心偏遠，烟霞夢未醒。千峰吾欲老，長笑指東溟。

留別羅一峰暨吉淦諸友

丙申冬，余訪羅一峰於金牛；丁酉二月，一峰送余至玉笥。舟別於仁和，時吉水黄時憲、許良楫、王忠肅、廬陵陳符用、新淦蕭宜中咸在，因賦此識别。

送送江村欲暮春，北風寒雨爲誰頻。春杯且共消紅燭，身事無端祇白雲。伏枕流年看佩劍，推篷入夜數星辰。不知千里東吴路，雲鶴相參有幾人。

豫章懷羅一峰

握手巴丘别一峰，洪城今雨又誰同。滕王閣畔波濤遠，孺子亭前春思濃。總把升沉供冷眼，恒拚潦倒醉東風。知他南浦橋頭水，曾載遊人月幾篷。

宿馬祖寺 二首

眼底峰巒動幾千，青山白帽任翛然。今宵馬祖跏趺處，説破寒巖一線天。

懸崖一枕傍雲樓，入夜珠泉洒未休。幾曲畫眉天欲曙，半鈎殘月在巖頭。

鵝湖謁四賢祠 二首

天留一會在乾坤，忽忽于今迹已陳。啼鳥有情空認我，青山無語欲留人。泉因到石聲終别，棋或旁觀着亦神。獨立蒼茫幾回首，白雲依舊滿山春。

晨興發鉛溪，珠露凝未了。丰茸忽升長，生意知多少。低頭謝九崖，巧語留雙鳥。遥遥見鵝湖，冉冉削天峭。肩輿度遠岑，拂袖穿林杪。空谷春光回，曲徑繁花遶。盎盎載春懷，超［超］

騰物表〔二〕。行邁入招提，新篁森窈窕。顒然仰哲深，俯拜香風裊。聖途久荆榛，盲聾昧昏曉。囂擾日沉浮，孰爲張幽渺。區區三四老，屬意苦不小。我來欲何言，萬狀俱料悄。迴溪弄活流，白月生層嶠。

峰頂寺

數畝畬田列小城，人間天上果分明。金牛逸老耽幽賞，何處逢人一寄聲。金牛老，羅一峰狀元也。

九崖 爲韓介之

紅石蒼田果是佳，一層山隔一層崖。先生有意看陽九，擲却微官任素懷。

〔二〕 後「超」字原缺。前句「盎盎」爲疊字，此處亦應疊字作「超超」。因補。羅邦柱先生亦曰，「脱一『超』字」。（林光《南川冰蘖全集》，羅邦柱點校本，第二四七頁，校記）

南巖寺

三級五級步紆迴，千山萬山招欲來。懸岩一滴古今雨，香茗旋入烟霞杯。啼鳥不知白日午，繁花却笑深春回。招提幾點淋漓墨，洒向東風萬竹堆。

遊杭州西湖諸山

戴勝聲中緑漸勻，東吴眼界一時新。丹青不道能來我，山水依然是故人。洒洒尚沾三月雨，騰騰小酌五湖春。六橋花柳都如許，留得中原一岳墳。

酌虎跑泉

東吴留此水，今日酌山瓢。病骨含秋露，靈根長夜苗。吴兒供戲劇，釋子藉烹燒。導引源流去，清波洗六橋。

虎跑寺與袁德純明府對飲

君亦逢難我亦難，十年天遣兩相看。折腰事在倉皇際，歌鳳人過頃刻間。元霧有情埋色豹，白雲無計别青山。松陰小酌休辭醉，明月塵氛控馬鞍。

題山間林下卷

紅塵紫陌難容足，樹脚雲根好借眠。幾個鶯兒醒午夢，一杯香茗虎跑泉。

端午寓虎跑寺，胡憲副來饋

忽忽臨重午，無營得自娱。依僧謝葷酒，沿澗羨菖蒲。時節催人世，風光控越吴。又勞胡憲府，一价過西湖。

竹隱

颼颼幾個便成林，興漸濃時緑漸深。春事祇酣桃柳夢，此君那得市廛心。但教色色堪留鳳，不怕炎炎解鑠金。試把一竿來贈我，五湖風月足追尋。

和憲副胡復菴重訪虎跑行寓 二首

倦扶方竹杖，渴飲虎跑泉。雲水無窮盡，山河自引牽。百年甘一點，萬里覩迴沿。屈指羅浮下，翻疑抱犢眠。井花消得暑，我愛弄清泉。谷樹千株立，巖雲百丈牽。南薰來不滅，幽澗可窮沿。暫解黄金帶，先生解借眠。

題方童子卷 前有石齋二詩

少小何曾忽，春風見兩詩。能尋白沙意，可了互鄉疑。進履還堪試，揮毫亦不辭。駸駸來半百，吾眼獨斯兒。

遊天平山

行行忽遠闔閭城，野寺經多不記名。吴郡聲光還范老，好山奇古到天平。秋林返照誰能舍，雲水之人眼自明。却笑方袍僧一個，瓦盤趺坐採新菱〔二〕。

〔二〕「趺坐」，原作「跌坐」，據文意改。羅邦柱先生亦曰，「『跌』，似『趺』字之誤」。（林光《南川冰蘖全集》，羅邦柱點校本，第二四七頁，校記）

登姑蘇臺過上方轉石湖小酌

遠樹蒼蒼佛塔孤，姑蘇臺上望姑蘇。塘舡載酒窮秋渚，蘆簟鋪雲醉石湖。一鏡光芒連睥睨，九龍飛舞下平蕪。夫差山水依然在，誰信西施誤得吴？

秋野

遠水一抹碧，疏林幾樹紅。蒼茫吟不了，詩在夕陽中。

酌惠山泉

曾向慈山久借眠，虎跑之水水之賢。還移杖屨來嘗此，一飲烟雲便洒然。品第人多尊陸子，秤評吾欲遍周天。香茶白飯逢僧話，丁酉中秋月漸圓。

寓惠泉僧舍

日日呼童汲活池，九龍峰下緩歸期。無膠可變漕渠濁，翻笑塘舡忍渴時。

客中重九日

去年今日却辭家，今日今年興未涯。細雨端能妨令節，烏巾元不負黄花。禽魚可樂非關酒，星漢無緣枉問槎。萬里烟霞供一瞬，懶將雙足畫添蛇。

遊定山寺

浦子城邊一寺佳，又扶青玉索丹崖。尋常雲水都吾輩，如此江山有木齋。花草總堪供潦倒，烟霞元不待安排。悠然又見鍾山面，不信堯夫浪打乖。時同莊木齋遊，木齋即孔昜號。

真珠泉

每每窮源愛絶清，今朝老眼又分明。偶來浦口嘗真味，始覺中泠久擅名。天漢定應通此竅，山靈端亦候先生。塵沙不亂天光在，消得狂言作重輕。同木齋遊。

項羽廟 二首

一語韓生似可聽，將軍抵死戀彭城。嬴秦可問惟真主，赤子來歸豈甲兵。叱咤風雷驚海内，如斯漢子亦人英。我來喚醒輸贏夢，門外長江一帶横。

商山人亦解歌謳，識破些兒可便休。心膽果甘秦虎豹，丹青寧作漢伊周。一時草莽談今日，千古雲山自九州。欲把升沉問遺老，白雲西去水東流。

浴香淋湯泉

三三兩兩暮春前，點也曾蒙一喟然。撥破烟雲來弄月，却疑塵骨换流泉。薰蒸此氣真堪愛，感應之機可浪言。翠竹疏松回晚照，暖風吹我過前川。

者落道中 者落，山名。

供世從知力果難，敢將雙鬢只人寰。青袍白馬羅浮思，暖日和風者落山。幾處村庄粳米酒，一般鄉語笑談間。從前枉讀三千卷，争似香淋一浴還。

遊龍洞

奇觀萬狀偉吾前，立馬巖頭一愕然。天祕地藏人幾見，神施鬼設我難言。小兒造化真精巧，三島蓬萊尺浪傳。更著數行莊老筆，倩誰移去對南川？

留别莊木齋 四首

忽忽江南春信近，野夫高興傍梅關。欲吟不了山隨在，去住無心雲共閒。嶺嶠烟霞堪我老，羅浮花鳥不人間。東西南北無拘碍，敢向先生便作難。

草鋪和暖村醪熟，欲別踟躕話更投。白日長江能萬里，深冬行子且孤舟。瑯瑘豈吝青藜杖，采石寧無舊酒流。白首愛君知未了，鄱陽五老久凝眸。

江雨霏霏白不收，阻雙行脚出無由。北風肯爲吹成雪，明日還須更倚樓。四壁一燈深此念，千年雙鬢總嫌秋。江濤滿眼成深阻，霽景和風得個舟。

眼底風花入短章，老懷終不爲詩狂。江村遲暮逢今雨，天地精神看點陽。永日空山絲髮短，孤燈殘漏世幾忘。卧林三月春光滿，萬紫千紅乞寄將。

卧林亭

丁酉仲冬，予訪莊木齋于江浦。木齋草亭適成而余至，名曰「卧林亭」，因賦此以識。

洗足投笻試小牀，兒童爭訝野夫狂。江聲幾夜深楊子，木榻千年惜豫章。風雨他時勞夢寐，星辰垂老問行藏。木棉被暖疏更斷，聽得鄰雞報日光。

和木齋雨中宿徐伯淳宅與姚潤華夜話

飄拂變故素，踟躕斷遠尋。朔風號夜永，冬酒著人深。雲有無窮態，天留不死心。暫須回艇子，江面締重陰。

白下懷木齋

獨自歌吟獨自酌，芳蘋採採倦仍休。山光浦口難交睫，風色新河尚艤舟。萬里招邀椰子酒，幾宵顛倒木綿裘。烏巾小落頻看鏡，莫是今朝白了頭？

江寧留別徐伯淳

倉皇豎子急招呼，豈識西風是逆途。雨脚不收江浪白，野夫今夜伯淳廬。

發楊子江[一]

鸚鵡洲前豁兩眸，長風竟日幾曾休。輕帆上水奔千騎，白浪吞江吼萬牛。南北恢恢真自得，乾坤納納壯斯遊。蒼茫采石長庚子，須爾還來共倡酬。

宿西梁

賽神餘十酌，舟子謾招邀。深夜人猶語，孤燈雪自飄。西梁山欲拔，陰沴氣仍驕。伏枕惟深汲，陰晴閲改朝。

江行

沙邊不見有眠鷗，何處蘆花着釣舟。江浪不須頻駭目，野人曾亦久科頭。垂堂我媿千金子，積雪山成萬玉樓。翹首巨廬促歸棹，故園桃李不勝秋。

〔一〕「江」，原作「汪」，據目録改。

漁者

風急江深少着篙，夕陽回首謾波濤。鯿鰉入手看能幾，怪得渠儂索價高。

吉陽避風示舍弟克明

江豚吹浪雜蛟鼉，白葦黄蘆望更多。短棹雖能忙此日，長江何處不風波？星霜歷歷雙蓬鬢，天地寥寥一浩歌。弟倡兄酬能放手，萬回吾敢怨詩魔？

附克明作

滿耳江聲震巨鼉，朔風吹雨已無多。平生拂袖思浮海，今日臨流嘆逝波。霜雪未應侵短鬢，乾坤聊此發長歌。紛紜萬世伊誰説，且更燒茶醒醉魔。

再用前韻答克明

掛席㚟㚟謾擊鼉，長風能送可須多。青山更有森如玉，老眼還能碧似波。横槊他年空自偉，飲牛何處枉悲歌。塗泥久蟄精神富，天地休嗟逆境魔。

吉陽發舟，晚抵鄱陽，風濤洶湧

萬頃波濤走巨艘，賡酧不暇駭吾曹。天關地軸疑交轉，河伯風師莫太勞。氣會江湖何振拔，勢吞吴楚自呼號。曠然心目增多少，俯仰斯遊亦偉遭。

望匡廬

五老皤然出逶迤，知君相候亦多時。十年不盡今朝意，數首空留點畫詩。秋月春花誰合主，丹房翠壁醉何疑。扁舟左蠡頻回首，雲掩千年白鹿祠。

筠州鞭春日偶成

闤闠童兒笑語頻，昨聞官府又迎春。好山在處都宜我，淑氣今朝已着人。鸞鏡未應羞黑髮，鳩藤聊此領閒身。阿誰更有狂如我，共向筠州一問津。

立春日遊碧落山

何處山光到酒頻，今朝碧落始逢春。穿雲返照留醒眼，飽雪疏松煞愛人。二老不饒惟白髮，千金難買是閒身。自歌自笑扶青玉，來用來休更錦津。

答陳貳教

咄咄書空數歲頻，梅花四十指頭春。膏肓泉石終慚我，大雅聲光却望人。木榻可辜千里夢，綈袍能戀百年身。朝來聽得�人語，流水桃花有別津。

除夕前三日閱戊戌歷

驕陰斷送過冬頻，黄紙新開得早春。甲子巧當元日脚，屠穌偏待少年人。杖藜俯仰難供世，行几跏趺稱病身。料理太平堪擊壤，鵑聲何敢到天津。

留別子穎

不須黄白語繁頻，且共斟量麯米春。錦水謝虚西一席，羅浮遠餉獨歸人。泥途不厭經冬蟄，泉石何疑向老身。儘任龍鐘深取醉，夕陽回首杳行津。

冷菴爲陳粹之僉憲

老蟄安冬不露輝，此菴寧與此翁違。三更白月常留照，九夏晴霜也自飛。何處炎炎堪炙手，此中默默已無機。宜春短褐還飄洒，曝背何妨愛晚暉。

題畫 二首

雲盡山空獨遠尋，一桐難覓是知音。行行更過長橋去，耳不聾人在碧岑。

緑樹森森野照明，荷風蕩漾布帆輕〔二〕。幽軒坐睡非難覺，只欠黄鸝三兩聲。

相如題橋

會得真虛不是虛，乾坤隨處總如如。憑誰寄語題橋子，何必還過駟馬車。

〔二〕「漾」，原作「樣」，據文意改。

題漁圖

漁翁方手網，漁子就青波。脱或吞舟過，看渠又若何？

謝陳粹之僉憲惠《語類》、《歐文》、《唐詩品彙》

稠疊頒分几案盈，窮兒暴富可勝情。濫觴此日嗟文字，老眼余誰敢秤評？博約的知遵魯叟，疏慵深恐負先生。石亭一瓣當西席，便合低頭拜使星。

題畫

瑰石怪而奇，古木秃而瘦。倏然着此君，天地得三秀。

登滕王閣

江南絶景聞童閣，四十年來此一登。春及青山他自好，霜欺短髪我何能。三王偉迹人争壯，萬里雙眸此更凝。野服豈須愁急雨，柳風吹面醉騰騰。

溪山小景

門外青溪溪外山，逐雲飛去逐雲還。打魚烟艇休撑去，留載山僧一段閒。

謝歐陽玘醫時會頭瘡

白疥相將秃此童，佛頭螺子碧蓑蓑。今朝眼底看蟬蛻，謝得南昌七十翁。

和祁大參致和將出巡阻雨見寄 三首〔一〕

斷送驕陰好是難，一春寒似一冬寒。使君畫舫須料理，萬頃波濤正渺漫。

千紅萬紫欲開難，終日斜斜雨雪寒。安得晴無雲一點，步隨春水看瀰漫？

幾許相逢欲話難，一樽還解辟春寒。深杯莫厭羅浮味，千里雲山易渺漫。

〔一〕「祁」，原作「祈」。祁順，字致和，號巽川，廣東東莞人。因改。

蘇公圃

潦倒烟霞得此身，一瓢吾敢怨吾貧？又携東莞青藜玉，來弔南昌鸞屨人。畦葉春深交翡翠，藕花風暖散茵陳。緘書果解酬知己，青草王孫幾度新。

永新譚節婦

白刃前頭叱一言，舅姑今得見黄泉。皇天自解知人意，母子分明在血甎。胡羯腥風吹海内，丈夫臣僕幾城邊。尋常一婦綱常繫，萬古精神尚凜然。

謁徐孺子次石翁韻 三首

面面湖光水鏡寒，一丘垂老足盤桓。冥鴻閲世終辭繳，白刃臨頭幾見冠。南畝有情拚獨力，西山無數共誰看。故人謝得常留榻，三復應難露肺肝。

松竹摩挲對夕陽，東湖亭上弔荒亡。清風南國千年在，片碣開元隻眼光。田野自能容此老，湖山終不愛名香。焦頭爛額支顛廈，陳竇何曾紀太常？

到處耕傭亦不悲，巢栖穴處尚諳時。三秋異卉終難好，一柱頹波别有裨。當宁疊能崇禮數，四山元亦托心知。生芻迢遞來今日，一瓣名香孺子祠。

題藍關擁馬圖

老鳳孤鳴駭豕豶，元和無復別蕕薰。山堆碧玉前當馬，天設瓊林此送君。精魄已開衡岳障，化機將變嶺南雲。飄飄可是來湘子，興喪而翁驗片文。

將謁徐孺子

百年湖海留雙脚，每每思登孺子亭。小酌幾時逢好日，北風吹雨又冥冥。

過陳國賓園亭

偶過東湖日未斜，滿城誰是辟疆家。尋常杯酒還來此，指點春風幾樹花。

賞瑞香，和杜醉老

春杯吾欲挽西江，況有天香傍玉缸。醉眼換將醒眼看，題詩還得筆如杠。

題幽貞四詠卷

走筆題詩每欲歡，九原情況和終難。何人却有丹青手，寫出幽貞卷上看。

題西湖醉老卷

天地頽然一醉翁，眼拚花着耳拚聾。却疑南浦頻頻酒，還記催詩入卷中。

豫章留别陳粹之僉憲

石亭留滯兩旬間，南浦西來面一灣。又趁蒲帆投五嶺，敢將藜杖薄西山。寒風往往疑正雨，短髪垂垂媿病顔。謝得章江門外路，使君曾爲幾偷閒。

剛峰

薌城放出千尋碧，鬼斧曾經百鍊來。歷歷星霜終不改，稜稜霄漢老崔嵬。風雲變態知何限，花草榮枯又幾回。目斷羅浮峰四百，爲渠天際重徘徊。

清明五雲阻風過蕭氏庄

斷阻狂風走逆沙，五雲郊外步桑麻。驚心惶恐灘頭水，着眼清明節裏花。詩就帶雲眠野草，酒醒和葉嚼生茶。行行不覺邊塵市，失記村庄歷幾家。

別梁光岳

舴艋長牽遡逆流，春風追送幾瀕頭。他年記取南安路，莫誤今朝是廣州。

題畫

老樹交加葉半空，山禽各各嶺東風。披圖指點春消息，欲爲羅家一折中。前有一峰修撰二詩。

盤窩觀笋

苦竹驚看幾笋抽，滿前生意不曾休。信知一部羲爻易，底用尋行數墨求？

蕭庄觀盤魚

洋洋相逐幾魚兒，盆裏觀來不似池。萬頃澄波清見底，南溟翻憶釣鰲時。

醒菴

麯櫱生香滿小糟，看君不飲果然高。我亦如今醒不得，任教終日醉陶陶。

上十八灘

逆境甘心不作難，南風終見北風還。昨宵篷底茶園夢，今日扁舟十八灘。

西隱寺

一樽隨處弄雲烟，點破沙門幾許禪。野服又臨西隱寺，南風留得贛州船。浮生未了空王夢，灌木仍開小洞天。惆悵鬱孤臺上酒，不知何日更留連。

望鬱孤臺

兩河山勢疊相催，突兀城頭露翠堆。木履可宜官府地，春風深負鬱孤臺。雙眸向老終嫌窄，笑口于今幾浪開。轉盼又臨清遠峽，一樽留待上飛來。寺名。

蒙泉書屋

引得清清抱小軒，沙泥不許混真源。千峰精魄藏山腹，萬斛珠璣噴石根。育德頻年深大象，濯纓滿耳詠諸孫。虎跑龍井都差別，肯向羅湖吝一言。

和王半山韻十八首

覆疊題 九首

折腰辭長吏，結社許沙門。宦海諸人溺，頹波一柱存。桑麻春自滿，蜂鳥日相喧。恬却奔波夢，栖栖只故園。

柴桑歸汲汲，幽思向誰言。流水長隨步，青山自遶門。肩輿僧社月，草座野人樽。指點重陽菊，叢叢又滿園。

區區貪獻玉，足刖枉沾裳〔二〕。且任横肱睡，何妨舉世忘。陶陶春酒後，洒洒竹風涼。午夢醒香茗，扶藜過小岡。

是山都指點，絶景更搜尋。敢道無佳似，終須遇賞音。青精澆白水，短髮付長吟。紅紫看無了，鶯聲又緑陰。

一泓凝不亂，獨愛看真源。白日人稀少，中年眼未昏。葛蕉居士服，杖屨攬山村。紫荳銀茄種，如今灌漸繁。

疾風餘毀瓦，疏竹尚迎門。貧識人情改，寒思土屋温〔三〕。一瓢終易足，四壁也難存。浩蕩春光滿，何山不故園。

松陰横一枕，翻憶在扶胥。銅鼓回春夢，波羅集異鳥。于今甘拙訥，不睡復何如。九鼎傳東漢，休云一釣扶。

瀟洒東皋路，登臨亦不時。先生拚屨醉，花鳥任相怡。翠帶垂千柳，金梭擲一鸝。踟躕歸

〔二〕「沾」，原作「沽」，據文意改。

〔三〕「土」，原作「士」，據文意改。

路晚，涼月浸西陂。
清風時一洒，默坐聽漁歌。蚊蚋何曾炒，烟霞敢自多。一竿持白月，萬頃釣晴波。兹事還堪領，將衣製芰荷

懷古 二首

缾空無貯粟，松菊在名園。秫酒澆時變，烏巾到老存。北窗元自在，三逕絶煩喧。一任兒曹懶，清風自掃門。
每每親秋菊，欣欣涉曉園。班荆羅父老，披褐倒杯樽。春换青絲柳，山深白板門。懶將貪睡息，屢屢向人言。

歌眠

掩耳無多事，支頤就小床。夢恬香篆細，酒醒布衾涼。白月天留照，浮雲世易忘。倉皇那浪起，顛倒着衣裳。

山行

藜杖何曾吝，浮雲只自陰。春花方蓓蕾，天地與歌吟。自爾窮幽興，何須問賞音。鍾期雙耳孔，千古杳難尋。

即事

山静人希到，春深花自繁。鳩藤行處酒，烟火望中村。偶爾逢耕叟，遲回話夕昏。不知天壤内，何處是桃園。

經故居

青藜時領步，偶過舊栖園。梁燕語相認，春風迹尚存。堯天終共覆，孔席不曾温。貧病翻疑我，區區一掃門。

晝寢

香醪堪日醉，伏枕免人扶。白晝心無事，清貧病恪如。沉沉甘朽木，忽忽走金烏。役税均明府，門無炒吏胥。

東皋

低迴滕傘嶺，悵望曲龍陂。花氣盈雙袖，春聲轉數鸝。老親那作惡，稚子巧相怡。盡日窮清賞，春光未暝時。

露坐

滴露凝疏竹，香風遞遠荷。科頭南海月，絶耳虎門波。僻地栖來慣，清宵得處多。老懷涼不寐，聽得採蓮歌。

題白沙節母受旌卷

總賀風聲樹一門，如斯母子白沙村。却憐敗壁寒幃下，多少貞嫠欠此恩。

偶書

貧極糟妻不怨煎，雙親菽水漸安然。空山環堵秋光滿，可值千金幾覺眠。

開户

雲掩重關久不開，草深行逕竹穿臺。山空夜静鑪烟歇，且放中秋月又來。

偶題

黄沙蜆子賤如泥，赤鯉青鮎價總低。日飲兩杯家釀熟，閣除經史又山溪。

傷竹 三首

嫩籜新移不耐吹，狂風拜舞久離披。歸來欲把牆高築，不是嫌他冷眼窺。

牆角風稍醉未醒，卷心蟲葉瘦伶俜。相看孰忍持斤斧，雨洒烟催不暫停。

青青葉子是何藤，弱竹稍頭散玉繩。亦爲先生添一賞，只愁風雨重加增。

絶句 三首

童丱歌喉按轉新，深杯延醉日頻頻。試留醒眼斜陽外，誰到離披不喪真。

尋行數墨祇昏塵，百涅千磨轉畏人。狂藥澆狂還不謝，百年回首莫傷神。

半點陽和也自微，更呼殘夢五更時。芳菲已奪遊人魄，曾詠他年一句詩。

題扉 二首

童年俛仰及中年，一默真甘直萬錢。不覺春山又春鳥，疏松老竹作冬眠。
鶯啼燕語自年年，春及儂家不用錢。滿户遊絲花在網，醒時看竹倦時眠。

謝石齋轉惠遼東賀克恭黄門所寄高麗團領

一片麗雲罩蚤春，不曾衣服只衣仁。浴沂點也堪遺此，我媿幽栖懶動身。

視決明

親培種子向堦除，足不過門兩月餘。今日黄花開滿樹，可勝凝思念居諸？

種芥

寸葉初移日未禁，根粘不覺霧烟深。但須培灌休催促，一木如針且十尋。

酌文舉饋酒

石下樽封石上雲，爲渠澄淀到秋分。誰將麵米疑鄉土，釀不差池總苾芬。

看橙橘 二首

橙橘收功也十年，萬千材器可消言。可憐達曙喃喃子，責效區區便自前。
橙橘盈園到處基，一時牽惹盛如斯。東山夜讀西山和，風虎雲龍未可知。

燈蛾

焦頭爛額死燈檠，衣袖頻頻拂不驚。幽暗幾多清寂處，不知何事苦投明。

扶胥口 二首

海山無數盡龍騰，細浪和風不厭行。誰解天邊持北斗，試來此處酌南溟。已知一勺同千頃，不把涔蹄笑洞庭。安得常如銀漢水，扁舟萬里寂無聲。
風疑颶母常猶豫，天入南溟本自清。慣見黄灣紅日上，忽催銅鼓遠山明。沉沉懶舉烟霞筆，每每妨搖海嶽精。向老臨流還袖手，極留青眼在長纓。

浴日亭，次東坡韻

落落星辰没遠天，騰騰金浪滿黄灣。無時可滯升空日，萬撼難搖抱海山。天遠未須扶赤手，霞紅不覺上蒼顔。須知造化煩誰力，無限陽和宇宙間。

扶胥書事，借東坡韻

扶胥幾許頻聲意，黄木空流水一灣。何處此杯偏放手，百年青眼細看山。浮生向老輸箝口，黑髮逢秋未腆顔。多謝波羅數株樹，也能相候水雲間。

望羅浮 五首

兩年雲水拚鳩杖，萬里烟霞在指頭。儘道壺公能作怪，壺公山在莆田，朱子至莆云，「此老作怪」。長疑此老久閑休。蓬萊不省真誰見，造物如斯總祕留。久雨掩人逢一霽，乾坤何處着雙眸。

出門回首便臨頭，萬玉中天翠欲流。此老英華元自别，生民日用不知求。群形散散終還聚，一脈沉沉遠漸浮。古鎮峽圍村九十，異香清結信何由。古鎮峽内有九十三鄉。

深如南海厚羅浮，此氣停儲幾百秋。不與乖崖争華嶽，懶尋關尹問青牛。薪鋪一路看燃火，律轉三陽驗發抽。底事精光常浸潤，不聞宣父降尼丘。

常須催促向羅浮，白首何人念此遊。瑞藥靈苗堪備蓄，玉壺雲液細封留。雙藜不謝飛雲頂，一枕還尋見日樓。試候赤龍騰巨海，光芒那只在南州。

岷峨一脈走南離，大庾迴旋有此奇。地設天留空甲子，雲蒸霧擁到今時。畫難着筆端何語，眼總如星可盡窺。回首鐵橋忘舊路，秋光無限只題詩。

朱都憲見遊 戊戌臘月八日

披草香傳竹徑幽，午窗冬睡尚科頭。膏肓泉石終何取，麋鹿心情媿自由。展轉更占前夜夢，踟蹰真被白雲留。櫓聲入夜難交睫，月子篷窗掛一鈎。

奉謝朱都憲誠菴先生

尋常折簡也須來，敢道蓬門不浪開？自古公卿賢可事，如今草莽媿非才。神雷莫炒泥塗蟄，春信潛回琥珀杯。俯仰乾坤無可謝，細留雙眼看三台。

玉笥羅浮亭

余與羅一峰至玉笥，携嶺南羅浮春酌于天玉閣。後道士因搆是亭，友人廬陵陳瑶願出十金助成之，因書此以識，兼寄符用云。

玉笥山前偶濯纓，羅浮亭子向君成。未辜東莞人留諾，共愛金牛老結盟。已付行藏同澗水，肯教魂夢媿山精。鐵橋四百峰前路，雙眼須君更放青。

輓羅一峰先生 三首

一代文星落兩間，秋雲黯黯夜漫漫。孤舟握手人何在，五月來書墨未乾。天地留情須掛劍，江湖去夢已憑棺。十年目擊先生面〔一〕，還有綱常一疏看。

進亦何慚退不疑，一峰蓋世作男兒。暫留翰苑非無地，却向金牛不盡期。盎壤豈勝今日意，鶯花又展去年詩。婆娑一醉春風酒，尚憶薌城囑别時。

〔一〕「十年」，原作「千年」。林光之結識羅倫，在成化五年；至成化十四年九月羅倫卒，前後約十年。因改。羅邦柱先生亦曰，「『千年』，似『十年』之誤」。（林光《南川冰蘖全集》，羅邦柱點校本，第二四七頁，校記）

蓴鱸一筯尚休官，何處清風有狀元。夢破孤舟看野水，酒醒殘月坐丘園。尋常烟雨春芳歇，三四兒孫玉樹存。流水行雲任分付，天無可怨我何言。

辛丑得年四十三，七月初見髭一莖白者，走筆賦此

掀鬚犬子膝間横，笑指今朝白一莖。衰比退之還差晚〔一〕，壽過顔子竟何成。尋常歲月消明鏡，潦倒烟霞媿此生。羡得青青簷外竹，向人無語不勝情。

中秋袁藏用饋魚，寫懷兼寄

白帝吝商飈，煩暑仍靡靡。昨日山中歸，倒卧西窗裏。開窗蔭疏竹，爐烟滅復起。寧知井屋下，索寞亦閒只。提鮮來君池，白鰱兼赤鯉。頃適嘗新釀，濃香壓酒子。念兹赤壁携，浩然良有以。今夕復何夕，中秋散霾滓。開襟南川流，皓月照寒水。吾欲泛扁舟，中流玩清泚。思君君不來，弄丸空隱几。

〔一〕「衰比」，原作「衰此」，據文意改。「衰比退之」，與「壽過顔子」相應，亦可爲證。羅邦柱先生亦曰，「『此』，應爲『比』」。（林光《南川冰蘖全集》，羅邦柱點校本，第二四七頁，校記）

寓資福寺

搭颯招提景〔二〕，春衫試苧麻。吾那拘禮數，僧亦厭袈裟。烟罩枇杷樹，香傳枸杞茶。琴琴還到耳，晚鼓散官衙。

題李乾伯掌教乃翁挽卷

壺公作怪亦多時，人物浦陽儘偉奇。珍重先生何面目，孤兒覓我一題詩。

銀瓶阡

打起眠牛眼未醒，深松下馬上銀瓶。翻疑造物勞施設，却怪青囊久祕靈。天壤未乾孤子泪，烟霞叨賁石齋銘。餘生百事看來左，何日相隨到九冥。

〔二〕「搭颯」，原作「塔颯」，形近而誤，因改。林光《出安定門偶至華藏寺》詩有「搭颯麻衣掛麥芒」句。搭颯，義同「搭颯」。

揮使安廷用訪欖山留宿兼惠紙并猪榧子

荒畦移步及斜曛，回首肩輿出白雲。且向青天賒月色，何妨永夜款時軍。猪榧老母叨供茗，剡楮痴兒荷賞勤。莫羡乖崖分華嶽，麒麟閣上看殊勛。

贈別李乾伯掌教

亂山千里謝官衙，歲暮江城理去槎。木榻幾回親夜雨，馬蹄曾不擇烟霞。休辭別盞傾冬酒，更探寒梅嗅晚花。欲別先生言不了，滿川紅樹夕陽斜。

將遊三洲巖招同志 二首

留將百粵千年興，償却三洲一日遊。飛翰向逢梅御史，放吟今作白江州。山光有分還招手，世計無端任轉頭。何處元公輕着筆，不妨雲水遠搜求。

紫府曾聞一洞幽，凝乘東舫作西遊〔二〕。脚跟何日能千里，眼孔如今負九州。山水猜排終我

〔二〕 羅邦柱先生曰，「『凝』，似『擬』字之誤」。（林光《南川冰蘗全集》，羅邦柱點校本，第二四七頁，校記）

老，塵埃容易白人頭。貧家百事都難在，只有春光不用求。

扶胥舟中，借韋蘇州西坡韻

東風掛蒲帆，推蓬聊騁望。扶胥日糢糊，虎門波浩蕩。歸漁趁回流，急槳蕩清漾。團團立嘉樹，點點羅遠嶂。對之若爲情，頹然順昭曠。鷙魚有真性，天地儔爲量。

鰲魚搶寶石

破浪穿雲湧石鯨，波心遥見瑞光呈。那知物象俱含欲，只恐蛟龍見亦争。舟檝頻年漁子戲，風濤終日旅商情。海門萬里不歸去，也欠僧繇一點睛。

番禺泊舟 二首

邊城無隙地，孤島有僧居。急槳過蠻叟，呼舡問市魚。輕風醒宿酒，伏枕看殘書。斷我登臨興，重雲嶂碧虚。

暝色催正雨，騰騰海氣蒸。喧闐市井語，明滅夜舡燈。斂跡同漁父，投閒羡島僧。浮雲思世計，種種不堪憑。

銅舡澳風 二首

蒼梧亦進野人舟，怪得剛風故打頭。陳子貪泉留警句，明朝還作石門遊。
深港維舟我不宜，篙師力不勝風師。驕陰冷送霏霏雨，明日陰晴未可知。

經貪泉

沉香亭下向誰言，草草爲心易百年。安得還珠皆合浦，免教赤子怨貪泉。山罝海網無遺策，惴耎肖翹亦損天。好語載歌吴刺史，清風吹過石門船。

經貪泉和石齋

一點萃天靈，耿耿終未死。惟人自昏濁，此水本清泚。不戕羞惡根，自解嗔汝爾。寄語往來人，冥冥有神鬼。

三江晚泊 二首

斂槳三江寒，山寒日欲晡〔二〕。江流吞嶺背，嵐氣障天隅。津吏何驕蹇，商舡苦索需。貪泉吾有賦，哦咏正區區。

流逆頻輸檝，途生每問程。篙師疲落日，津吏聒深更。寒鼓沉沉點，潭星耿耿明。夢魂今稍定，不怕嶺猿驚。

過横槎

春山春草緑將齊，更着春風日日吹。老興欲窮東廣界，扁舟已造峽門西。村墟亭午饒蝦菜，古寨江邊翳蒺藜。稍待夕陽光倒蘸，笑臨清泚弄玻瓈。

〔二〕「晡」，原作「哺」，據文意改。羅邦柱先生亦曰，「『哺』，應作『晡』」。（林光《南川冰蘗全集》，羅邦柱點校本，第二四七頁，校記）

羚羊峽

步步移舟步步新，東風催棹莫頻頻。臨江揖岫如迎我，過涘巔崖欲壓人。艱阻亦疑天設險，雄爭頗覺地相嗔。何誰貌得行邊景，却爲羚羊峽寫真。

憶嘉魚

江深魚板響連連，禿尾槎頭不足憐。惟問嘉魚今出未，先生留得杖頭錢。

小湘峽

知是何山疊聳頭，縱横直欲斷江流。看他峽内清清水，不到東溟未肯休。

小湘峽葉生璧買鮮，儗明日携遊三洲巖，詩以戲之

小網新提出峽門，舡頭潑刺見波飜。霜刀且付饔人手，雪鱠看飛老瓦盤。風景隨拈皆落句，溪山到處可開樽。何須屈指三洲路，不擲金錢負晚飧。

宿禄步

行邁忽向夕，斂槳怯蠻少。烟深禄步衙，風捲畬人燒。横石喧江瀨，缺月生夜照。扣舷發清賞，孤鶴諧遠嘹。陽和布温春，魍魎伏深嶠。擁衾清不寐，默坐觀吾妙。

汲江子 二首

冉冉汲江子，江流幾許深。亦知泥滓淺，不得到波心。

長綆疑驚濁，輕瓢謾撇新。不知坭閃履，貪看過舡人。

觀燒

氣烈山將碎，聲剛獸欲號。獞猺疑逞雪，劉項訝争豪。紅焰摧林去，青烟逼漢高。百蟲驚蟄近，誰爲激江濤。

呼風

帆檣上下鬬呼風，船尾船頭鬧聒聰。東往西來皆欲順，不知何以作天公。

和尚石

知他薙髪是何年，褪下偏衫悄不言。莫是障魔心未了，故來臨水坐枯禪。

晨發

晨發向封川，漸逼蒼梧境。紅日露幽嶂，輕烟抹遠嶺。悠悠拖鴨緑，閃閃摇金影。崖高樹轉古，水曲山逾静。何處尋桃源，我心屬箕穎。

工書

書逼鍾王役莫逃，工書盡日是貪勞。不如任拙都無事，坐入更深看月高。

奉别都憲誠菴朱先生

丘狐穴鼠易驚猜，鎮靖唯須老將材。威壓百蠻誰敢亂，江清千里我能來。含生得露枝枝别，幽谷憑春日日催。痴病自慚非駿骨，可堪留處在燕臺？

二月二日總督府園亭宴賞，奉謝朱誠菴都憲

二月還逢二日臨，一樽容我坐花陰。且看蓓蕾精神滿，自是乾坤雨露深。斟酌春光歸酒盞，訪尋物色更山岑。從今頗識明公澤，聽得兒孫幾操琴。

回仙亭和洞賓

頹然萬物與同流，不薄人間萬户侯。懶向乾坤開話柄，直從圖馬看根由。杯銜南粵千峰月，釣拂東溟萬頃秋。何處相思不相見，春風吹緑上枝頭。

再疊總督府園亭宴賞韻答翁僉憲

白日中天自照臨，出門何敢議晴陰。半生泉石耽成癖，一笑烟雲契亦深。南海促歸遊子舫，蒼梧望斷碧山岑。鍾期一去誰無耳，自是書生懶抱琴。

禄步舟中

蒼梧留賞半旬間，何事東風未許還？茗飲頗諳冰井水，酒杯仍對頂湖山。烟波一棹來何遠，猿鳥千崖過日間。聞道七星巖不惡，山靈應訝脚頭慳。

出羚羊峽

幾樹崖花放漸新，羚羊峽裏酒呼頻。知他兩面青山眼，看盡浮生幾世人。稱意景偏相遇少，打頭風亦不須嗔。停舟欲問村南叟，怕有巖耕鄭子真。

峽口

沿堤處處露榕根，潦去江深見水痕。遠嶂排空明落日，長牽拖緑入黄昏。天機在處看來妙，圖馬前頭不受言。收拾春光且歸去，豆麻還遶欖山門。

望古耶

魚艇輕輕泛港汊，諸山到海若排衙。低迷遠樹蒼烟外，老眼今朝又古耶。

石門

石門何時開，巧抱兩山嘴。騰騰鬬遠蛇，簇簇飲封豕。潮流自吞吐，寒石敦齒齒。春風扇陽和，物色堪顧指。深絳垂木棉，輕雪點郁李。童松遞遠緑，細露遶香芷。遊子正西歸，夕陽來照水。濯纓歇餘韻，白雲看四起。

貢三角牛 二首

十牛一馬兩相安，食力還思稼穡難。衹應隻角生來異，也得君王一笑看。

黄帕幪身別故山，官舟呈進路問關。潮田膏雨肥青草，三角何如兩角閒。

過蛋家租

蓢樹交加翳野塘，桃花紅間菜花黄。扁舟不覺穿林杪，飛逐鳧鷗過一雙。

夜入古鎮峽，與時嘉、葉璧小酌

千里歸來七日程，相看不厭一燈明。殘樽更出行邊酒，共聽蓬頭雨打聲。

宿古鎮峽

蒼涼雲月遞微明，寂静中流歇櫓聲。誰炒龍潭潭上水，聒人村犬吠殘更。

蜆涌舟中

水田千頃稻初登，舴艋頻過氣似增。村塢烟消紅日上，野塘秋入碧波澄。閒搔短髮看流水，笑傍青蒲弄紫菱。老脚如今厭遊走，衹堪來掛海門罾。

扶胥感興

了了空齋據海涯，結趺曾記坐忘時。不辭銅鼓聲驚夢，且看波羅子上枝。大艑高舸新望眼，疏松白月舊題詩。百年三萬六千日，孟浪紅塵幾脱羈。

題張詡母挽

西風容易卷重幃，堂北萱花不耐吹。何處羅襦埋壯母，至今霜露泣孤兒。光華到老人咸願，水菽承顔我合悲。幽思臨風一揮灑，溪流南去緑漪漪。

贈别石齋先生 二首

江門楊柳緑絲絲，折贈先生更不疑。未可輕看惟出處，最難爲别是相知。細鱗安敢辭盆水，老鳳從來識聖時。再拜當筵無別祝，高堂垂老念歸期。

日日江門弄釣絲，清閒到老亦何辭。風波薄暮看投檝，裘葛無心衹順時。身世頻頻催白日，文星恰恰照南陲。一樽相送情難盡，手擘輕紅餞荔枝。

贈石齋先生 十首

惜別吾何語，秋聲動海涯。他時賦丹荔，今日贈黄花。別足移盤石，蒼波照暮槎。大臣能體國，飛檄落烟霞。

流年過半百，斂跡只蒿蓬。秋氣清炎海，蒼波起卧龍。南川留一榻，北極着雙瞳。八表雖云遠，能消幾日風。

三年留絜酒，不到一峰墳。老泪空緣夢，遺碑未有文。堪封疑此墓，誰爲達明君。今日先生往，能無感激人？

方舟展清眺，輟棹引離觴。湖水紆寒玉，秋山帶夕陽。鵬飛天亦窄，鷗懶海俱忘。儘把行藏意，添詩入錦囊。

好月期來夜，黄花更幾朝。遠山嬌入畫，低岸忽吞潮。割袂頭堪白，貪詩酒易消。倏然能化羽，霄漢逐王喬。

村酒還堪醉，官舟發未忙。霜催烏桕赤，山引白雲長。悵望東湖水，應登孺子堂。如何東漢士，此老善埋光。

每每定山子，詩傳到海傍。閒情今轉別，老筆更無雙。黑髮從渠白，流光去自忙。寄聲泉石下，痴病只尋常。

扁舟遠相送，儗過峽山前。嵐氣清人骨，僧居出洞天。泥途甘我老，樽俎會何年。不灑童兒淚，支離只贈言。

南海千年話，青天一道巾。離言貪月白，秋思入江深。赤手看經濟，明時媿陸沉。白雲閒宇宙，去住本無心。

烟霞非痼癖，造物惜聲名。當道煩連疏，先生着不行。秋青南海水，月滿五仙城。去去逢明主，應諳子母情。

餞石齋于石門，用前貪泉韻，兼簡諸友

鬅鬙雙鬢我何言，機會能逢幾百年。共趁風光來野艇，更留聲跡到名泉。烟波在處還諸子，鸞鳳看飛上九天。回首東山明月上，更須留醉白沙船。

安揮使惠靴兼詩見贈，因韻奉謝

誰念柴桑赤脚人，江門情緒盎如春。山村有酒雖堪典，争得烟霞步步新。

初晴

冬雨初晴日向曛，寒蛩偏傍竹間聞。尋常又秉山中筆，只把文章換白雲。

重九後一日賦，是日即余生日

天生兩脚踏烟霞，老態從來日日加。不把西風移皂帽，還澆秋酒對黄花。涼侵院竹知秋老，醉舞萊衣到日斜。四十四年貧是福，眼邊兒女莫咨嗟。

擬移居 二首

西風吹夢别庭幃，握手憑誰話細微。已悟山林終小隱，只從魚鳥看真機。栽花蒔藥時將晚，飯稻羹魚願未違。何處洞天真可卜，即携妻子傍仙扉。

蒼蒼何處緑成闈，許我移居入翠微。白月清風貧士宅，行雲流水哲人機。付身大冶從陶鑄，置足迷途易拂違。安得此生閒到老，南川扉近白沙扉。

食魚鯽〔一〕

銀鯽持來向野田，童兒歡扇晚廚烟。揮瓶小灌松花釀，共獻先生一箸鮮。

題丁明府三江漁樵人卷

漁樵亦愛三江老，欲製荷衣苦未成。一笑橫琴來粵海，幾回飛夢遶金精。雲歸谷口真成懶，月到潭心本自明。一曲滄浪空亂耳，南溟千頃對長纓。

憂旱

苗稼相將槁在田，嗷嗷萬户正潸然。乾雷滾蕩無巴鼻，争訝神龍懶上天。

〔一〕「魚」，底本目録作「酒」。